MICHAEL KRUG

Bahnhofsmission

GROSSER BAHNHOF In Stuttgart erregt das Bahnhofsprojekt Stuttgart 21 die Gemüter. Obwohl die wesentlichen politischen Weichenstellungen für das Projekt vollzogen sind, wird es immer wieder neu durchkalkuliert, weil sich alle Seiten für den Fall zu hoher Kosten noch Ausstiegsmöglichkeiten offen lassen möchten. Als Theodor Kaminski, der Vorstandsvorsitzende der größten Bank des Landes, in einem Kellerraum des Stuttgarter Hauptbahnhofs erschlagen aufgefunden wird, gerät der Bahn-Manager Norbert Hagemann unter dringenden Mordverdacht. Der karrierebesessene Finanzjongleur war nicht nur zur Tatzeit am Tatort, bald wird auch bekannt, dass er ein Verhältnis mit der Frau des toten Bankers hat. Doch diese Lösung scheint dem erfahrenen Kriminalbeamten Herbert Bolz viel zu einfach. Gemeinsam mit dem Journalisten Johann Jakob Palm rollt er den Fall neu auf …

Michael Krug, Jahrgang 1956, ist in Stuttgart geboren und in Ludwigsburg aufgewachsen. Nach einem philologischen Studium in Tübingen und in den USA machte er seine ersten beruflichen Schritte als freier Mitarbeiter der Stuttgarter Zeitung und der Stuttgarter Nachrichten. Krug arbeitete zwölf Jahre als Pressesprecher und Kommunikationsmanager bei einem Computerkonzern in Deutschland und der Schweiz, bevor er mit einem Schulfreund die Kommunikationsagentur Krug und Petersen in Tübingen gründete. Heute ist er Inhaber und Geschäftsführer der Agentur K&L. „Bahnhofsmission“ ist sein erster Roman.

MICHAEL KRUG

Bahnhofsmission

Kriminalroman

Original

GMEINER

Personen und Handlung sind frei erfunden.
Ähnlichkeiten mit lebenden oder toten Personen
sind rein zufällig und nicht beabsichtigt.

Besuchen Sie uns im Internet:
www.gmeiner-verlag.de

Im Ehnried 5, 88605 Meßkirch
Telefon 07575/2095-0
info@gmeiner-verlag.de

1. Auflage 2010

Lektorat: Claudia Senghaas, Kirchardt
Herstellung / Korrekturen: Julia Franze / Sven Lang
unter Verwendung eines Fotos von: © Michael Hirschka / PIXELIO
Druck: Fuldaer Verlagsanstalt, Fulda
Printed in Germany
ISBN 978-3-8392-1091-8

Für Andrea

1

Die Ansage kündigte sich mit dem gewohnten Scheppern an: »In wenigen Minuten erreicht der Zug Stuttgart Hauptbahnhof. Hier endet die Fahrt des ICE …« Hagemann hatte bereits den Griff seines Trolleys in der Hand und war dabei, die Türe des Schlafwagenabteils zu öffnen. Um einen Zusammenstoß zu verhindern, drückte Elli die Tür wieder zu.

»Man könnte meinen, du seist auf der Flucht«, hauchte sie und streichelte ihm über die unrasierte Wange. Er mochte das gern, hatte aber in diesem Moment keinen Sinn dafür.

»Ich muss gleich raus, mein ›Tagblatt-Date‹ wartet. Bleib du noch hier, man muss uns nicht zusammen sehen.«

Hagemann konnte sich, wie seine Geliebte immer wieder resigniert feststellte, von einer Sekunde auf die andere von einem romantischen Liebhaber in einen nüchternen Manager verwandeln. Solche Männer mochte sie überhaupt nicht – und lebte doch schon lange mit zwei solchen Typen. Ob es sich nun um ihren zahlenfixierten Ehemann handelte, der um diese Zeit sicher schon über seinen Akten saß, oder um Hagemann, war letztendlich egal. Vielleicht war es nur immer der Mann, den sie aus nächster Nähe genießen, betrachten, erleben, erdulden und auch ertragen durfte. Wenn Hagemann, meist am Ende dieser kurzen Nächte im Schlafwagen zwischen Stuttgart, Berlin und wieder Stuttgart, plötzlich zum Beamten mutierte, ärgerte sich Elli über sich selbst. War sie mit diesem jetzt schon 15 Monate andauernden Abenteuer auf Schienen doch wieder auf denselben Typus hereingefallen oder könnte daraus etwas Ernstes werden? Gestern hatte sie ihm das Ultimatum gestellt: Vor der nächsten Buchung dieses rollenden Liebesnests – Hagemann sprach gern verklärend vom ›wagon-lit d'amour‹ – sollte er reinen Tisch machen: seine Frau informieren, daheim ausziehen, mit ihr eine gemeinsame Wohnung nehmen, sowie gemeinsame Auftritte planen, privat und – wenn notwendig – auch öffentlich, mit allen Konsequenzen, die sich daraus ergeben würden. Sie hatten es schon oft besprochen, jedoch gab es immer gute Gründe, alles hinauszuschieben. Sie war nicht länger bereit, die Beziehung auf essen, trinken und Liebesnächte im Schlafwagen zu beschränken.

Der Zug war zum Stehen gekommen. Hagemann nahm sich kaum die Zeit, sich zu verabschieden und eilte mit einem »Ich melde mich!« davon.

Hagemann konnte seinen Gesichtsausdruck wie auf Knopfdruck anpassen: entspannt, angestrengt, erwartungsvoll, ernst oder bedrohlich. Angesichts der Deeskalationsbotschaften, die er für Palm bereithielt, entschloss er sich zu einem entspannt freundlichen Blick, als er den Mann einige Meter vor sich auf dem Bahnsteig wartend erkannte. Morgens um diese Zeit einen Termin mit einem Journalisten auszumachen, war ungewöhnlich. Bei dieser Zunft, das wusste Hagemann, galt jede Art von Tätigkeit vor 10 Uhr vormittags als Nachtarbeit. Entsprechend gestresst sah Palm aus, kurz nach sieben mit Sicherheit ungefrühstückt, unausgeschlafen und eventuell verkatert.

»Hallo, Herr Hagemann, wie immer in die Katakomben?«, begrüßte ihn Palm unzeremoniell. Hagemann antwortete nur mit einem kurzen Nicken und verließ den Bahnsteig via Treppe zur S-Bahn, Palm einen halben Meter neben ihm.

Trotz der beinahe sommerlichen Witterung war es morgens kühl und Palm trug den augenfällig billigen Trenchcoat, den er eigentlich immer trug. Dies entsprang weniger einer Überlegung über Wetter, Temperaturen oder etwa einem Spleen, sondern war reine Gewohnheit. Der Kittel, wie er ihn nannte, hatte unschätzbare Qualitäten, vor allem in Form der unzähligen und unterschiedlich großen Taschen, in denen Palm alles verstauen konnte, was Frauen sonst in Queen-size-Handtaschen herumschleppten. Gewisse Unterschiede, darauf bestand Palm, wenn er wieder einmal auf den öfter unangenehm schweren Reisesack-Ersatz angesprochen wurde, gab es natürlich. So führte er weder irgendwelchen Intimbedarf noch Ersatzunterhosen, Strumpfhosen, Lippenstifte in mehreren Farben, Bonbons oder Handys mit leerem Akku mit sich. Letzteres, davon war er überzeugt, zeichne die technisch versierte Frau aus – mobilfunkbewehrt, aber stets ohne Saft im Köcher. Sein Mobilfunkteil hingegen lud er bei jeder Gelegenheit nach, alles andere könnte seine journalistische Wettbewerbsfähigkeit ruinieren. Und schon meldete sich der ständige Begleiter mit dem von ihm ausgewählten Hardcore-Klingelton, der sich stark nach einem AC/DC-Gitarrensolo mit Overdrive anhörte.

»Ja, was ist?«, meldete er sich.

»Wo bist du? Was ist los?«

»Musste weg, hab einen Termin.«

»Hättest du mir auch sagen können«, beschwerte sich eine enttäuschte Frauenstimme. »Erschreck hier zu Tode. Wach auf und keiner da. Bist du etwa sauer?«

»Hör zu, es passt eben nicht. Ich meld mich.«

»Gibt es Probleme?«, fragte Hagemann, der so tat, als habe er weggehört.

»Nein, nur das Übliche«, blaffte Palm. »Apropos Probleme, wie sieht es denn jetzt aus nach der Sitzung mit den Rechenmeistern? Sind Sie jetzt schlauer?« Hagemann fand das bei aller Gewöhnung an den knappen und direkten Stil Palms etwas zu barsch und zugleich lakonisch, und entschloss sich dazu, das Gespräch selbst in die Hand zu nehmen.

»Wir reden drinnen.«

Drinnen bedeutete in einem jener bunkerartigen Verliese, die jeder größere Bahnhof in den Etagen unter den Bahngleisen hatte. Für allerlei Material vorgesehene Keller aus den Zeiten, in denen man für die mechanische Steuerung von allem, was Schiene war und darauf fuhr, Werkzeuge, Schilder, Stemmeisen für Weichen, Spinde für Arbeitskleidung und weitere heute überflüssige und eher museale Accessoires des Bahnbetriebs aufbewahrte. Aber sie waren noch da, diese verlassenen und teils vergessenen Räume, in denen es zuweilen gewaltig rumpelte, wenn ein oder zwei Stockwerke darüber schwere ICEs einrollten, lauter wurde es, wenn Regionalzüge mit ratternden Schienenrollen und vorsintflutlichen Bremsbacken anhielten. Auf halber Treppe öffnete Hagemann eine Tür, hinter der wiederum eine weitere Treppe auf eine unterirdische Halbetage mit langem Gang führte. An dessen Ende befand sich das Besprechungsverlies. Hier gab es keine Zuschauer, Zuhörer oder technische Überwachungsmöglichkeiten. Und wenn eine solche Installation je bis hierher vor- bzw. heruntergedrungen wäre, wüsste Hagemann dies genau. Von der niederen Decke baumelte eine 40-Watt-Glühbirne.

Hier gab Hagemann immer wieder Details des politischen Hintergrundes, der finanziellen Planung, der technischen Machbarkeit und vor allem der lokal- und landespolitischen Überlegungen des großen Bahnhofprojekts preis. Da der Umbau des Bahnhofs und der halben Innenstadt durch politische Auseinandersetzungen seit weit mehr als zehn Jahren in der Planungsphase stecken geblieben war, gab es ständig neuen Erklärungsbedarf. Palm war dank der Informationen von Hagemann in der gesamten Medienszene der bestinformierte Journalist, was das große Bahnhofsprojekt anging, ohne jedoch all sein Wissen zu veröffentlichen. Es musste ein schmaler Grat sein, der ihn immer mehr wissen ließ als alle anderen, zugleich aber Hagemann als Quelle nie in Verdacht bringen oder den laufenden Prozess gefährden konnte. Hagemann trug in diesem Spiel das größere Risiko, konnte aber sicher sein, bei allen Vermutungen über Missmanagement, Filz oder gar Korruption nie in die Diskussion, das hieß Medien zu gelangen. Publizistisch fand Hagemann überhaupt nicht statt, was im Falle eines Bahnmanagers für die Karriereperspektive nur gut sein konnte.

»Hören Sie, Palm, es ist alles etwas harmloser, als Sie es vielleicht gern hätten, aber es bleibt bei den alten Zahlen«, behauptete er, nachdem er die Lampe angeknipst und die quietschende Verliestür geschlossen hatte.

»Was soll das denn heißen? Wozu treffen wir uns dann hier? Ich könnte im Bett noch friedlich vor mich hin schnarchen!«, zischte Palm. Natürlich hätte Hagemann bei einer Nullinformation das Date absagen müssen.

»Tja, vielleicht kann ich Ihnen nächste Woche mehr bieten. Da hat unser M1 ein Gespräch im Ministerium in Berlin, zu dem sogar der MP dazukommen soll.« M1 war die interne Bezeichnung für den Chef der Bahn. Sollte daran der Ministerpräsident teilnehmen, stünde in der Tat eine Weichenstellung bevor. Auf diese Art hatte der schlitzohrige Hagemann eine wichtige Info an den Mann gebracht. Palm kapierte das sofort. Das war wenigstens etwas Verwertbares und zwar gleich für die nächste Ausgabe: MP im Ministerium in Berlin, es wird ernst. Als Quelle konnte man jederzeit die dafür offenen Kanäle in der Villa Eisenstein verantwortlich machen. Dort wurde seit geraumer Zeit alles auf den Markt geworfen, was der MP nicht selbst hinausposaunte. Seit dem Amtswechsel spielte dort jeder den heimlichen Pressesprecher und suchte nach Profilzuwachs.

Damit hatte sich das frühe Aufstehen gelohnt. Palm war zufrieden. Bevor er aber den Berg hoch in die Redaktion eilte, um vielleicht einen Anreißer in die Online-Ausgabe zu setzen, rief er Hanne an.

»Hallo, mein Schatz«, flötete er etwas zu sanft ins Telefon, »bin schon fertig. Bin gleich zurück, du hast doch frei heute?«

Hanne verstand sofort, hatte aber nach dem einsamen Erwachen nun wirklich alles andere als Bock auf ihren Bock, wie sie ihn gelegentlich nannte. »Ich muss nachher zu Doris, hab ich dir doch gesagt.«

Das war so ziemlich das letzte, dachte Palm, als er aus dem Bahnhof zum Auto schlenderte. Doris war Hannes Kosmetikerin, wo alle paar Wochen irgendwelche Pasten aufgelegt, Härchen gezupft und drohende Fältchen behandelt wurden. Er empfand das als überflüssig und nervig. Für ihn hieß das, dass er es heute gemächlicher angehen lassen konnte. Hanne nahm eine besondere Rolle ein. Sie war nicht attraktiv, eigentlich nicht hübsch oder hässlich, hatte eher ein Durchschnittsgesicht, die Ausstrahlung eher bieder, spießig und unspektakulär.

Vor gut einem Jahr aber war es seiner Ehefrau, er war nach wie vor verheiratet, gelungen, ihn auf eines ihrer im Fünfjahresrhythmus stattfindenden Klassentreffen mitzuschleppen. Als sich dort die Partner der einstigen Klassenkameradinnen ein paar Stunden lang artig mit Zuhören und müdem Small Talk gelangweilt hatten, beschloss der harte Kern der ehemaligen Mädchen-Abitursklasse in einem Anfall von Nostalgie, in eine früher gern besuchte Kneipe zu gehen. Fast alle waren davon begeistert, bis auf die mitgebrachten Freunde, Ehemänner, Lebensabschnittsgefährten und ähnlichen Begleitern. Die meisten nahmen den Aufbruch zum Anlass, sich zu verabschieden, so auch Palm. Selbst unter den Ex-Abiturientinnen gab es einige, die vom Wiedersehen genug hatten. Darunter Hanne. Nach der aufwändigen Abschiedszeremonie und besten allseitigen Wünschen an die Kneipengänger für einen weiterhin wunderbaren Abend trottete Palm in Richtung seines Autos – und mit ihm Hanne, deren Wagen ebenfalls auf einem einige Gehminuten entfernten Parkplatz stand. Man sprach darüber, wer wen wie lang schon kannte und ob man sich früher vielleicht über den Weg gelaufen sei und ähnlich Bedeutendes. An Palms nicht mehr ganz neuem, aber großen Daimler-Modell angekommen, stoppten sie, um sich, wie man es vorher mit den anderen geübt hatte, mit einem Bussi auf die Wangen zu verabschieden. Palm musste sich dazu etwas hinunterbeugen, da Hanne nicht von der sonst verbreiteten Wachstums-Akzeleration ihrer Generation profitiert hatte. Ohne dass Palm genau hätte sagen können, wie es denn gekommen war, spürte er plötzlich Hannes fleischige Zunge in seinem Mund und war nolens volens dabei, eifrig mitzumachen. Trotz des gegenüber Tanzstundenschülern vorangeschrittenen Alters des knutschenden Pärchens – beide waren bei plus minus 50 angelangt – entwickelte sich das weitere Geschehen wie bei Menschen mit pubertärem Hormonstau. Nach einigen Minuten hatte Palm den Wagen geöffnet und saß auf der Rückbank. Hanne stieg ebenfalls ins Auto und setzte sich praktischerweise auf den halb liegend mit den Knien an die Vordersitze stoßenden Daimlerfahrer und hatte es, von Palm vollkommen unbemerkt, geschafft, sich der Unterwäsche unter dem weit geschnittenen Sommerkleid zu entledigen. Hanne schaute ihm, so viel er davon im Halbdunkel wahrnehmen konnte, erwartungsvoll in die Augen. Aufgrund der Anordnung, in die sie sich manövriert hatten, war Palm allerdings weitgehend bewegungsunfähig. Hanne gelang es indes, für die notwendige Dynamik zu sorgen, und unterzog dabei Palms

Nackenmuskulatur einem solchen Härtetest, dass ihn noch einige Tage lang danach anhaltende Verspannungen und Zerrungen im gesamten oberen Rücken- und Nackenbereich an das Erlebnis erinnerten.

Hanne verabschiedete sich so unprätentiös, wie sie das Autoabenteuer in Szene gesetzt hatte. Als Palm sich daranmachte, vor dem drohenden Wegdösen vom Hinter- auf den Vordersitz umzusteigen, fiel ihm auf, dass er von Hanne weder den Nachnamen noch eine Adresse oder Telefonnummer kannte. Allerdings stand für ihn ohne jeden Zweifel fest, dass er sie wiedersehen wollte, unter anderem um ihr eine Hot Chocolate-CD mit dem Song ›Heaven Is In The Backseat Of My Cadillac‹ zu schenken.

2

Seit die Bank das neue Gebäude vor dem weitgehend leeren Areal von Industriebrache und Altgleisen bezogen hatte, stieg Kaminski morgens mit einer Spur gestiegener Motivation wie stets pünktlich um Viertel vor acht in den von seinem Fahrer vorgefahrenen Dienst-Mercedes. Aus seiner reputierlichen Halbhöhen-Wohnlage bis zur

Bank waren es zwar kaum mehr als fünfzehn Minuten zu Fuß, aber alle möglichen Umstände, darunter Sicherheitsvorschriften und manches mehr, führten dazu, dass er diese Strecke ausschließlich im Auto zurücklegte. In dem neuen Gebäude hatte er ein großes Büro mit einem majestätischen Blick über die Stadt, ja fast den gesamten Talkessel. Selbst auf den Bismarckturm, so wollte es zumindest die Perspektive, schien man hinabsehen zu können. Wer hier saß, durfte sich mit Recht als einer der Herren dieser Großstadt fühlen, die bei genauer Betrachtung der topografischen Grenzen indes mehr die Ausmaße einer Kleinstadt hatte. Böse Zungen hatten lange behauptet, Mentalität und Lebensrhythmus reichten vielleicht für eine mittlere Industriestadt, und das wäre es dann schon. Nicht zuletzt mit den üppigen Mitteln des Finanzinstituts hatten Politik, Wirtschaft und lokalpatriotische Impresarios das einstige Städtle mit einer Vielzahl neuer Projekte zu einer pulsierenden Metropole werden lassen. Kaminski drückte das nicht so aus und wäre nie auf die Idee gekommen auch nur eine Teil-Urheberschaft für die ehrgeizige Entwicklung der letzten Jahre für sich zu reklamieren. Insgeheim war er jedoch stolz darauf, dass ohne ihn und das viele gebündelte Bare seiner Bank nicht viel laufen würde.

Das Ausmaß von Arbeit, Pflichten und sonstigem Engagement hatte selbstverständlich Opfer gefordert. Zudem waren dickbäuchige Banker mit dicken Zigarren seit vielen Jahren mega-out und die Extrameilen, die Kaminski neben den dienstlich politisch-gesellschaftlichen Einsätzen für die gesundheitserhaltende sowie zeitgeistige Fitness abverlangt wurden, sprengten den 24-

Stunden-Tag. Da seine Frau keinerlei sportlichen Ehrgeiz aufwies und zugleich das für ihn sozial angesagte Golfen albern fand, reduzierten sich gemeinsame Freizeit und Eheleben mehr und mehr auf Routine und die gegenseitige Information über den jeweiligen Verbleib. Ellis Städte- und Shoppingtouren waren in ihrer gesellschaftlichen Umgebung nichts Außergewöhnliches, ihr vor einigen Monaten erwachter Hang zum Bahnfahren statt zum Fliegen, und das auch noch über Nacht, schrieb Kaminski der teilweise vergangenheitsorientierten romantischen Ader seiner Frau zu. In einem ratternden Zug oder einem komfortablen ICE im Schlafwagen zu übernachten, betrachtete er als vorübergehenden Spleen, der sich mit der Zeit wieder geben würde. Dass seine sonst über andere in Lotterverhältnissen jedweder Art lebende Zeitgenossen streng urteilende Ehefrau in den nächtlichen Zugfahrten all das auslebte, was zu Hause nur Erinnerung, allenfalls monats- oder quartalsweise als Ritual betrieben wurde, konnte er sich bei aller Fantasie nicht vorstellen. Und würde er je ahnen, dass dies zusammen mit einem Manager der Bahn vonstatten ging, hätte er den mittels Netzwerk vor Ort in wenigen Tagen nachhaltig aus dem Job gekegelt, dass dieser in Zukunft nicht mehr per Freifahrkarte im Nachtzug, sondern im besten Falle noch im Regionalzug zweiter Klasse fahren könnte. Kaminski selbst war, was die eheliche Treue anging, auch kein Kind von Traurigkeit. Er beschränkte solche Fragen aber auf nach Stunden begrenzte Kontakte, selbst wenn es sich um kurze Affären am belastbaren Schreibtisch, nicht etwa zu bezahlende Dienstleistungen, handelte. Daraus aber Beziehungen zu machen, hielt er für eine

Angelegenheit ausgemachter Dummköpfe. Und dazu zählte er nicht.

Heute am Mittwochmorgen war Kaminski besonders gut gelaunt im Büro erschienen. Das Wetter heiter, aber nicht zu heiß, nur ein eventuell stressiger Termin am Nachmittag im Landesverkehrsministerium. Thema: ›Entwicklung der Verkehrsinfrastruktur der Landeshauptstadt unter den Perspektiven von Stadtentwicklung und Raumordnung in Zusammenarbeit mit den Regierungspräsidien‹. Unter dieser Verklausulierung wollten die Kommunal- und Landespolitiker meistens darüber nachdenken lassen, wie man Bahn und Bundesregierung dazu bewegen konnte, endlich eine verbindliche Aussage über das Mammutprojekt des Bahnhofs zu machen. Kaminski ging es dabei ähnlich wie vielen anderen, die das Projekt unter die Lupe genommen hatten: Er traute keiner einzigen Zahl, die er in den Kostenkalkulationen gehört hatte. Sein gesunder Menschenverstand und seine gesammelte Erfahrung in der Finanzierung von Großprojekten sagten ihm, dass sich ein reeller Preis für dieses Projekt beim besten Willen gar nicht errechnen ließe. Wahrheit hin oder her – kaum etwas wäre in Stuttgart politisch unkorrekter gewesen, als solche Überzeugungen zu äußern. Es wäre gleichsam als vorsätzlicher Versuch gewertet worden, das in der Öffentlichkeit umstrittene Projekt final zu erledigen. Also ging man artig miteinander um und keiner wollte es auf sich nehmen, den inzwischen festgelegten Gang der Dinge aufzuhalten.

Einen guten Teil der Sitzungszeit nahm zumeist eine Diskussion zwischen den Stadt- und Landesverantwortlichen darüber ein, was man der ständig nachbohrenden

Presse sagte beziehungsweise wie man verhindern sollte, dass sie überhaupt etwas von dem Treffen erfuhr. Letzteres war fast immer passiert und man bezichtigte sich gegenseitig irgendwelcher Löcher und Plaudertaschen in der Organisation, die – wie der selbst redselige MP auf seine schnoddrige Art es einmal ausgedrückt hatte – weder das Wasser noch die Fresse halten konnten.

»Der Palm hat schon geschrieben, was wir hier besprochen haben«, sagte der mit einer Menge schwarzem Humor gesegnete Pressesprecher der Stadt, von dem Kaminski sich immer fragte, was dieser überhaupt den ganzen Tag lang zu tun hatte. Der Stadt-Schultes sagte entweder nichts oder etwas Unangebrachtes oder bestand darauf, noch nie etwas gesagt zu haben, sodass sein armer Sprecher außer Dementis nicht viel unters Volk streuen konnte. Recht hatte er damit, das wusste Kaminski, dass am kommenden Tag irgendetwas im Tagblatt stehen würde, was entweder wahr oder verdammt nah an der Wahrheit war. Der Mann hatte seine Informanten, und da es sich manchmal las, als schriebe er direkt aus den Akten ab, vermutete Kaminski als Quelle eine Sekretärin bei der Bahn, die der verdächtige Schreiber quasi via Manneskraft zum Sprudeln brachte.

Die Sitzung mit den Verkehrsleuten barg dann für Kaminski doch noch eine kleine Überraschung: Man hatte den drögen Hagemann von der Bahn mit eingeladen. Der hatte wenige Tage zuvor in Berlin in seiner Kommandozentrale am Potsdamer Platz neue Zahlenwerke präsentiert. Statt der wie gewohnt servilen Nummer trat Hagemann dieses Mal auf wie einer der Oberen, die konzentriertes

Zuhören verlangten. Dass er dabei betont leise sprach wie ein Oberlehrer, der sich Ruhe ausbat und auf keinen Fall etwas zweimal sagte, ließ bei Kaminski den Blutdruck steigen. Vermutlich deshalb vergriff er sich einmal im Ton und sprach Hagemann nur mit dessen Nachname, nicht dem vom Anstand gebotenen Herrn an. Dabei war Hagemann nicht sein Mitarbeiter und in der Hierarchie zwar nicht ganz oben angesiedelt, aber doch ein überaus respektierter Fachmann aus der zweiten Reihe. Den Fauxpas hatten alle registriert, und aus diesem Grund betrug sich Kaminski über den Rest der Sitzung hinweg ausgesucht höflich gegenüber Hagemann.

»Wenn ich das jetzt mal strategisch bewerte, lieber Herr Hagemann«, säuselte der mächtige Banker, »dann sagten Sie, die Bahn hätte jetzt finale Zahlen genannt. Wenn die anderen diesen Zug ebenso zum Fahren bringen wollen, müssen sie dazu Ja sagen. Zusätzliches Geld kommt später nicht von dem börsennotierten Privatunternehmen Bahn, das seine Preise wettbewerbsfähig halten muss, sondern aus den staatlichen Töpfen. Sozusagen politisches Geld, weil man schließlich eine politische Entscheidung gefällt hat. Geschieht den Politikern recht, heißt das. Den schwarzen Peter haben aber die Banken, in dem Fall ich, weil ich Stadt und Land in beliebiger Höhe zu niedrigsten Zinsen Geld geben muss. Einer Bank mit Stadt und Land als Miteigentümer bleibt sowieso nichts anderes übrig. Sie erlauben mir, dass ich diese Strategie zwar erkenne, aber auf keinen Fall gutheißen kann.«

»Die Bahn hat viel getan und vor allem vorgearbeitet. Wir haben die Politik nie gezwungen, öffentliche Treueschwüre zum Projekt abzulegen. Das haben Sie alle freiwillig gemacht, denn der Charme dieses Projekts war zu attraktiv, um Abstand zu halten«, entgegnete Hagemann schlagfertig auf Kaminskis Statement.

»Das bringt doch alles gar nichts«, ergriff der Verkehrsminister des Landes, der über eine Stunde lang eisern geschwiegen hatte, das Wort. »Wir können weder der Bahn zusätzliche Fahrgäste besorgen, noch können wir einfach Geld drucken. Wenn die Kalkulation stimmt, brauchen wir das auch nicht. Ich habe so viel verstanden, dass ich meine Feststellung gegenüber dem MP, die Finanzierung stehe, nach wie vor aufrecht erhalten kann. Um nichts anderes geht es doch heute.«

Kaminski war immer wieder erstaunt, wie man auf der politischen Seite Absichtserklärungen, und mehr waren die Bahnkalkulationen aus seiner Sicht nicht, zu Fakten erklärte und das als Grundlage für Entscheidungen nahm.

»Also Herr Dr. Kaminski«, nie vergaß der Minister, ihn mit seinem akademischen Titel anzusprechen, »sind Sie etwa der Meinung, wir müssten alles noch einmal aufschieben? Sie sind doch sonst so unternehmungslustig«, provozierte der Minister.

Jetzt nur nichts Falsches sagen, ging es Kaminski durch den Kopf.

»Wenn das alles sicher errechnet ist, sollten wir natürlich grünes Licht geben, keine Frage.«

»Danke, Herr Dr. Kaminski, es hätte mich, das heißt uns alle, auch schwer zurückgeworfen, wenn Ihnen plötzlich Ihr Optimismus abhanden gekommen wäre.«

»Dann hätten wir es ja«, warf Hagemann in die Runde, was nun wirklich einen Fauxpas darstellte. Wenn dies einer sagen konnte, war es der Minister. Dennoch blickten sich alle mit bestätigender Miene an, standen auf und gingen auseinander.

Als Kaminski durch seinen Vorgarten die Granittreppen zu seiner Haustür hinaufging und dabei ein Bewegungsmelder nach dem anderen ansprang, wurde er zu sehr geblendet, um den Zugangscode richtig in die Tasten einzutippen. Trotzdem öffnete sich die Tür von selbst. Elli hatte das Auto gehört, da der Chauffeur unten mit laufendem Motor hielt, bis ihr Ehemann hinter der Haustür verschwunden war.

»Ach, du bist da?«, rief Kaminski durch die Eingangshalle.

»Ich wohne ja schließlich hier …«, entgegnete Elli.

»Auch wenn das nicht jedem Beobachter auffallen würde«, gab Kaminski zurück. Im Vorbeigehen küsste Elli ihn flüchtig.

»Holla, seit wann gibt es das wieder?«, fragte Kaminski. Diese Routine-Zärtlichkeiten hatten sie sich schon lange abgewöhnt. Ellis Reaktion ließ ihn vermuten, dass sie heute Abend mit ihm noch etwas vorhabe. Da sich die ehelichen Intimitäten zwischen ihnen auf die wenigen entspannten Wochen im Jahr reduziert hatten, fühlte sich Kaminski geschmeichelt und ein klein wenig begehrt, was in ihm eine durchaus angenehme Spannung entfachte.

»Ich weiß nicht, ob du schon etwas gegessen hast«, fragte Elli nicht wirklich, »ich dachte an eine Kleinigkeit aus der Truhe«, was auf eine Tiefkühlpizza schließen ließ. »Und dann vielleicht ein Glas Wein auf dem Sofa.«

Kaminski war einmal mehr überrascht. Brachte er solche Anwandlungen vor, hieß das mit einem Hinweis auf seinen permanenten Kampf mit überzähligen Kilos: ›Muss diese Sauferei eigentlich jeden Abend sein?‹ Es war eben ein Tag mit kleinen Überraschungen. Nach der gegenseitigen Versicherung, wie angenehm ein Abend ohne alle Formalien und Verpflichtungen mit Tiefkühlpizza und Rotwein auf dem Sofa sei, hielt es Kaminski für an der Zeit, zum eigentlichen Ziel eines gemütlichen Abends zu gelangen.

»Sicher hast du dir in Berlin irgendetwas ganz Schickes zugelegt. Ich vermute mal, was ganz kleines?«

»Ich habe mir gar nichts zugelegt. Ich habe nachgedacht.«

»Das hört sich bedrohlich an?«

»Über uns beide«, sagte Elli verhalten leise und Kaminski wurde klar, dass es an diesem Abend zu keinen Zärtlichkeiten kommen würde.

»Hör mal her, Theo«, begann Elli ihre Offenbarung, »wir sind definitiv zu alt, um uns die Jahre, die wir noch mit so etwas wie richtig leben verbringen können, etwas vorzumachen und verkrampft zu verplempern.«

»Also, mal langsam«, gab sich Kaminski überrascht, »wovon sprichst du überhaupt?«

»Ich spreche davon, dass wir schon lange nicht mehr miteinander, sondern nebeneinanderher leben. Das ist keine neue Erkenntnis. Das weißt du, das weiß ich, das ist auch vielen anderen klar, die uns besser kennen und sich in ähnlichen Situationen befinden. Das macht es aber nicht besser. Wir haben nur das Gefühl, das sei nicht so schlimm, weil es bei anderen genauso ist. Außerdem war dieser Zustand für uns nur deshalb halbwegs erträglich, weil sich jeder von uns seine Freiheiten nehmen konnte. Wir haben Geld, gehen aus, gehen uns aus dem Weg und nerven uns nicht jeden Abend gegenseitig. Das sollte ein Ende haben.«

Kaminski war zunächst sprachlos. Damit hatte er nicht gerechnet.

»Theo«, fuhr Elli fort, »ich will hier kein unnützes Theater, schon gar keinen Streit vom Zaun brechen. Aber wir sollten etwas ehrlicher sein. Das Beste wird sein, ich ziehe hier aus, erst mal zu meiner Schwester. Die haben ein fast leeres Haus und jede Menge Platz. Bevor ich denen auf den Geist gehe, habe ich eine eigene Wohnung gefunden.«

»Dass wir hier nicht mehr das junge Liebespaar sind, hab sogar ich gemerkt«, warf sich Kaminski in die Diskussion hinein. »Natürlich bin ich kaum da und wenn wir zusammen sind, geht es um Auftritt, Repräsentation, gesellschaftliche Pflichten. Das ist aber die Grundlage des Lebens, das wir führen. Das eine geht nicht ohne das andere. Sonst hätten wir uns irgendwann mal früher für Ruhe und Frieden und Zweisamkeit in einer Dreizimmerwohnung entscheiden müssen. Das wollten wir aber beide nicht.«

»Nein, das wollten wir beide nicht. Es geht nicht darum herauszufinden, wer was wollte oder verantwortlich ist. Ich suche keinen Schuldigen, ich mache dir keine Vorwürfe, aber ich will und habe das Recht, anders zu leben, als wir das die letzten Jahre getan haben.«

»Ja und ich?«, entfuhr es Kaminski. »Ich muss das dann halt auch tun, ob ich will oder nicht.«

»Auch du hast dann neue Freiheiten.«

»Wozu? Was soll das heißen, wer von uns braucht neue Freiheiten? Ich brauch keine. Wie ist es mit dir?«

Elli schwieg und sah ihn nur an.

»Komm, mach mich nicht zum Affen«, wurde Kaminski plötzlich etwas lauter. »Sprichst du etwa von einem Lover – hast du schon einen?« Kaminski durchzuckte der Gedanke, dass er seine Frau komplett falsch eingeschätzt haben könnte. Oft dachte er, sie habe alters- und durch die Wechseljahre bedingt nicht dieselben körperlichen Bedürfnisse wie früher. Aber dass sie die vielleicht hatte, nur nicht mehr mit ihm, wurde ihm mit einem Mal erschreckend klar.

Elli sah ihn nicht mehr an, blickte ins Leere und sagte einfach »Ja«.

Kaminski hätte bis vor Kurzem gewettet, dass er sich in so einer Situation rasend nach der Person des Nebenbuhlers erkundigt hätte, um ihn zu stellen, ihm zu drohen, ihn niederzuschlagen, fortzujagen oder notfalls zu erschießen. Doch nun saß er da, so schwer, dass ihm keine Bewegung möglich war. Ein einziger Gedanke beherrschte ihn in der Sekunde und er sprach ihn leise und gefasst aus: »Das darf erstmal niemand erfahren.«

Obwohl dies der Anfang langer Diskussionen hätte sein können und Elli bereits ihre Vorstellungen hatte, wie es weitergehen sollte, ging dieser Abend damit zu Ende. Ohne das Gespräch weiterzuführen, begaben sich beide alsbald in ihre Zimmer und versuchten zu schlafen.

3

»So mein lieber JJ«, sprach der Ressortleiter Palm in der Redaktion mit seinem Kürzel und Kosenamen an. »Wer gackert, muss legen, heißt es. Wenn Sie jetzt den Termin wissen, finden Sie auch heraus, was dort beschlossen und verkündet wird. Jetzt brauchen wir die ganze Story. Aktivieren Sie Ihre Kanäle. Es lohnt sich.«

So war er eben, der Schlehenmayer, immer zur Vorsicht mahnend, fast ängstlich, doch nun wollte er ihn zur investigativen Höchstleistung treiben.

Die Chance nutzend, gab Palm zurück: »Das könnte natürlich ein paar Flugmeilen oder das eine oder andere Abendessen kosten. So viel Spesen müssten drin sein.«

»Immer in Maßen, JJ, auch wenn Sie gar nicht wissen, was das ist. Est modus in rebus* – sagt der Lateiner. Sollten Sie beachten.«

Schlehenmayer hatte für eigentlich jede Lebenslage ein lateinisches Bonmot parat und man witzelte, er habe schon bei seiner Einstellung als Volontär neulateinische Dichtungen von Sebastian Blau zitiert, weil er dachte, dies sei beim Tagblatt Standard in der gesprochenen Sprache. Nach mehr als 30 Dienstjahren auf dem Buckel rekurrierte er mehr denn je auf diese bildungsbürgerliche Ingredienz seiner Vita, wohl wissend, dass er damit immer mehr zu einem wandelnden Fossil wurde.

---

* Es gibt ein Maß in den Dingen.

Palm war an sich kein Spesenritter. Angesichts der Risiken, Mühen und Arbeitszeiten, die er für die Recherche seiner Themen und damit für die Produktion der Glanzlichter der lokalen Berichterstattung auf sich nahm, könnte der Verlag etwas großzügiger sein, dachte er. Seit er bei seiner Nochehefrau ausgezogen war und eine eigene Wohnung angemietet hatte, war alles teurer. Selbst die Kleinigkeiten des Lebens, Hemden bügeln lassen, das häufige auswärtige Essen angesichts des leeren Kühlschranks und manches andere mehr hatten seinen Alltag verteuert. Selbst die wenigen aushäusigen Unternehmungen, auf die er sich mit Hanne einließ, waren nicht kostenfrei. Alles kostete Geld. In der ungebundenen Zeit vor seinen Fellbacher Jahren mit Inge und den Kindern war ihm dies trotz geringeren Einkommens nicht aufgefallen. Jetzt aber war der Anspruchslevel ein anderer geworden, angeblich auch der generelle Preislevel, vor allem in Stuttgart. Die vergleichsweise zahlungskräftige Klientel der Bürgerschaft sorgte für gehobene Preise, vor allem in der Gastronomie. Gelegentliche mehrgängige Menüs auf Verlagskosten, vor allem, wenn man sie halbwegs vernünftig als Rechercheaufwand darstellen konnte, halfen da gut weiter. Wobei der Verlag nach wie vor den Standpunkt vertrat, in kaum einem anderen Beruf könne man sich immer und überall so selbstverständlich einladen lassen wie als Journalist. Statistisch gehörten Journalisten zu dem Berufsstand mit der kürzesten Lebenserwartung, weshalb Palm von dem Gedanken abgekommen war, er müsse zu seiner zu erwartenden gesetzlichen Rente irgendetwas zusätzlich auf die Seite legen. Kam am Monatsende sein Redakteursgehalt und das Konto war ausgeglichen, verbuchte er dies als Erfolg.

Tatsächlich hatte er mal von einer Großmutter um die 12.000 Euro geerbt. Dafür hatte er sich einen gebrauchten Alfa Spider gekauft, der in der Folge Unsummen an Reparaturen und Wartungskosten verschlang und beim Wiederverkauf drei Jahre später gerade noch 2.500 brachte. Das war für Palm ein deutlicher Beweis dafür, dass zusätzliche Einnahmen nicht unbedingt für zusätzliches Auskommen sorgten. Danach hatte er den gebrauchten Daimler, ein T-Modell der E-Klasse mit Dieselantrieb, erworben. Machte nicht viel her, war aber der wirtschaftlich beste Kauf, den er seit Langem getätigt hatte. Für ihn und manche seiner Freunde war dies der rollende Nachweis von Reife, man könnte auch sagen des Alters.

Ähnliches war von Hanne zu berichten. Sie brachte keinen Glamour mit. Für seine Verhältnisse war sie inzwischen eine Dauerbeziehung und das vielleicht befriedigendste Verhältnis, das er je hatte. Vormals stand er, wie cum grano salis – das hatte er natürlich bei Schlehenmayer aufgeschnappt – fast alle Männer, auf schöne Frauen: blond, lange Beine, an den richtigen Stellen rund und – scharf! So stellte man sich das vor. Er hatte dann in seiner Laufbahn als Herzensbrecher festgestellt, dass diese Spezies recht selten war. Gerade diejenigen, die makellos aussahen und natürlich stark auf ihr Äußeres bedacht waren, waren meist wenig an Sex interessiert bis zuweilen fast asexuell. Von Leidenschaft keine Spur und die ganze Energie nach außen gerichtet. Zum Auftreten und Vorzeigen waren die Mädels natürlich toll, aber zu zweit lief wesentlich weniger, als man sich das in den energiegeladenen Jahren zwischen 18 und 30 wünschte. Manche Schönheiten hatte er als extrem langweilig empfunden.

Mit Hanne sah er eine Vermutung bestätigt, die er schon lange hegte: es sind die, denen man es nicht ansieht. Vor Hanne war ihm noch keine Frau begegnet, die ihre sexuellen Begehrlichkeiten so offen und konsequent auslebte. Zudem war Hanne ohne romantische Bedürfnisse: gemeinsame Unternehmungen, Urlaubsreisen oder gar ein Leben zu zweit waren bei ihr kein Thema. Sie wusste, dass sie etwas pummelig und mit einem Allerweltsgesicht ausgestattet war, im Grunde keine Ausstrahlung hatte, aber stets ein heftiges Bedürfnis nach einem Mann verspürte. In ihrem Arbeitsumfeld durfte sie für dieses Bedürfnis aber nicht auf Kontaktsuche gehen. Da sie sich nach dem Abitur mit einem Ausbildungsplatz als kaufmännische Angestellte zufriedengab, landete sie im Berufsleben erst einmal als Sekretärin. Früher als andere beschäftigte sie sich mit dem Phänomen Computer und PC, und konnte dies bald als Zusatzqualifikation bei der Bewerbung auf neue Stellen ins Feld führen. Inzwischen hatte sie es zu einer Büroleiterin bei einem großen Autohändler gebracht, der an erfolgreiche Schnösel und diejenigen, die sich als solche wähnten, sportliche Autos aller Art verkaufte. Unter den Kunden des Hauses, mit denen sie durchaus Kontakt hatte, auf Männersuche zu gehen, war außerhalb jeder Diskussion.

Aus ihrer insgesamt unauffälligen Erscheinung zog Hanne aber nicht etwa den Schluss, dass sie sich der Realität beugend ein im besten Falle durchschnittliches Pendant suchte, etwa die fahle Erscheinung eines Versi-

sachbearbeiters, mit dem sie es unter Umständen bis zu einem Reihenhaus mit zwei Kindern bringen konnte, um dann wiederum im besten Falle nach etlichen Jahren einen Lebenszuschnitt zu erreichen, den sie sich jetzt bereits mit ihrer eigenen Arbeit leisten konnte. Sie wollte zudem kein Liebesleben führen, dass diesen Namen alsbald nicht mehr verdienen würde. Sie hatte beschlossen, sich das zu nehmen, was sie wollte. Zumindest versuchte sie es und manchmal gelang es, wie jetzt mit JJ. Ohne Verpflichtungen, ohne Perspektiven – und wenn sie genug hatte, schickte sie ihn wieder weg. So weit war sie mit JJ noch nicht. Sie wusste, dass ihre Lover oder Böcke, wie sie sie nannte, sie weder heiraten, noch sie ausführen, mit ihr in die Oper und ins Theater gehen oder in den Traumurlaub nach Bali fliegen wollten. Sie wusste, dass sie sich aber unbändig mit ihr vergnügen wollten. Und das war auch ihr Ziel. Auf diese Art war sie nun schon Mitte 40 geworden, mit der Begleiterscheinung, dass ihre Böcke genauso älter wurden. Stets genauer, das war ihr Spiel, musste sie herausfinden, wer ihren Vorstellungen gerecht werden konnte. Sie hatte bereits einige Enttäuschungen erlebt und die Mannsbilder entschuldigten sich kurz darauf mit Erklärungen wie: Man sei ja nicht mehr 20. Solche Typen kamen ihr nie wieder oder besser gar nicht erst ins Haus. Deshalb verlegte sie erste Intimitäten mit einigermaßen aussagekräftigen Belastbarkeitstests gern außerhalb ihrer Wohnung im Heusteigviertel. Somit rückte ihr in ihren vier Wänden erst gar keiner auf den Pelz. JJ hatte sie auf der Stelle überzeugt und sich wie erwartet bei seiner Frau, ihrer Klassenkameradin von damals, nach ihr erkundigt.

»Sag mal, wie heißt eigentlich die kleine Dicke, die nicht mit in eure Kneipe wollte, mit Nachnamen. Ich glaube, die habe ich vorher noch nie gesehen«, hatte JJ am Tag nach dem Klassentreffen beiläufig gefragt.

»Ach die Rumpler«, sagte Inge. »Die ist wohl immer noch Single. Hast sie ja gesehen. Sie war schon früher immer das Mauerblümchen. Die Rolle gefällt ihr wohl.«

Rumpler, von wegen Schall und Rauch. Irgendwie passte der Name wie der Arsch auf den Eimer, dachte JJ. Im Telefonbuch fand er sie, ›Rumpler, H.‹. Einschließlich Telefonnummer und Adresse. Und tatsächlich machte er wahr, was er sich vorgenommen hatte – die CD. Er schenkte sie Hanne, die ihn ohne Fragen oder weitere Begrüßungsrituale in die Wohnung reinließ. Diese war für eine Person fast zu groß, alt und mit vielen Ecken, aber recht modern eingerichtet; sparsam, jedoch nirgendwo geschmacklos oder kitschig, wie JJ das oft bei Personen wahrnahm, die er für einfach hielt. Die Küche war für Hannes sonstige Möbel und Accessoires einen Tick zu teuer, wie es ihm vorkam, und machte einen wenig benutzten Eindruck. In den ersten acht bis zehn Wochen nach dem Klassentreffen lernte er diese Wohnung intensiv kennen. Mit Hanne hätte er sich aber genauso gut auf einen Raum beschränken können, da sie die Wohnung ausschließlich für das eine, wenn auch nicht immer auf dieselbe Weise nutzten, sogar die Küche blieb nicht verschont. Sobald er mit Hanne zusammen war, fühlte er sich 20, wenn nicht 30 Jahre zurückversetzt. Seither war er davon überzeugt, dass zwischen Menschen Vibrations in Form von unbändiger Energie entstehen konnten und sich viele Phänomene dieser Welt nur so erklären ließen.

Im Falle von ihm und Hanne waren diese Energien einzigartig und eindimensional. Und er wollte sie in jedem Falle voll auskosten.

Seit seinem letzten Besuch bei Hanne, als er frühmorgens zu dem Treff mit Hagemann aufbrechen musste, waren ein paar Tage vergangen. Morgen wollte er ihn wieder treffen. Hagemann hatte irgendwie einen Nachtzug-Tick. Jedenfalls sollte er wieder morgen in aller Frühe in Stuttgart ankommen. Als JJ bei Hanne eintraf, war es bereits nach Mitternacht. Sie hatte ihn früher erwartet und war auf der Couch vor dem Fernseher eingeschlafen. Relativ zügig und bereits aufeinander eingespielt, holte Hanne, nachdem er sie aufgeweckt hatte, eine gut gekühlte Flasche Sekt aus dem Kühlschrank, während er sich im Bad frisch machte. Als er wieder herauskam, zog er Hanne von der Couch auf den Teppich.

»Ich dachte, du lässt mich auch noch dort hin«, wollte sie ihn bremsen.

»Das ist sicher nicht nötig«, meinte JJ und war bereits mit beiden Händen unter ihrem Bademantel tätig geworden. Dennoch konnte sie sich von ihm lösen und verschwand Richtung Bad. Er nutzte den Aufschub, um Sekt einzugießen, und nahm sich fest vor, die wenigen Stunden, die nachher eventuell noch blieben, fest durchzuschlafen. Bei seinem Treffen mit Hagemann wollte er diesmal so fit wie möglich sein.

4

Palms Plan hatte sich nicht ganz erfüllt. Er war zwar schnell eingeschlafen, aber Hanne hatte ihn geweckt, um zu fragen, ob sie ihn wegen seines Termins später eventuell erneut wecken müsse, damit er ihn nicht versäume. Die Beziehung schien langsam ganz konventionelle Züge anzunehmen, vermutete Palm. Danach war es mit dem erneuten schnellen Einschlafen vorbei und er stand entgegen seiner sonstigen Gewohnheiten so früh auf, dass Zeit genug für ein richtiges Frühstück gewesen wäre. Dass es dann nur zu einer Tasse Kaffee reichte und Palm dennoch zu spät dran war, lag an dem Buch über Fidel Castro, das Hanne ihm einmal geschenkt hatte, und das in der Küche herumlag. Sein Interesse galt einer Passage, in der Castros brillante Manipulation der US-Medien während der Revolutionszeit auf Kuba beschrieben wurde. Er würde sich vom Management der Bahn, wenn es um das Großprojekt ging, bestimmt nicht manipulieren lassen. Da konnte Hagemann so ausgekocht sein, wie er wollte.

Auf dem Weg vom Kurzparker-Parkplatz zum Seiteneingang des Bahnhofs entdeckte Palm bereits ein großes Polizeiaufgebot und einen Notarztwagen, um den gelangweilte Sanitäter rauchend herumstanden. Von ihnen versprach sich Palm mehr Aufschluss über die Lage als von einem Polizisten.

»Was ist denn hier los?«, fragte er einen Sanitäter.

»Keine Ahnung. Aber uns braucht man, wie es scheint, gar nicht mehr.«

Palm dachte an irgendeine Art von Unfall mit Todesfolge oder eine Gewalttat, musste sich aber dazu zwingen, seinen eigentlichen Termin wahrzunehmen. Am Bahnsteig angelangt, von wo aus Hagemann mit ihm immer in das Besprechungsverlies ging, wollte er gerade auf die Treppe abbiegen, als er Hagemann unten mit zwei Polizisten und einem Mann in Zivil stehen sah. Der Manager war kreidebleich, wahrscheinlich war ihm die Nachtfahrt dieses Mal nicht bekommen. Nach kurzem Disput setzten sich Hagemann und die drei anderen nach oben in Bewegung. Ahnungsvoll ging Palm ein paar Schritte zurück. Hagemann sah ihn zwar, zeigte jedoch keine Reaktion und zog mit seiner polizeilichen Begleitung ab. Palm entschloss sich, die Treppe in Richtung des ihm bekannten Kellerraums hinunterzulaufen. Auch die Tür zu der Seitentreppe war geöffnet. Auf dem Gang kam ihm ein Polizeibeamter entgegen.

»Was suchen Sie hier? Der Bereich wird abgesperrt. Hier finden polizeiliche Ermittlungen statt. Können Sie sich ausweisen?«

»Wozu das?«, fragte Palm.

»Das ist eine spontane Personenkontrolle und zwar an einem Tatort, also …«, antwortete der Beamte.

»Tatort?«

»Ausweis!«, beharrte der Polizist.

»Okay«, Palm kramte in einer seiner tausend Manteltaschen und bekam eine Art Plastikkarte zu fassen. Ohne dass er sie dem Polizisten überreichen wollte, nahm der sie ihm aus der Hand und hielt in dem Dämmerlicht des Ganges eine kleine Taschenlampe drauf.

»Die Presse!«

Palm hatte in einer kleinen Innentasche seinen Personalausweis vermutet, war aber nur auf seinen Presseausweis gestoßen.

»Großer Gott, seid ihr heut schnell«, sagte der Polizist in einer Mischung aus Bewunderung und Amüsement.

Inzwischen war die Person in Zivil, die zuvor die Polizisten und Hagemann begleitete, zurückgekommen.

»Wen haben wir denn hier? Standen Sie vorher nicht oben auf dem Bahnsteig?«

»Hier haben wir Johann Jakob Palm, Journalist beim Tagblatt«, beantwortete der Polizist die Frage.

»Om dr älles«, entfuhr es dem Mann, der sich sodann als Herbert Bolz, Hauptkommissar bei der Stuttgarter Mordkommission, vorstellte.

»Heit wärdet wohl älle vorab informiert«, fügte er hinzu.

»Wie? Vorab? Was ist eigentlich passiert?«, stammelte Palm.

»Also, einer wie Sie weiß des doch. Sonscht wäret Se doch gar net herkomma om die Zeit. Sie saget mir jetzt erscht a mol, worom Sie hier senn. Dass es do onda so a Eck ibrhaubt gibt, woiß doch gar koi normaler Mensch.«

Damit hatte der Hauptkommissar natürlich recht. Nur, dass er einen Termin mit Hagemann hatte, konnte Palm unmöglich sagen.

»Warum ich hier bin, kann ich erst sagen, wenn klar ist, dass das niemand erfährt«, wehrte Palm nervös und verdattert ab.

»Ich glaube«, wechselte Bolz mit einem Schlag in strenges Hochdeutsch, »Sie sind ein Witzbold. Ich kläre Mordfälle auf, damit anschließend jeder, verstehen Sie jeder, weiß, was passiert ist. Wir arbeiten nicht für einen Schweigeorden, Sie doch auch nicht, Sie sind doch Journalist. Dann kommen Sie eben gleich mit aufs Präsidium. Vielleicht können Sie dann mehr sagen, was nicht geheim bleiben muss.«

Palm überlegte, dass es wohl das Beste sei, sich nun kooperativ zu zeigen. Vielleicht konnte er auf diese Art herausfinden, was hier passiert war und vor allem, was Hagemann damit zu tun hatte.

»Okay, hören Sie, Herr Bolz, ich hab nichts zu verbergen, lassen Sie uns in Ihr Büro gehen.«

Bolz nahm dies überrascht zur Kenntnis, erteilte dem Polizisten und einem von oben hinzukommenden Kollegen einige Anweisungen, um dann mit Palm in Richtung Seitenausgang zu verschwinden. Bolz schritt auf ein Polizeiauto zu und wies Palm an, einzusteigen. Als der zögerte, rief er feixend: »Hend Sie denkt, mir nemmet a Taxi? Ha no!« Zerknirscht stieg Palm ein.

Nachdem Palm nun halb kapituliert hatte, das heißt sich kooperativ zeigte, wollte er die Fahrt wenigstens dazu nutzen, bei Bolz eine Vertrauensbasis herzustellen. Bolz war wohl, was sein Alter betraf, an der Pensionsgrenze. Die beiden trennten nur gut zehn Jahre. Nach Sprache, Physiognomie und gesamtem Habitus gehörte Bolz aber einer anderen Generation an. Bevor Palm loslegen konnte, begann der Hauptkommissar das Gespräch.

»Ein richtig kräftiges Frühstück haben Sie heute noch nicht gesehen. Von woher kamen Sie vorhin zum Bahnhof?« Ja, der alte Fuchs sah ihm natürlich an, dass er etwas wacklig auf den Beinen war. Er konnte ja schlecht antworten ›direkt aus dem Bett einer Freundin‹.

»Ist wohl etwas später oder sagen wir besser früh geworden. Aber hören Sie her, junger Mann, ich kenne das journalistische Geschäft ein wenig. Das meiste davon findet nachts statt und gesoffen wird halt auch nicht schlecht.«

Palm fühlte sich provoziert. Das mit dem ›jungen Mann‹ ging ihm schon lang auf die Nerven. Inzwischen war er dagegen fast allergisch. Natürlich fand er es toll, dass er durch ein gütiges Schicksal oder wie man heute gern sagte ›die richtigen Gene‹, mit über 50 Jahren nach wie vor volles, dunkles Haar hatte, leidlich wenige Falten noch sonstige Anzeichen fortgeschrittenen Alters aufwies. Dennoch war er inzwischen zu lange im Geschäft, hatte zu viel erlebt, getan und gearbeitet, als dass er den ›jungen Mann‹ als Kompliment gelten ließ. Vor allem schwang in solchen Anreden immer ein versteckter Hinweis auf Unreife oder mangelnde Erfahrung mit. Hinzu kam das Klischee vom ewig saufenden Journalisten. Das konnte er nicht stehen lassen.

»Also, Herr Hauptkommissar, das heißt Herr Bolz, ich bin leider schon eine ganze Weile nicht mehr jung, noch hänge ich an der Flasche ...«

»Jetzt no et glei uff dr Bom nuff«, unterbrach ihn Bolz, »so war's et gmoint. Aber man könnte meinen, Sie frieren, wenn Sie in dem Mantel rumlaufen.«

Bolz genoss es ein wenig, seinen Mitfahrer in Rage zu bringen und setzte einen drauf. »Sagt man nicht, der

Säufer und der Hurenbock, die frieren auch im dicksten Rock.«

Palm ahnte, welches Spiel Bolz mit ihm treiben wollte und blieb ruhig, entgegnete nur: »Na, wenn Sie meinen. Ich musste bisher nie was dafür zahlen.«

»Oh je«, seufzte Bolz, »so hann' es scho gar et g'moint.«

Mit dem wiederholten ›et‹ verriet Bolz seine Herkunft, eigentlich nur für Schwaben, aber auch für den gelernten Schwaben Palm. Er war zwar in Stuttgart geboren, aber seine Eltern waren nach dem Krieg weit aus dem Osten gekommen. Zuhause in Ludwigsburg, war er mit dem aufgewachsen, was man in der Stuttgarter Gegend als Hochdeutsch bezeichnete, in Wirklichkeit aber nur näher am Schriftdeutsch war als das lokale Idiom. Mit Schule und Kindergarten wurde Palm sprachlich zunächst einmal ganz zum Schwaben, besann sich ab dem Gymnasium aber auf seine Fähigkeit, das S am Wortanfang stimmhaft auszusprechen und die Artikulation generell etwas weiter nach vorne in die Mundhöhle zu verlagern. Damit galt er im Südwesten als ›Hoch-Sprachler‹. Soviel Schwäbisch hatte er aber gelernt und beherrschte es, wenn es sein musste, dass er keinesfalls als Zugereister eingestuft wurde, und zwischen den unterschiedlichen Herkunftsregionen der Einheimischen unterscheiden konnte. Und ›et‹ war definitiv nah an der Alb oder droben auf der Alb. Das musste er sich zunutze machen.

»Wenn ich mich nicht ganz verhört hab, Herr Bolz, sind Sie nicht unbedingt ein Stuttgarter?«

»Saget Se bloß – so gut heret Sie«, machte sich Bolz über ihn lustig.

»Ich würde mal sagen, irgendwo zwischen Reutlingen und Münsingen kommen Sie her«, wagte er sich vor.

»Jetzt guck au do na«, gab Bolz anerkennend zurück. »Engstingen, ju…«, gerade noch konnte er sich den jungen Mann verkneifen und fuhr fort , »… jo, gar et schlecht.«

Von dem Volltreffer beflügelt, legte Palm nach: »Ja, was jetzt: Großengstingen oder Kleinengstingen?«

Bolz merkte natürlich, dass Palm dabei war, auf den Putz zu hauen, um Oberwasser zu bekommen, ließ sich aber auf das Weiterreizen ein: »Jetzt sag ich Ihne d' Religion und no saget Sie mir, ob Groß oder Klein.«

Das gefiel nun beiden und da Palm von der einstmals giftigen Atmosphäre zwischen den erzverfeindeten protestantischen und katholischen Nachbardörfern wusste, ordnete der den katholischen Bolz richtig ein. Damit war das Eis etwas gebrochen. Bolz war der junge Mann, der nicht mehr als solcher betrachtet werden wollte, irgendwie sympathisch.

Inzwischen hatte der Polizeiwagen auf dem Parkplatz des Polizeipräsidiums geparkt, nachdem das Kreuzungschaos am Pragsattel überwunden war. Bolz bedankte sich bei dem Polizisten am Steuer. Man stieg aus und ging schweigend in das Gebäude. Bolz voraus, Palm hinterher.

Das Büro von Bolz war eng, nicht besonders aufgeräumt und stickig. Bolz öffnete die beiden schmalen Fensterflügel. »Ich hoffe, Sie frieren nicht, aber die Luft tut uns sicher gut.« Dies war reine Übertreibung. Von den unterhalb des Polizeipräsidiums vorbeiführenden, mehrspurigen Hauptverkehrsstraßen konnte nicht viel mehr als eine Abgaswolke heraufziehen.

»Jetzt fangen wir einfach mal an. Das ist jetzt kein Verhör, sondern meine persönliche Neugier. Was also treibt Sie um diese Zeit, die nicht die Ihre ist, heute Morgen zum Bahnhof?«

»Okay«, sagte Palm, »ich wollte jemand vom Zug abholen.«

»Von welchem?«

»Von dem ICE aus Berlin, Ankunft 7.05 Uhr.«

»Und warum haben Sie niemanden abgeholt?«

»Weil Sie ihn mitgenommen haben.«

»Na, dann sind wir doch schon dort, wo wir hinwollen. Sie wollten diesen Bahnmann, wie heißt er, den Hagestolz …«

»Hagemann«, verbesserte Palm.

»Genau, den Hagemann abholen. Wenn Sie den morgens um diese Zeit am Bahnhof in Empfang nehmen wollten, musste der für Sie doch mindestens einen Koffer voller Geld oder ähnlich Wertvolles im Gepäck haben?«

»Das kann ich noch nicht sagen, dazu müsste ich erst mit ihm sprechen.«

Bolz realisierte, dass er unter Umständen von Palm etwas erfahren konnte. »Jetzt machen wir zwei einen ganz redlichen Ehrenhandel. Ich schreib hier nix mit, wie Sie sehen, ich nehme nichts auf Band auf. Ich hör nur zu. Aber Ihnen sag ich jetzt auch was, und das tratschen Sie nicht weiter, schreiben es nicht auf und rennen damit nicht gleich fort. Wissen Sie, weshalb wir den Hagedings mitgenommen haben?«

Palm schüttelte den Kopf.

»Weil wir einen Mörder suchen und guten Grund zu der Annahme haben, dass der, den Sie vom Zug abholen wollten, vielleicht dieser Mörder sein könnte.«

Palm saß wie vom Donner gerührt da. »Hagemann ein Mörder? Wen soll er denn ermordet haben?«

»Was heißt hier ›soll‹ und ›wen‹, wir stehen hier ganz am Anfang und sammeln Informationen. Zum Beispiel dazu, wer der Tote sein könnte. Eigentlich müsste ich das schon wissen. Momentan haben wir einen Toten, der sich vermutlich nicht mehr besonders ähnlich sieht. Ich hab ihn mir unten im Bahnhof genau angesehen. Aufgrund seiner Verletzungen konnte ich nicht viel erkennen.«

Mit diesen Worten griff Bolz zum Telefonhörer, wählte vier Ziffern und sagte etwas uncharmant: »Wisset Ihr jetzt, wen mr do hend? Ah, kommt glei, i wart.« Bolz hatte den Hörer noch nicht auf die Gabel gelegt – das Telefon machte einen etwas musealen Eindruck –, da klopfte es an der Tür, die zugleich aufging, und ein jüngerer Kollege von Bolz schluckte die Worte, die er bereits auf der Zunge hatte, sofort hinunter, als er sah, dass Bolz einen Besucher hatte. Er reichte Bolz nur einen Zettel und blickte ihn, erwartungsvoll die Reaktion abschätzend, an.

Bolz setzte sich und stammelte fassungslos vor sich hin: »Leck mich am Arsch! Isch des au sicher? Irrtum ausgeschlossen?«

Der Bote nickte: »Vollkommen ausgeschlossen.« Mit einer minimalen Kopfbewegung deutete Bolz dem Mitarbeiter an, dass er den Raum verlassen könne.

Bolz sah Palm, der sich kaum beherrschen konnte, eine Weile an. Als Bolz den Mund öffnete, hielt er inne, da durch das offene Fenster das Dröhnen eines aus Richtung Cannstatt herauffahrenden Lastzugs alles andere übertönte. Bolz stand auf und schloss das Fenster wieder.

Bolz wurde noch ernster als bisher: »Also ich sag Ihnen jetzt was, bevor es der Rest der Welt erfährt …«

»Wer ist der Tote?« Mit Palm ging langsam die professionelle Neugier durch.

»Ich nehme an«, antwortete Bolz, »Sie kennen einen gewissen Dr. Theodor Kaminski.«

Palm wusste im Moment nicht, ob er in einen Film geraten war. Kaminski, der Vorstandsvorsitzende der größten Bank in Stuttgart und des Landes, wird in den Katakomben des Stuttgarter Hauptbahnhofs ermordet aufgefunden. Und Hagemann kommt für die Polizei als Täter in Betracht. Das klang etwas merkwürdig.

Palm kamen Zweifel. »Sind Sie sicher, dass es sich um Kaminski handelt?«

»Sie haben es ja selbst gehört: Irrtum ausgeschlossen.«

»Was macht Kaminski morgens um diese Zeit in irgendeinem Keller des Bahnhofs?«, sprach Palm vor sich hin.

»Und was machen Sie dort, was macht der Hagemann dort? Ich bin sicher, Sie können uns weiterhelfen«, setzte Bolz Palms Gedankengang fort.

In Palms Mantel klingelte das Handy. Er kramte es hervor, Hanne war in der Leitung.

»Hallo, ist dein Treff zu Ende? Du wolltest doch

noch mal zurückkommen. Ich bin heute Vormittag zu Hause.«

»Hanne, sei mir nicht böse, aber heut geht vermutlich gar nichts mehr. Es ist einiges Unvorhergesehene passiert.«

»Klingt ja spannend. Du hattest ja keine so ruhige Nacht«, feixte Hanne, »war aber schön …«, und schmatzte einen ordentlichen, im ganzen Raum vernehmbaren Knutscher ins Telefon.

»Das klang nicht nach Ihrer Frau«, stellte Bolz treffsicher fest.

Palm gab gar keine Antwort.

»Behalten Sie Hagemann jetzt hier?«, fragte Palm.

»Das hängt davon ab, wie er seine Anwesenheit in dem Bahnhofskeller erklären kann. Unsere Leute kamen wahrscheinlich nur etwas zu spät um die Ecke, um das Verbrechen zu verhindern.«

»Jetzt mal langsam, wie verstehe ich das?«, rief Palm. »Sie gehen dorthin, um die Ermordung Kaminskis zu verhindern? Hellseherisch? Nach dem Motto: mal sehen, wer schneller ist? Wie reimen wir uns das zusammen?«

»Warum wir vor Ort waren, darf ich Ihnen nun wirklich nicht sagen, aber es handelte sich sozusagen um einen angekündigten Mord. Nur sind wir etwas zu spät aufgetaucht.«

5

Elli warf sich von einer Ecke des Sofas in die andere, die Hände vors Gesicht geschlagen, und murmelte immer wieder denselben kurzen Satz: »Das ist das Ende.« Nur wovon, konnte sie nicht richtig fassen. Kaum zwei gute Stunden waren vergangen, seit Theo etwas früher als sonst von seinem Fahrer abgeholt worden war.

Nach dem Aufwachen hatte sie nur kurz auf die Uhr gesehen, als sie hörte, wie er sich fertig machte. Sie war extra im Bett geblieben, bis er endgültig aus dem Haus war. Ein normaler Umgang gestaltete sich nach der gestrigen Trennung schwierig. Sie hatte beschlossen, heute zu packen und die Ankündigung des Auszugs wahr zu machen. Er wusste ja, dass er sie bei ihrer Schwester finden konnte. Eine Vorstellung, was sie mitnehmen wollte, hatte sie auch. Nachdem Theo die Haustür zugezogen hatte, stand sie auf, um voranzukommen. Sie hatte in den letzten Tagen sogar eine Liste erstellt, was alles mit sollte. Das machte das Packen leichter. Aber die Koffer nach oben zu transportieren, erschöpfte sie. Das gehörte zu den ganz wenigen Aufgaben in ihrem gemeinsamen Leben im Haus, die Theo stets übernommen hatte. Zweifel kamen Elli bei der Abendgarderobe. Mussten die Ballkleider wirklich mit? Mit Norbert auf einen Ball? Wenn der es inzwischen über sich gebracht hatte, mit seiner Frau reinen Tisch zu machen? Konnten sie überhaupt in

Stuttgart einen Ball besuchen? Wer wusste schon, was sie noch erwartete? Norbert musste ja nicht das Ende aller Irrungen und Wirrungen oder Sehnsüchte sein. So entschloss sie sich, die teuren Sachen oben auf die bereits hohen Stapel zu packen. Als sie das Schlafzimmer und den begehbaren Schrank für erledigt hielt und sich ihrem ›Spielzimmer‹, wie Theo es bezeichnete, sie nannte es ihr Arbeitszimmer, zuwenden wollte, fiel ihr etwas Wichtiges ein: ihr Schmuck. Das meiste, was sie immer wieder trug, befand sich in ihrer Schmuckschatulle. Das verstaute sie einfach als Ganzes in einem der Koffer. Was aber war mit dem wirklich wertvollen Schmuck? Das Collier zur Silberhochzeit, der Diamantring vom letzten Ausflug nach Dubai? Das hatte Theo aus Sicherheitsgründen in seinem Wandsafe und zwei Stücke in seinem Fach in der Bank. Sicher war sicher! Aber sie hatte weder den Schlüssel noch den Code, um darauf zuzugreifen. Theo würde ihr das sicher nicht hinterherschicken. Das konnte sie wohl vergessen!

Sie überlegte, ob sie Theo anrufen und mit dem Vorwand, sie wolle es zu irgendetwas anprobieren, nach Safeschlüssel und Code fragen sollte … Nein, besser nicht, dachte sie. Vielleicht trennten sie sich schließlich irgendwann im Guten und es war nur eine Frage der Zeit.

Vielleicht hatte Norbert gar nichts unternommen. Dann solle er ihr allerdings gestohlen bleiben, hatte sie beschlossen. Für sie gab es auch ein Leben ohne Theo und ohne Norbert. Die Fahrt nach Berlin hatte sie dieses Mal nicht mitgemacht. Norbert wusste, warum. Keine Klarheit, kein Bumszug. Außerdem hätte Theo nun endgültig Zweifel bekommen. Schon wieder in die Hauptstadt und wieder im Zug. Wobei dies nach ihrer Eröffnung keine Rolle mehr spielte. Das wäre lediglich der Fall, wenn Theo erführe, dass es sich bei Ellis Date im Nachtzug um den Bahnabteilungsleiter Norbert Hagemann handelte, den er ihr selbst bei einer Abendveranstaltung in der Bank vorgestellt hatte. Nach einem kurzen Gespräch, bei dem Norbert auf Elli keinen sonderlichen Eindruck gemacht hatte, antwortete Theo auf ihre Frage nach Norbert, dass Hagemann lediglich ein ›dröger Bahn-Fuzzi‹ sei. Einige Wochen später, als Elli mit Freundinnen aus ihrer Bridge-Gruppe auf einen Prosecco hoch in den Bahnhofsturm gegangen war, traf sie zufällig auf Hagemann. Er hatte gerade eine Besuchergruppe durch die Etagen, in denen sich das Bahnhofsmodell befand, geführt und bot sich als Führer für sie an.

»Was, Sie haben das noch nie gesehen? Ich zeig's Ihnen gern.« Das tat er dann. Was er bei dieser Führung erzählte, war Elli teilweise bekannt, teilweise neu – und teilweise hörte sie nicht auf die Worte, sondern auf die Stimme. Hagemann hatte eine dunkle, raue Stimme, die sie beeindruckte. Erst jetzt fiel ihr auf, dass dies etwas war, was sie an Theo schon immer gestört hatte, diese in den Fistelton hochreichende Stimmhöhe, die vor allem durchs Mikrofon gesprochen, krächzte. Hagemanns Organ dagegen, dröge oder nicht, strahlte Volumen und satte Kraft aus. Wahrscheinlich war es seine Stimme, die sie für ihn so empfänglich gemacht hatte. Wenn es dunkel war, hatte diese Stimme für sie etwas Erregendes. Und dunkel war es, als Hagemann nach einer zweiten Führung durch die Ausstellungsetagen, sie hatte darum gebeten, mit ihr gleich nebenan in einen leeren Besprechungsraum ging. Licht drang nur aus dem nächtlich erleuchteten Stuttgart in das Zimmer.

Hagemann sagte: »Nachts herrscht hier oben immer eine ganz eigene Stimmung«, zog sie zu sich an seine breite Schulter und küsste sie.

Als Elli in die Küche gegangen war, um bei der zweiten Tasse Kaffee des Tages mit einem Blick ins Tagblatt eine kurze Pause vom Packen zu machen, klingelte es. Unten am Gartentor standen ein Polizist und ein Mann in Zivil. Durch die Sprechanlage baten sie um Einlass und stellten sich als Hauptkommissar Bolz und Hauptwachtmeister Brettschneider vor. Sie müssten ihr leider eine traurige Nachricht überbringen.

»Tot aufgefunden …«, Elli dachte zunächst an eine Herzattacke – warum dann Polizei? Ein Autounfall? Hatte er einen Unfall gehabt, was war passiert? Der Wachtmeister schien darauf zu warten, dass der Kollege Bolz den Anfang machte.

»Frau Kaminski«, hob Bolz an, »auch wenn das für Sie eine schreckliche Nachricht ist, muss ich es Ihnen mitteilen. Ihr Mann ist Opfer eines Verbrechens geworden. Er wurde erschlagen.«

Elli sackte auf eine Ecke ihres Sofas und blieb stumm. Das konnte nicht sein, das war außerhalb jeden Vorstellungsvermögens. Die Zeit, in der Banker und Industrielle von irren Fanatikern erschossen oder in die Luft gesprengt wurden, war doch längst vorbei. Vielleicht war alles gar nicht wahr.

Eine weitere Stufe des Schreckens wartete aber noch auf sie.

»Wie ist das geschehen? Wissen Sie, wer es getan hat?«

»Das ist zu früh.« Bolz schilderte, wo man Theodor Kaminski gefunden hatte und dass die Polizei aufgrund eines anonymen Hinweises sehr schnell am Tatort gewesen war. Zudem müsse er ihr ein paar Fragen stellen, es sei denn … Nein, er konnte.

»Kennen Sie einen Mann namens Norbert Hagemann?«

Elli spürte eine Keule auf sie einschlagen. »Nein, ja, warum …«

»Die Frage ist nur, ob Sie etwas über die Beziehung zwischen Ihrem toten Ehemann und Herrn Hagemann sagen können?«

»Warum um alles in der Welt, was hat Nor…, äh, Herr Hagemann damit zu tun?«

»Es könnte sein, dass Herr Hagemann zum Kreis der Tatverdächtigen zählt«, sagte Bolz so amtlich trocken wie möglich. Er spürte an Ellis Reaktion, dass hierzu von ihr eine Menge zu erfahren war. Aber gerade deshalb bohrte er nicht weiter, denn er wollte erst einmal im Hintergrund den Boden für die weiteren zu erwartenden Neuigkeiten bereiten, indem er über Hagemanns und Frau Kaminskis Verbleib in den letzten Tagen und Wochen Informationen einholte, welche die neuen, unvermeidlich ans Tageslicht kommenden Erkenntnisse gleich an die rechte Stelle rückten.

»Frau Kaminski, ich verstehe, dass Sie jetzt erschüttert und fassungslos sind. Bitte bleiben Sie vorläufig hier im Haus, falls Sie nicht zwingend weg müssen. Hier können wir am besten für Ihre Sicherheit sorgen. Vor dem

Haus wird ein Streifenwagen postiert. Wann immer Sie etwas brauchen, sagen Sie es den Polizisten.«

»Glauben Sie, dass ich in Gefahr bin?«

»Solange wir über Hintergründe, Motive und Täter des Verbrechens an Ihrem Mann nicht genügend wissen, müssen wir rundum vorsichtig sein.« Bolz gab ihr seine Karte, bot ärztliche und psychologische Unterstützung an und verabschiedete sich rasch.

6

Auf der Fahrt von der Parlerstraße am Killesberg zum Büro dachte Bolz nach. Wenn die Tat etwas mit der Beziehung zwischen Hagemann und Kaminski zu tun haben sollte, müsste man die letzten Wochen und Tage der Kaminskis und Hagemanns ganz simpel rekonstruieren können. Natürlich würden die Herrschaften erst einmal lügen, dass sich die Balken bogen. Aber mit Informationen ihres Umfelds, der Logistiker, Überprüfung von Telefon- und Datenkommunikation ließ sich die Spreu des frei Erfundenen bald vom Weizen der Wahrheit trennen. Sollte es sich hier um eine Beziehungstat handeln, dann brauchte man zwei, drei intensive Tage und Nächte und man hatte sie. Festlegen wollte sich Bolz, für den nach rund 40 Dienstjahren keine Überraschung mehr eine Überraschung war, noch nicht. Dass Art und Umstände der Tat und deren Auflösung in der Konstellation Witwe Kaminski, Hagemann und engstes Umfeld lagen, erschien Bolz im Moment das Naheliegende. Wenn sich ein solches Beziehungsgeflecht, das Bolz im Moment nur erahnen, aber nicht genau kennen konnte, in einem Mordfall so schnell andeutete, gab es selten andere Auflösungen. Lange genug war der Hauptkommissar allerdings im Geschäft, um gegenüber allzu schnell sich zusammenfügenden Mosaiksteinchen einen gesunden Zweifel anzumelden. Und dann war da noch Palm, der Schreiberling, der nach Bolz' Geschmack doch nur halb ausgepackt hatte. Da gab es mehr. Informant sollte Hagemann gewesen sein. Wenn, was sich Bolz aufdrängte, eine Verbindung zwischen Hagemann und Frau Kaminski zu finden wäre, dann wusste Palm mehr als er sagte. Palm, den ›Donder‹, wie Bolz ihn im Landesidiom in einer Mischung aus Verdächtigung und Respekt nannte, würde man im Auge behalten müssen. Nicht als Täter, aber als Informationsquelle. Sollte er den Eindruck gewinnen, dass Palm nicht produktiv mitmachte, dann würde er ihn sich kaufen …, dazu war Bolz entschlossen.

Als der Wagen fast am Präsidium angelangt war, klingelte Bolz' Handy. Palm meldete sich.

»Sie haben Hagemann gehen lassen. Ist er aus dem Schneider?«

»Wie kommen Sie darauf?«

»Ja, wenn Sie etwas aus ihm herauskriegen wollten, müssten Sie ihn ja dabehalten.«

»So was bespreche ich nicht mit Dritten, schon gar nicht von der Zeitung, und schon gar nicht am Telefon.«

»Warum?«, fragte Palm keck. »Werden Sie etwa abgehört?«

»Nein, aber Sie vielleicht«, kläffte Bolz in den Apparat und wollte das Gespräch beenden.

»Aber wir sehen uns heut eh noch mal«, warf Palm ein.

»Davon weiß ich nichts.«

»Der Staatsanwalt hat für 13 Uhr eine Pressekonferenz angesetzt. Es liegen nicht jeden Tag tote Landesbanker im Bahnhof rum.«

Jetzt reichte es Bolz definitiv und er drückte auf die rote Taste. Was bildete sich dieser Hosenscheißer eigentlich ein, ihm gegenüber ein so loses Mundwerk zu führen?

»Du wirsch scho no lerna, dass ma ab on zu besser sei Gosch hält«, deklamierte Bolz vor sich hin. Der Fahrer stellte ohne Reaktion den Wagen ab. Er wusste, dass Bolz nicht mit ihm sprach.

Oben auf dem Schreibtisch lag bereits die Notiz. Der Staatsanwalt wollte Bolz bei der Pressekonferenz um 13 Uhr als Leiter des Ermittlungsteams vorstellen, aber es verging ohnehin kein Tag, an dem die Justiz nicht irgendetwas finden würde, um ihn von der Arbeit abzuhalten. Bolz schickte gleich zwei seiner Leute los – oder sollten die auch vorgestellt werden? Egal, dann waren sie eben weg. Sie mussten herausfinden, was die Kaminski und der Hagemann den Tag über trieben und vor allem, was sie in den letzten Tagen getan hatten. Und zwar lückenlos. Alles konnte wichtig werden. Das Telefon musste überwacht werden. Der Richter würde postfaktum ein Einsehen haben. Dann gab es PCs und Internet, hatte Bolz in den letzten Jahren gelernt. Und so sehr er das technische Gerödel immer verflucht hatte – was sich dort alles finden ließ, flößte ihm Respekt ein, sogar gegenüber denen, die nichts konnten, als Kaugummi kauend und in Lumpen gekleidet zehn Stunden am Tag vor irgendeinem Bildschirm zu sitzen. Es war nur eine Frage der Zeit, aber stets fanden sie wichtige Fakten: Mails, dokumentierte Internetchats, Hoch- oder Heruntergeladenes, Bilder, Texte, Reisebuchungen, Überweisungen – eigentlich alles. Hierfür hatte er eine besondere Figur auf der Etage: Bart, lange speckige Haare, unterhielt sich nur im Flüsterton mit dem Rest der Welt, fand aber alles. Er würde was finden. Davon war Bolz überzeugt.

Hineingeboren war Bolz in eine Familie von Albbauern, die nebenher – früher illegal als Wilderer, später legal – als Jäger unterwegs waren. Lange bevor Bolz einen Jagdschein erworben hatte, hatte ihn sein Vater mit auf die Jagd genommen. Der Gang durch den, je nach Jahreszeit und Jagdziel, morgendlichen oder abendlichen Wald, das Ansitzen und schließlich die Spannung, wenn Wild erspäht wurde, hatten ihm gefallen. Das Schießen selbst war dabei gar nicht so wichtig gewesen, eher die Erfahrung, wie lange man ruhig und oft vergebens warten musste, wie ein Schuss nicht sein eigentliches Ziel traf oder danebenging, vor allem dann, wenn man nicht lange genug warten konnte, bis das Wild näher kam oder eine bessere Silhouette bot. Manchmal, wenn nötig, musste man einen Fangschuss abgeben, mit dem Messer zustechen oder die

Kehle des Tieres durchschneiden. Anschließend das Aufbrechen und Ausnehmen, was ihn als Jugendlichen erst viel Überwindung kostete, aber lehrte, wie entschlossen man ein Beutestück angehen und anfassen musste.

Hier an seinem Stuttgarter Schreibtisch spürte Bolz diesen Instinkt immer wieder, vor allem, wenn man einmal festgestellt hatte, in welchem Revier der Hirsch verortet worden war. Dann stand für ihn fest, dass es bis zum Abschuss etwas Zeit benötigte und kein unnötiges Geschwätz oder ein Zweigbruch dazwischenkommen durfte. Vorsichtige Bewegung war manchmal alles. Vor vielen Jahren, als er seinen Dienst noch in Reutlingen versah, lagen die Dinge oft so klar, dass es eigentlich keinen Jäger brauchte, sondern nur einen Hund, der einen zur Beute brachte. Dort in den engen Grenzen dieser wohlhabenden Bürgerstadt, wo fast alle miteinander verwandt waren, gestanden die armen Sünder oft schneller, als man sie fragen konnte. 90 Prozent aller Gewalttaten mit Todesfolge waren Beziehungsdelikte. Außerhalb des engeren Familienkreises der Opfer musste man eigentlich gar nicht suchen. Und davon gab es trotz allem Neid und aller Missgunst, die in den vermögenden Kreisen gern in den Familien ausbrachen, nicht viele. Bei Jagdunfällen wurde Bolz immer hellhörig, waren doch beinahe alle seiner ›Kunden‹ Jäger und hatten mit irgendeinem Bruder, Vetter, Onkel oder Miterben eine Rechnung offen.

In Stuttgart lagen die Dinge komplexer. Internationale Täter auf Durchreise, Rotlichtmilieu, was es in Reutlingen nur in kleinem Maßstab gab, und schließlich wie inzwischen überall eine Drogenszene mit Mord und Totschlag. Damit war die Landeshauptstadt für einen wie Bolz natürlich ein interessanteres Terrain als die wenig stressige Stelle unter der Achalm, die im Vergleich zu seiner Aufgabe in Stuttgart einem Rundum-sorglos-Paket ähnelte.

Nach dem Aufgreifen von Hagemann und der Begegnung mit der Witwe war für Bolz die Jagd eröffnet. Ob Hirsch, Reh oder Wildsau vor die Büchse kamen, war noch nicht sicher. Im Geiste hatte Bolz nun aber durchgeladen. Und, richtig, da war noch Palm, ein Treiber, beschloss Bolz, Palm war der Treiber. Irgendeinen würde der Mann mit dem Lottermantel vor den Lauf bringen. Wie bei allen Treibern, die nicht nur auf des Jägers Anweisung, sondern auch aus eigenem Interesse etwas vor sich her hetzten, musste man wegen drohender Jagdunfälle besonders vorsichtig sein. Ebenso wegen der Beute, die der Jagdgehilfe selbst im Auge haben mochte, für sich und für später reservieren wollte. So kooperativ der auch sein würde, einen wie Palm würde er immer im Auge behalten.

Vor dem großen Jagdauftakt kam aber die Pressekonferenz. Was wollte der Staatsanwalt nur sagen? Nebelkerzen und Desinformation, mehr war momentan gar nicht möglich. Wie Bolz die Lage überblickte, war zuvor Zeit für einen Besuch in der Kantine. Zu seiner Überraschung traf er den zuständigen Staatsanwalt Dieterle. Der winkte ihn gleich zu sich an den Tisch. Während Dieterle sämtliche Kriminalbeamte nur mit dem Nachnamen ansprach, setzte er bei Bolz aus Respekt vor dessen Erfahrung und Stellung unter den Kollegen ein Herr hinzu.

»Herr Bolz, gut dass ich Sie sehe. Müssen wir vor der PK noch was besprechen?«

»Was wollen Sie denn sagen, Herr Dieterle, wissen wir schon was?«

»Wüssten wir was, würde ich es nicht sagen«, entgegnete Dieterle nur halb im Scherz. »Aber hören Sie mal, hier liegt der Chef der Landesbank mit ziemlich entstellter Birne im Keller, also jetzt in der Pathologie, vorher im Bahnhof. Da wollen die Leute was wissen. Ich sage, dass die Identität zweifelsfrei feststeht, dass wir angesichts der Bedeutung der Persönlichkeit des Opfers in alle Richtungen ermitteln, Beziehungstat, politisches Umfeld, Bankenkrise und so weiter und so fort. Und Sie und Ihr Ermittlungsteam stelle ich natürlich vor.«

»Also, außer mir kommt keiner«, merkte Bolz an. »Die anderen sind schon bei der Arbeit. Vielleicht können Sie das sagen. Aber mal unter uns: Was meinen Sie mit politisches Umfeld und Bankenkrise?«

»Überlegen Sie mal, Herr Bolz, wen die gute Bank finanziert oder eben nicht finanziert hat. Da gibt es doch reihenweise Mittelständler – oder Kleinunternehmer, kleine Krauter –, die pleite sind, weil ihnen keiner mehr einen Cent gegeben hat. Was glauben Sie, mit was für einem Hals so einer durch die Gegend läuft! Bankenkrise: Tausende haben ihr Geld verloren, weil ihnen die nadelgestreiften und nassgegelten Bankberater angeblich hochprofitliches Zeugs angedreht haben. Wissen Sie, unter den vielen Losern findet sich eine Menge Leute, schon mal rein statistisch prozentual, die so einem Großkopfeten gern den Schädel einschlagen würde, wenn keiner dabei zusieht. Die Tat könnte ein Politikum werden, ich sehe schon die Schlagzeile: Die Rache des kleinen Mannes.«

Mit Dieterle, der sonst nicht so beflügelt daherredete, schien in diesem Fall die Fantasie durchzugehen. Vielleicht musste Bolz ein paar Fakten in die Diskussion bringen.

»Sie wissen, dass wir bereits am Tatort einen Manager von der Bahn aufgegriffen haben, der unter Umständen ein Beziehungsmotiv haben könnte? Näheres braucht noch Zeit.«

»Das darf auf keinen Fall zur Sprache kommen. Da steht mir eine halbe Stunde später ein Anwaltsrudel mit Klagen, Schadensersatz- und sonstigen Drohungen auf dem Flur. Die brauchen wir jetzt nicht. Die kommen später früh genug dazu. Keine schlafenden Hunde wecken!«

»Ich sagte nicht, dass Sie das erzählen sollen, aber wissen sollten Sie das.«

»Sehr gut«, sagte Dieterle, »dann schlürfen wir jetzt diesen Ossweiler Trauermarsch runter, damit wir den Nachmittag überstehen.«

»Wie nennen Sie diese Suppe? Bei mir heißt das Gaisburger Marsch.«

»Ja, Sie kennen halt nur Stuttgart und alles, was südlich davon liegt. Ich bin Ludwigsburger. Da heißt das Ossweiler Trauermarsch.«

»Und Ossweil? Ich kenn das nur von den Handballergebnissen, aber von früher.«

»Deshalb heißt es auch Trauer- und nicht Triumphmarsch, lieber Herr Bolz.«

Immerhin, schloss Bolz, handelte es sich bei Dieterle um keinen Lokalpatrioten.

7

Der Weg zur Pressekonferenz war kurz, aber beschwerlich. Erst hatte sich Palm von dem stationären Blitzer an der Neuen Weinsteige ablichten lassen. Die Stelle kannte nun wirklich der dümmste Autofahrer Stuttgarts. Und dann staute sich vom Charlottenplatz alles zurück den Berg hinauf. Wie irgendjemand in diesem Talkessel den Verkehr ordentlich zum Laufen bringen sollte, war ein Rätsel. Und wenn im kommenden Jahr der Start des Bahnhofumbaus erfolgen würde, dann würde man vermutlich nur noch per Hubschrauber zügig von einem Punkt zum anderen in Stuttgart kommen. Und das über Jahre hinweg, Baustellenlogistik – darüber hatte man ihm eine Menge erzählt – hin oder her, quer durch die Mitte würde lange nicht mehr viel gehen, schwante ihm. Alles, damit hier weiterhin der ICE halten konnte. Die Nord/Süd- und West/Ost-Magistralen von Europas Schienenverkehr sollten sich hier kreuzen. Einige hochrangige Eisenbahner und Werbeleute versuchten, Stuttgart und den Bahnhof mittels eines neuen Slogans anzupreisen. Man war bereit, einiges zu investieren, auf dass die ewigen Zweifler und Bedenkenträger überzeugt werden sollten.

Palm hatte im Laufe der Jahre unzählige Fakten und Argumente pro und contra, Befürworter und Gegner persönlich kennengelernt. Um sich seine Unabhängigkeit als Chronist zu bewahren, hatte er es vorgezogen, sich zu dem Projekt keine Meinung zu bilden. Unwillkürlich fand dies natürlich in seinem Kopf statt, aber er versagte es sich, eine Position für sich selbst zu artikulieren. Ebenso stellte er fest, dass seine Empfindungen über das Projekt immer wieder durch die Sympathie oder Antipathie gegenüber den Personen geprägt wurde, die ihm bei seinen Recherchen über den Weg liefen. Hagemann spielte dabei eine prominente Rolle und immer wieder erinnerte sich Palm selbst daran, dass trotz der intensiven Kontakte keine allzu große Nähe zwischen ihnen entstehen durfte.

Für mehr Distanz, zumindest eine klare atmosphärische Abkühlung hatte unlängst eine Diskussion gesorgt, die Hagemann durch eine Bemerkung über den mutmaßlichen, offiziellen Baubeginn oder Palm durch seine Reaktion darauf auslöste. Hagemann berichtete über seine Kontakte zu den kirchlichen Organisationen in Stuttgart. Den Baubeginn wollte er eventuell mit den Würdeträgern der großen Glaubensgemeinschaften abstimmen, damit diese an einem Festakt dazu teilnehmen sollten. Palms Einwurf, dass sich die Segnung der Waffen und Soldaten in vergangenen Kriegen durch die Geistlichen nicht unbedingt als kriegsentscheidend erwiesen hätte, brachte Hagemann regelrecht in Rage. Der Manager outete sich als praktizierender Katholik, der Palms sarkastischen Kommentaren in diesem Fall weder Humor noch Esprit abgewinnen konnte. Für ebenso abwegig hielt Hagemann Palms Vorstellung, dass man angesichts der weltanschaulichen Neutralität von Staat und Bahn weitere Konfessionen, beispielsweise Juden und Moslems, einbinden sollte, auch die fuhren schließlich mit dem Zug. Was sich Palm als skurriles Schauspiel eines mit dem Weihrauchbeutel über die Gleise schreitenden Popen vorstellte, war für Hagemann ein durchaus reales Szenario. Schließlich war das Bahnhofsprojekt für diesen mehr als ein Arbeitsprojekt, er verfolgte es mit wortwörtlich zu verstehendem missionarischem Eifer. Palm erinnerte sich daran, dass er bereits vor Jahren bei Hagemann eine eiskalte Abweisung festgestellt hatte, als er ebenfalls eine Brise Sarkasmus zu viel versprühte. Beide hatten damals zufällig auf einen Fernseher geblickt, auf dem über den Petersplatz in Rom schreitende Kardinäle mit ihren Hüten zu sehen waren. Daraufhin wagte Palm den Ausspruch: ›Ich dacht, der Ku-Klux-Klan sei verboten.‹ Hagemann beendete den Termin abrupt und das nächste Update über das Bahnhofsprojekt ließ mehrere Wochen auf sich warten.

Der kirchliche Segen, so Hagemann, solle nicht den Gleisanlagen, dem Städtebauvorhaben oder dem ICE gewidmet werden, sondern wäre vielmehr ein Akt der Einbindung der daran Tätigen in das gesamtgesellschaftliche Geschehen.

»Und was wäre falsch daran, wenn die Geistlichen dem Baubeginn ihren Segen zuteil werden ließen?«, fragte Hagemann.

Palm wollte sich auf keine tiefgründige Diskussion darüber einlassen, bis zu welchem Punkt im weltlichen Geschehen kirchlicher Segen angemessen oder gar erwünscht sein könnte.

»Wenn so eine Geschichte erst mal mit Gottes Segen geadelt worden ist, wird eine sachliche Diskussion darüber nicht leichter«, gab Palm zu bedenken.

»Denen, die dagegen Front machen, fällt doch sowieso nichts mehr ein«, stellte Hagemann fest. Seine sonst intensiven Bemühungen, die öffentliche Lautstärke über das Projekt so klein wie möglich zu halten, widersprachen dieser Behauptung allerdings heftig.

Dies und manches mehr wusste Hagemann zu sagen und brachte Palm immerhin dazu, sich selbst nach langer Zeit wieder einmal nach seiner Position in Bezug auf das Transzendente zu befragen. Wie immer er es drehte, einen Bezug zum Gleisbau konnte er nicht finden und war sich selbst bei persönlicheren Fragen über seine Einstellung nicht ganz im Klaren.

Palm hatte Hagemann am Mittag vor der anstehenden Pressekonferenz erst am Telefon Näheres zu dessen Sicht der morgendlichen Geschehnisse fragen wollen, ihn allerdings schließlich an einer Ecke am stillgelegten Güterbahnhof getroffen. Hagemann war meganervös, im klassischen Sinne völlig von der Rolle. Zu einer befriedigenden Auskunft über den Berliner Termin mit Minister, M1 von der Bahn und MP aus Stuttgart kam es nur am Rande. Hagemann war sichtlich am Ende. Von Verstrickung sprach er, für die er nichts könne. Er sei allein aus Berlin gekommen. Habe in dem üblichen Treffpunkt nur etwas nachsehen wollen, bevor Palm eintreffen würde. Und dann das: die Tür stand bereits offen und der Tote lag da, den er nicht mal als Kaminski erkannt hatte. Genau habe er gar nicht hinsehen können. Er sei entsetzt gewesen und schlecht sei ihm geworden. Und plötzlich rannten Polizisten in den Keller. Ein Albtraum.

»Sie sagten, Sie seien diesmal allein aus Berlin gekommen, wer war denn sonst dabei?«

»Niemand«, schrie Hagemann regelrecht vor sich hin, »niemand!«

Jahrelange Schule sagte Palm, dass ein so laut und vehement vorgebrachtes Dementi immer ein Nachprüfen wert war.

»Eigentlich brauchen Sie doch keine Befürchtungen zu haben, wenn das stimmt. Aus welchem Grund sollten Sie Kaminski umbringen? Man braucht ja ein Motiv. Außerdem sahen Sie, wenn ich das recht in Erinnerung habe, völlig korrekt aus, wiesen weder Blutspritzer noch Kampfspuren auf. Und der arme Kaminski war wohl mit einem Stemmeisen erschlagen worden. So eines hatten Sie nicht bei sich.«

»Ach, was weiß ich«, sagte Hagemann verzweifelt. »Das Zeugs, haben Sie doch selbst schon gesehen, liegt dort genügend rum. Immerhin haben sie mich gehen lassen.«

»Für heute Mittag ist eine Pressekonferenz bei der Kripo angesetzt. Mal sehen, was die sagen.«

»Aber die können doch unmöglich mich da hineinziehen!«, rief Hagemann mit seiner glücklicherweise nicht allzu weit tragenden Bassstimme über das leere Gelände. »Das muss ich dem Bolz sagen. Das kann er nicht machen. Dann kann ich mir gleich den Schuss geben. Es müssen ja noch andere Personen geschützt werden.«

»Welchen Grund könnten Sie ihm denn nennen, dass er nichts sagt?«

»Hören Sie her, Palm, wir wissen zu viel voneinander, als dass jetzt einer die Diskretion verletzt. Ihnen sage ich es und auch Bolz muss es wissen, sonst macht er einen Fehler.«

»Ja, okay, was ist es denn?«, insistierte Palm.

»Sie kennen doch Frau Kaminski. Sie und ich, wir kennen uns näher.«

»Jetzt haben Sie aber wirklich den Verstand verloren. Damit liefern Sie sich ans Messer. Wenn Bolz das hört, buchtet er Sie sofort ein. Sie haben ein Motiv und zwar das klassischste, was sich der Hauptkommissar denken kann. Liebe, Eifersucht, zwei Männer, eine Frau. Das ist wie im Schundroman. Wenn Sie Bolz das sagen, ist der Fall für ihn heute noch gelöst.«

Hagemann schüttelte sich, als ob er wieder zur Besinnung kommen müsste.

»Logisch, aber glauben Sie mir, ich habe Kaminski nicht totgeschlagen. Außerdem: Wie kommt der in den Bahnhofskeller? Dazu haben nur ganz wenige eine Berechtigung. Wie kommt er dorthin? Ich sage Ihnen, dort liegt die Lösung. Palm, ich ermorde doch niemanden!«

»Das glaube ich Ihnen sogar. Helfen kann ich Ihnen aber nur, wenn Sie mir sagen, was Sie dort wollten. Normalerweise treffen wir uns oben und gehen zusammen runter. Sie mussten doch befürchten, dass wir uns verpassen, wenn ich Sie oben nicht sehe.«

»Hören Sie, wir können reden, aber nicht hier. Ich muss erstmal in meinem Laden erklären, warum ich nach dem Aussteigen aus dem Zug der Polizei in die Hände lief und die mich mitgenommen haben. Ich muss sicherstellen, dass das niemand erfährt, sonst bin ich beruflich am Ende. Verstehen Sie das?«

»Klar«, zeigte Palm Verständnis. »Dann erklären Sie das. Und wann reden wir über unsere Themen?«

»Ich rufe Sie heute Abend an. Wir machen dann was aus. Ich habe Familie. Ich muss erst mal nach Hause.«

»Also, ich fahre zur PK, Sie erfahren dann alles aus erster Hand«, gab sich Palm freundschaftlich.

Intern in der Redaktion wusste niemand, dass Hagemann Palms Quelle war. Dort sprach er nur von ›Deep Throat‹, in Anlehnung an den Informanten der legendären US-Kollegen Woodward und Bernstein von der Washington Post, der in den 70er-Jahren, als Palm zur Schule ging, die beiden Reporter mit Interna der Nixon-Regierung, besonders über den Einbruch in den Watergate-Komplex, versorgte. Das führte schließlich zum Rücktritt des amtierenden US-Präsidenten, ›tricky Dick‹ Richard Nixon. Vielleicht war die Parallele etwas weit hergeholt, denn Palm hatte bisher mit seiner Variante von ›Deep Throat‹ nicht an einen Regierungssturz gedacht, weder in Berlin noch in Stuttgart. Jetzt aber war ihm klar, dass Hagemann die Quelle für Interna einer Sorte werden würde, die über das normale Maß harmloser Verstrickungen im Ländle hinausging. Er musste erfahren, was Hagemann in dem Keller gewollt hatte. Eine Ahnung in ihm sagte, dass dies vielleicht erhellender sein würde als die vollkommen rätselhafte Anwesenheit Kaminskis.

Bolz hatte nichts darüber gesagt, ob der arme Banker in dem Keller, in dem er gefunden wurde oder anderswo zu Tode gekommen war. Genau das würde er fragen und sich mal wie ein Polizeireporter benehmen.

Kurz vor knapp hatte der Stuttgarter Verkehrsgott ein Einsehen und Palm kam rechtzeitig zur Pressekonferenz, allerdings nur, weil er vor dem Gebäude auf einem für Polizeiautos reservierten Platz geparkt hatte. Auf diesem reservierten Teil des Geländes hatten schon andere Teilnehmer der Pressekonferenz unautorisiert ihre Wagen abgestellt. Die Kunde von dem prominenten Mordopfer hatte sich schnell verbreitet und manche Sender hatten private Filmteams beauftragt, Bilder für sie einzufangen, sodass die Stuttgarter Polizei mit einem bisher selten gesehenen Ansturm zurechtkommen musste. Mit entsprechenden Verspätungen musste man rechnen.

Eingeschüchtert von dem enormen Interesse, eröffnete der Pressesprecher der Polizei schleppend die Pressekonferenz. Überhaupt waren in diesen Funktionen, so schien es Palm, in erster Linie Menschen tätig, die keinen Satz vernünftig sprechen konnten oder einen Sprachfehler hatten. Dann fing endlich Dieterle an. Genauso langatmig. Er erläuterte, dass angesichts der Tat alle entsetzt und erschüttert seien, und die Umstände der Tat rätselhaft, … MP und überhaupt … alle bereits der Witwe, Kinder hinterlasse er keine, ihr aufrichtig empfundenes Mitgefühl … Man ermittle in alle Richtungen, es sei ein Team gebildet worden. Und um Erkenntnisse zu haben und weiterzugeben, sei es wenige Stunden nach der Tat zu früh. Stille.

Da streckte Palm den Arm hoch: »Sie sagten, es sei rätselhaft, wie das Opfer an den Tatort gelangt sei. Wissen Sie, ob der Fundort der Leiche auch der Tatort ist?«

»Nach allem, was jetzt erkennungsdienstlich möglich ist, gehen wir davon aus, dass Dr. Kaminski an dem Ort, an dem wir ihn fanden, zu Tode gekommen ist«, antwortete Dieterle sachlich.

»Wie kam es, dass Ihre Beamten so schnell am Tatort waren?«

»Ich weiß nicht, woher Sie das wissen, aber wir waren in der Tat sehr schnell vor Ort.«

»Stimmt es, dass Sie Hinweise auf diese Tat erhalten haben?«, hakte Palm nach und schrammte damit knapp an der Verletzung seines Gentlemen's Agreement mit Bolz entlang. Ein Raunen ging durch den Saal.

»Das wäre sicher eine romantaugliche Variante«, lachte Dieterle spitzbübisch, »ich weiß nur, dass es eine sehr schnelle Benachrichtigung gab. Mehr kann ich Ihnen nicht bieten.«

Da nun alle Pressevertreter im Raum wussten, dass Habhaftes nicht zu erfahren war, verkniff man sich weitere Fragen und gab sich mit dem Abschluss der Pressekonferenz durch den rhetorisch offensichtlich im Probestadium befindlichen Pressesprecher zufrieden.

Palm blieb, als alle anderen bereits gegangen waren, und ging nochmals auf Bolz zu.

Der sagte nur: »Noch so eine Frage und ich nehme Sie in die Mangel.«

Zu mehr Kommunikation zwischen den beiden reichte es nicht. Dieterle zog Bolz nämlich regelrecht weg und bedeutete ihm, dass man etwas zu besprechen habe.

»Bevor wir nun einfach so tun, als gäbe es hier einen Fall wie jeden anderen aufzuklären, müssen wir mal kurz innehalten, Herr Bolz. Ich hatte Ihnen schon angedeutet, dass wir hier auf politisches, und damit höchst brisantes Terrain geraten sind. Sie berichteten doch von einer Person, die Sie gleich am Tatort aufgegriffen hätten.«

»Ja«, sagte Bolz, »das ist eigentlich eine glasklare Geschichte. Was nicht heißt, dass wir den Täter haben, aber der Mann steckt irgendwie mit drin …«

»Nicht ganz so schnell, Herr Bolz, genau deshalb spreche ich hier mit Ihnen. Sehen Sie mal, dieser, wie heißt er …«

»Hagemann«, warf Bolz ein,

»… genau, Hagemann sitzt bis gestern Nachmittag, wie ich inzwischen erfahren habe, in Berlin als Begleitung des Bahnchefs in einem Termin mit dem Bundesverkehrsminister und unserem MP. Er ist wohl der beste Fachmann für diese ganze Bahnhofsgeschichte, Sie wissen schon …«

»Ja, ja, 21 oder so ähnlich«, steuerte Bolz bei.

»… so! Jetzt überlegen Sie mal. In irgendeiner Zeitung lesen wir morgen, dass dieser 21-Guru unter Mordverdacht steht, nachdem er gerade mit dem MP über dieses Projekt … was glauben Sie, was da losbricht: Ein Mörder plant Stuttgart 21!«

Irgendwie schien Dieterle vom Schlagzeilenwahn befallen, kam es Bolz vor.

»Wenn der Mann da drinsteckt, müssen wir ihn natürlich dingfest machen, keine Frage. Nur bis wir das wissen, können wir ihn nicht dem allgemeinen Verdacht aussetzen. Wissen Sie, was das heißt, Herr Bolz?«

»Wer hat Sie denn da geimpft, guter Herr Dieterle? In solchen Fällen laufen die Drähte zwischen den Wichtigen und Oberen wohl ganz schnell heiß in dieser Stadt.«

»Alles hängt mit allem zusammen. Wir können nicht die Führung des Landes dem Verdacht aussetzen, durch Zufall oder Ungeschicklichkeit Berührung mit irgendeinem Sumpf zu haben.«

»Sumpf sehe ich gar keinen«, meinte Bolz arglos. »Nur, dass es einen Hochrangigen erwischt hat und unter Umständen wegen des ältesten Motivs, das es auf der Welt gibt.«

»Jetzt aber ganz vorsichtig. Sie streuen diese Spekulationen bitte nirgendwo, nicht mal in Ihrem eigenen Büro, bitte. Ich kann's auch einfacher sagen: Dass Kaminskis Gattin nicht als Gouvernante für ein Mädchenpensionat taugt, das wissen unsere Kollegen vom Innenministerium schon seit vielen Monaten. Vielleicht gibt es in dem Zusammenhang Personen, die nicht gleich ans Licht der Öffentlichkeit gezerrt werden sollten.«

»Super, unsere saubere Landesregierung beschattet den obersten Landesbanker und dessen Frau, richtig vertrauensbildend.«

»Ja, genau das. Vielleicht verstehen Sie das nicht, aber erstens geschieht das zu deren Sicherheit …«

»… wie heute Morgen«, warf Bolz zynisch ein.

»Was soll denn das? Selbst Kennedy oder Reagan konnten nicht perfekt geschützt werden. Natürlich zu deren Sicherheit, Herr Bolz. Außerdem will man in der Villa Eisenstein mit Recht wissen, mit wem man es in den für das Land wichtigen Fragen zu tun hat.«

»Sie meinen, der MP will wissen, ob er bei Frau K. noch Konkurrenz hatte?«

»Das ist doch billigster Rufmord!«, rief Dieterle in aufrichtiger Empörung. »An dieser Geschichte, lieber

Herr Bolz, ist gar nichts dran. Das haben sich skandalgeile Medienleute ausgedacht, professionelle Verleumder. Das hat sich doch längst alles in Luft aufgelöst.«

»Egal, Herr Dieterle, aber was wollen Sie mir jetzt sagen? Soll ich die Ermittlungen einstellen oder gar nicht erst anfangen? Für wen halten Sie mich, ich bin ein vereidigter Beamter!«

»Deshalb sollen Sie das tun, was man Ihnen sagt. Also: Ihre Leute, die die Kaminski und den Hagemann durchleuchten sollen, müssen in anderen Richtungen ermitteln. Die Arbeit mit den beiden nimmt uns nämlich direkt das Innenministerium ab. Das machen also andere.«

»Ja, prima, dann geh ich mit meiner Truppe am besten in den Urlaub. Wo sollen wir hin? Vielleicht Südsee? Dann sind wir weit genug weg.«

»Entschuldigen Sie bitte, Herr Bolz, aber das ist auch für mich kein Spaß! Sie ermitteln hier nicht alles selbst und auf eigene Faust, sondern in Abstimmung mit mir und den vorgesetzten Stellen. Dass es dabei eine Arbeitsteilung gibt, versteht sich von selbst. Sie kümmern sich jetzt erst mal um den Tatort. Wer hatte Zugang, Schlüssel, Dienst, Verkehrswege und so weiter. Das ist doch eine ganze Menge und der stinknormale Anfang von Ermittlungen. Heute ist Donnerstag und am Montag sehen wir uns an gleicher Stelle wieder.«

»Eile gibt es demnach keine«, bemerkte Bolz lakonisch.

»Eile ist immer geboten, aber das Wochenende wollte ich Ihnen nicht verderben.«

Grußlos verließ Bolz Dieterles Büro und knallte die Tür zu.

8

»Was hat dieses Handy an sich, dass du ständig drauf starrst«, fragte Hanne. »Wer soll denn anrufen?«

»Am besten keiner«, log Palm ohne jede Regung.

»Weißt du was, mein lieber JJ, deine Stimmung ist heute keine. Wir können uns auch mal zweckfrei unterhalten.«

Darauf hatte Palm lange gewartet. Hanne, eben auch nur eine Frau, wollte reden. Doch jetzt war, solange sich keiner der erwarteten Anrufer meldete, endlich Zeit, die man zur Not so verbringen konnte.

»Was ich dich schon ganz lange mal fragen wollte«, hob Hanne an und Palm machte sich auf das Äußerste gefasst. »Also, nicht dass ich unbedingt Johann Jakob zu dir sagen möchte, aber seit wann nennt man dich eigentlich JJ?«

Palm atmete hörbar und erleichtert aus.

»Johann Jakob wäre wirklich etwas drollig. Ganz früher hieß ich so, klar, heute auch noch. Meine Eltern gingen mit der Familientradition. Die Söhne wurden auf denselben Namen getauft wie ihre Großväter, mein Vater Hans Friedrich wie sein Großvater. Aus diesem Grund haben seit einigen Generationen die Palm'schen Männer immer abwechselnd die Namen Hans Friedrich und Johann Jakob. Ab einem bestimmten Alter fand ich das doof, der Name klang altmodisch und umständlich. Bis wir dann im Gymnasium mit Englisch anfingen. Da hat sich schnell die Abkürzung JJ ergeben. Und seitdem finde ich den Vornamen toll. Ich bin eben der JJ.«

»Vielleicht sagst du mir, was heute los war, damit ich nicht erst morgen im Tagblatt lange nach ›JJ‹ suchen muss, um zu lesen, was war.«

»Viel würde nicht drinstehen«, sagte Palm. »Bis jetzt weiß man, dass Kaminski ermordet im Bahnhof gefunden wurde. Sonst nichts.«

»Kaminski? Ist das nicht der von der Bank? Im Bahnhof ermordet?«

»Ja«, unkte Palm.

»Wegen dem musst du den ganzen Abend so rumhängen?«

Doch diese Frage blieb ungehört, denn es meldete sich Palms Handy.

»Ja, endlich, Herr Hagemann. Ich warte schon seit Stunden.«

»Hören Sie, Palm, Zeit habe ich keine. Und ausgerechnet am Telefon … Wir können ja gleich Grüße an die Kripo bestellen. Ich ruf hier aus einer Telefonzelle an. Die gibt's kaum noch. Hab die halbe Innenstadt abgesucht. Kommen Sie auf den Parkplatz beim Ufa-Kino. Ich steig dann zu Ihnen ins Auto. In 20 Minuten?«

»Okay, ich bin dort«, antwortete Palm.

Hanne verstand das alles nicht, akzeptierte aber, dass Palm nun mal einen seltsamen Beruf und noch seltsamere Arbeitszeiten hatte. Palm ließ sich Zeit, mit dem Auto konnte er in knapp fünf Minuten am Treffpunkt sein und kam prompt zu früh an. Hagemann war jedoch da und hatte Palms Auto erkannt. Kaum hatte Palm das Fahrzeug abgestellt, stieg Hagemann ein.

»Was wir hier machen, ist Schwachsinn, nur geht es leider nicht anders«, hob Hagemann mit deutlich hörbarem

Frust, wenn nicht mit Verzweiflung, an. »Ich muss davon ausgehen, dass Bolz mich beobachten lässt. Er wartet nur darauf, dass ich einen Fehler mache, damit er zugreifen kann. So stellt er sich das jedenfalls vor. Der glaubt tatsächlich, ich hätte den Kaminski erledigt.«

»Dabei kann ich Ihnen wahrscheinlich nicht weiterhelfen«, bedauerte Palm.

»Ich glaube schon«, gab Hagemann zurück. »Sie können bestätigen, dass wir einen Termin hatten, wenn alles schiefgeht. Meinen Job bin ich dann los, aber ich lande wenigstens nicht im Knast. Ich habe einige Dinge eingesammelt und sicher aufbewahrt. Wenn ich Ihnen die gebe, fliegen mit mir ein paar Leute mehr aus ihren bequemen Sesseln, und zwar für immer. Ich kann Ihnen versichern, dass das, was sie dann schreiben, einige nervös machen wird. Die würden mich lieber für alle Zeiten im Urlaub auf Hawaii als im Gefängnis sehen wollen.«

»Holla, holla, Herr Hagemann, das klingt nach ganz großer Verschwörung, Intrige, Machtspiel und Erpressung gleichzeitig. Bevor wir da rangehen: Sie können damit Ihr Haupt vielleicht aus der Schlinge ziehen, nur was habe ich davon?«

»Mensch, ich dachte, ihr Journalisten seid Idealisten, ich dachte, es ginge Schreibern wie Ihnen um die Wahrheit.«

»Im Moment verwechseln Sie etwas. Sie wollen, dass ich Ihre Wahrheit zur einzigen Wahrheit erkläre. Vielleicht ist es nicht mal die halbe, vielleicht gibt es noch eine ganz andere Wahrheit?«, konterte Palm.

»Mit meiner Wahrheit, lieber Palm, machen Sie Karriere. Sie werden hier zum Aufdecker, einer Art Medien-Held …«

»… und lebe erst mal maximal gefährlich. Wer schützt mich? Eines Tages findet man mich im Bahnhofskeller, mausetot wie Kaminski, wenn das so brisant ist, wie Sie sagen.«

»Das ist mal was ganz Neues«, wurde Hagemann süffisant, »Palm der Angsthase. Passt gar nicht zu Ihnen.«

»Nein, nicht Angsthase, aber auch kein Dummkopf.«

»Heute Vormittag haben Sie mich schon sehr gut beraten. Die Geschichte mit Elli, also Frau Kaminski, dem Bolz zu erzählen, wäre mein Ende gewesen. Danke!«

»Oh, bitte. Ich fürchte nur, Bolz weiß das längst.«

»Wie kommen Sie darauf?« Hagemann wurde nervös.

»Ich habe mit Bolz gesprochen und er hat mir ein paar Dinge angedeutet. Alles zusammen hört es sich an, als wenn an der ganzen Geschichte mehr Leute Interesse haben, als es auf den ersten Blick aussieht. Ich könnte mir vorstellen, Sie profitieren auch davon. Die Sache mit der Kaminski allerdings, die ist wohl weiter bekannt als Sie sich das vorstellen können, inklusive der Zugnummer.«

Tatsächlich war Palm nach der Pressekonferenz unten in der Stadt geblieben und hatte von seinem Notebook einen vorbereiteten Text mit ein paar kleinen Zusätzen in die Redaktion geschickt. Unter anderem hatte er Andeutungen eingearbeitet, die er in den nächsten Tagen aufnehmen und ausbauen wollte.

Dann ging er noch mal zu Bolz und traf auf einen ziemlich deprimierten Ermittler. Das überraschte ihn, hatte er Bolz seit dem morgendlichen Kennenlernen am Bahnhof als einen entschlossenen Kriminalisten mit Selbstbewusstsein erlebt. Bolz sagte ziemlich unverblümt, man könne beim Herumstochern in dieser Sache sehr schnell in ein Wespennest stoßen. Von Politik und Peinlichkeiten, eventuell aber auch handfesten wirtschaftlichen Interessen war die Rede. Er, Bolz, werde wohl nur am kleinkarierten Ende der Vorgänge angesetzt oder ruhiggestellt. Das Innenministerium arbeite bei der Ermittlung am dickeren Ende der beteiligten Stellen und Personen. Dies war immerhin ein Minimum an Loyalität und politischer Korrektheit, das Bolz noch aufbrachte.

Für Palm hieß das, dass es im Land ›Stellen und Personen‹, wie Bolz das genannt hatte, gab, die alles andere als eine wirkliche Aufklärung im Sinn hatten. Warum erzählte ihm Bolz das alles? Musste er nicht fürchten, dass Bolz ebenso wie Hagemann versuchte, ihn für seine Zwecke zu nutzen? Hagemann, weil er von den eigenen Blößen ablenken, indem er die anderer ins umso grellere Licht rücken wollte. Bolz, der in ihm im besten Falle einen Verbündeten haben wollte, um die Wahrheit herauszufinden oder im schlechteren, um seinen Vorgesetzten eins auszuwischen. Warum sonst ging Bolz so weit, ihm die Beobachtung Hagemanns und das Detail mit den amourösen Zugfahrten mit der ›scharfen Kaminski‹, wie Bolz sie nannte, auszuplaudern. Schließlich war Palm dafür da, aus solchen Informationsfetzen Storys für sein Blatt zusammenzusetzen. Das alles machte ihn argwöhnisch. Natürlich war er hier an eine Geschichte geraten, welche seine bisher eher ironische Bezeichnung von Hagemann als ›Deep Throat‹ gar nicht mehr überhöht erscheinen ließ. Dahinter verbarg sich etwas, was er noch nicht wissen oder ahnen konnte. Sicher waren dies brisante Zusammenhänge – und zwar solche, wie sie ihm in dem sonst so braven Stuttgart in seiner aktiven Zeit als Journalist vielleicht nie wieder begegnen würden.

Also ging es nun darum, mit Hagemann ein entsprechendes Agreement zu treffen. Hagemann musste sagen, wo und vor allem in welchem Zugriff das explosive Pulver verstreut oder geballt lag. Und von dort aus hieß es, die ausgelegte Zündschnur zu verfolgen.

»Zugnum…«, verschluckte Hagemann beinahe das Wort.

»Ich gebe zu«, setzte Palm an, »ich hab Sie etwas unterschätzt. Dass Sie die Nacht nicht nur zeiteffizient für die Fahrt, sondern auch fürs Vergnügen nutzen, alle Achtung. Und in Ihrem Alter und dem von Madame K. gibt es gar nicht mehr viele attraktive Blondinen zum Flachlegen. Mit der Kaminski haben Sie eine richtig geile Nummer aus der Schickeria am Killesberg aufgetan. Alle Achtung!«

»Im Moment ist dieses Geschwätz vor allem pietätlos, und außerdem handelt es sich hier um mehr als nur ein paar Nummern im Zug, wenn dafür Ihre Fantasie ausreicht, Palm.«

»Das tut sie, aber ich möchte mit Ihnen nicht über die horizontalen oder sonstigen Qualitäten von Frau Kaminski plaudern …«

»Sondern?«

»… sondern über die Frage, was Sie eingesammelt und, wie sagten Sie, sicher verwahrt haben. Das war doch eigentlich der Grund, warum wir uns heute in aller Frühe sprechen wollten.«

»Das ist jetzt das Problem. Ich habe Dokumente auf

Papier, Bändern und, wie es sich heute gehört, USB-Sticks gespeichert, die ich an einem sicheren Ort hinterlegt habe. Im Moment kann ich da nicht mehr hin. Es ist abgesperrt – und vorläufig kann ich nicht einmal in die Nähe. Natürlich ist das Material von einer solchen Art, dass ich es Ihnen nicht geben kann.«

»Ich habe nicht die Absicht, mir das Zeugs anzusehen. Wichtiger wären mir ein paar konkrete Aussagen. Wie soll ich Ihnen sonst helfen können?«

»Sie müssen gar nicht alles wissen. Nur soviel: für die Gutachterschlacht, die uns wegen der Kosten irgendwann ins Haus stehen könnte, haben wir – das heißt die Bahn – das Material für unterschiedliche Abwehrstrategien aufbereitet. Da wir selbst die Punkte, die da hochkochen könnten, am besten kennen, haben wir intern unterschiedliche Kalkulationen, um – je nachdem – zu kontern.«

»Daran ist nichts Besonderes. Was ist so brisant, dass Sie es in Sicherheit bringen müssen – und vor wem?«

»Tja, wir haben dafür gesorgt, dass die Gutachter zu keinen Ergebnissen kommen können, die von unseren wesentlich abweichen. Schließlich sind wir bei dieser Arbeit über Erkenntnisse und Fakten über diese Unternehmen selbst gestolpert und haben einiges davon auf Datenträgern sozusagen gesichert.«

»Das klingt nach einem Riesenberg Dreck, in dem es sich bestimmt lohnen würde zu wühlen. Auf diese Art könnten bald eine Menge Führungspositionen frei werden«, aalte sich Palm in der Vorstellung der ganz großen Aufdeckung.

»Wer weiß davon? Alle, die gestern zusammensaßen?«

»Nein, um Himmels willen. Vor solchen Sitzungen wird zwar zwischen sehr vielen Stellen jede Kleinigkeit vorbereitet. Die Chefs kümmern sich aber nicht um Details. Selbst bei uns gibt es nur wenige, die Bescheid wissen, beziehungsweise Bescheid wissen wollen.«

»Mannomann, Herr Hagemann, Sie sind ja ein richtiger Knaller«, triumphierte Palm.

»Und ich weiß nach wie vor nicht, wie ich Ihnen helfen kann.«

»Am meisten Verunsicherung bringen Sie in die Welt, wenn Sie über diese Sache erst mal gar nichts andeuten und schreiben. Dann befürchten viele, dass Sie nur warten, bis Sie die Geschichte ganz haben.«

»Stimmt«, bestätigte Palm, »so macht man das. Man verschießt nicht sein Pulver, wenn der Knaller erst noch kommen soll. Sonst löst sich das in Wohlgefallen auf. Das richtige Dosieren und die langsame Steigerung sind entscheidend.«

»Sehen Sie, Palm, deshalb wäre es fürs Erste mal richtig, darüber zu spekulieren, was der arme Kaminski morgens um diese Zeit im Bahnhof zu suchen hatte und warum einer wie er, der bewacht wurde, auch nur für kurze Zeit unbeobachtet sein konnte, um sich diesem Kellerraum im Bahnhof zu nähern. Ich sag Ihnen was: Wenn die mich und Elli bereits im Visier hatten, hat das mit Sicherheit einer Kaminski gesteckt beziehungsweise ihn damit erpresst. Er hätte es nicht ertragen, wenn das an die Öffentlichkeit gedrungen wäre. Irgendetwas war da los. Und es muss eine Stelle geben, die das alles wusste und es eventuell sogar dokumentiert hat. Wenn man das herausfindet, wird alles klarer.«

»Guter Mann, ich bin Journalist und kein Geheimagent. Wie soll ich an so was rankommen? Ich recherchiere nicht konspirativ«, gab sich Palm harmlos.

»Das weiß ich«, reagierte Hagemann verständnisvoll. »Aber da habe ich einen Tipp. Ich habe hier bei der Bahn in Stuttgart einen Freund im IT-Bereich sitzen, der würde mir helfen. Sprechen Sie mit ihm. Der weiß über die meisten bei uns sehr viel und ist intern sowie für externe Partner der Ansprechpartner für alles, was man mittels Datenverarbeitung und Telekommunikation machen kann. Hier habe ich einen Zettel mit der Telefonnummer. Machen Sie mit ihm aber nur einen Termin aus, keinerlei Diskussionen oder Infos über das Telefon. Damit habe ich bereits einen Riesenfehler gemacht. Jetzt ist es Zeit, ich muss verschwinden.«

»Und wann kann ich mit den fraglichen Dokumenten rechnen?«

»Die brauchen wir nicht, solange ich noch den Kopf auf dem Hals sitzen habe. Wenn Sie die hätten, bräuchten Sie maximalen Personenschutz. Die tun für uns ihren Zweck, solange keiner weiß, wo sie sind. Vertrauen Sie mir, das ist für mich eine Art Lebensversicherung.«

»Eins noch«, sagte Palm, »wie steht's an der privaten Front?«

»Alles soweit okay. Bin allerdings zu Hause, man hat mich bis auf Weiteres beurlaubt. Kann ich aber erklären. Ganz wichtig: ab jetzt rufen Sie mich höchstens ab und zu wegen blabla zu Kaminski oder 21 an. Larifari eben. Wenn wir nicht mehr miteinander telefonieren, fällt das auf. Nur nichts Wesentliches mehr und keine Termine. Dazu melde ich mich bei Ihnen.«

Damit stieg Hagemann aus Palms Wagen und verschwand in die nächtliche Dunkelheit des Parkplatzes. Palm blieb eine Weile sitzen und hatte das Gefühl, im Begriff zu sein, sich ohne richtige Überlegung über die Frage, wie das alles enden könne, auf ungewisse Zeiten eingelassen zu haben. Er fuhr in seine Single-Wohnung, wo unter Umständen ein Tannenzäpfle im Kühlschrank auf ihn wartete.

9

Als Palm die Olgastraße nach einem Parkplatz für seinen Wagen zum zweiten Mal langsam abfuhr, bemerkte er vor der Eingangstür seines Hauses ein geparktes Auto, in dem der Fahrer hinter dem Steuer saß. Nachdem er den Daimler kurz hinter der Kurve in der Immenhoferstraße parken konnte und auf dem Weg zum Hauseingang unterwegs war, senkte sich neben ihm die Fensterscheibe des parkenden Autos.

»Ist aber spät geworden«, erkannte er Bolz' Stimme.

»Steigen Sie kurz ein, Herr Palm, wir sollten ein paar Takte reden.«

»Für heute hatte ich schon genügend Unterhaltung

im Auto. Kommen Sie doch mit hoch. Ich hab vielleicht noch ein Tannenzäpfle da.«

»Also gut.« Bolz stieg aus und schweigend gingen die beiden die knarrende, breite Holztreppe des renovierten Jugendstilhauses hoch in den dritten Stock.

»Für einen Aufzug hat es bei der letzten Renovierung wohl nicht gereicht«, kommentierte Bolz den für ihn offensichtlich mühsamen Aufstieg.

»Das ist prima so, sonst wäre die Miete nicht zu bezahlen. Das gibt ein Redakteursgehalt nun wirklich nicht mehr her. Ist außerdem gesund, Treppen steigen, sagt man jedenfalls.«

Palms Wohnung war zu Bolz' Überraschung nur spärlich möbliert. Hinter der Wohnungstür zeigte sich eine quadratische Diele, von der aus es in eine Küche, mutmaßlich in ein Bad, eine Toilette und drei Zimmer abging. Alle Zimmertüren standen offen, sodass Bolz sah, dass eines der Zimmer nur als Abstellraum für Kisten und einzelne kleine Möbelstücke diente. Palm führte ihn in das, was man wohl als Wohnzimmer bezeichnen würde. Jedenfalls standen dort drei verschiedene Sessel und ein Glastisch, dem man ansah, dass seit Wochen die Ränder abgestellter Gläser und Flaschen nicht mehr weggewischt worden waren. Licht spendete eine Stehlampe, die mit ihrer Eleganz und ihrem angenehmen, warmen Licht nicht wirklich zum Rest der – wie es schien – wahllos zusammengestellten, wenigen Möbel passen wollte. Diese Wohnform wirkte auf Bolz wie ein Provisorium und für sich selbst konnte er sich diese Form der Heimstatt nicht als dauerhafte Bleibe vorstellen. Sein Bild von Heim,

Haus und Herd war immer nur im Rahmen einer Familie denkbar. Seine drei inzwischen erwachsenen Kinder hatten zwar längst das Haus verlassen und lebten ihrerseits in neu gegründeten Familien, aber für ihn und seine Frau war das Zuhause ihrer Kinder immer das Elternhaus, also ihr Haus, geblieben. Wo vormals Sohn und Töchter bei den Besuchen ihre alten Ecken und Zimmer wieder in Besitz nahmen, taten dies nun die Enkel an derselben Stelle. Dass das Bild, das sich die Enkel von ihrem gemütlichen und gutmütigen Opa machten, nicht ganz zu dem Hauptkommissar mit der Pistole im Schulterholster passte, gehörte für ihn zu den natürlichen Widersprüchen zwischen Kinderseele und dem Ernst des Lebens. In vielen Berufsjahren hatte Bolz gelernt, zwischen den unterschiedlichen Sphären der Wirklichkeit zu unterscheiden. Seine Berufswelt war für ihn ein unheilvoller Ausschnitt der Wirklichkeit, den er jedoch streng von seiner privaten Umwelt zu trennen wusste. Dazu gehörte auch eine sichtbare Ordnung, die er hier in Palms Single-Wohnung nicht unbedingt wiederfand.

Palm lief in die Küche und fand im Kühlschrank tatsächlich ein Tannenzäpfle. Allerdings nur eines.

»Herr Bolz«, rief er in das Wohnzimmer, »bevor wir uns aus Verzweiflung ein kleines Bier teilen: Tät's denn auch ein Schluck Wein?«

»Grad recht«, rief Bolz zurück, »was henn Se denn?«

Palm kam mit einer Flasche mit seltenem Etikett zurück. »Das müsste etwas Besonderes sein. Jedenfalls hat man mir davon mehrere geschenkt. Aus dem Weingut der Stadt Stuttgart, begrenztes Angebot, hat man mir versichert, was Seltenes sozusagen, wächst angeblich am Hang hinter der alten Oberfinanzdirektion.«

»Was steht denn drauf, was wir da trinken sollen?«, linste Bolz aufs Etikett, »Abr i koa's et läsa.«

»Das heißt Spätburgunder«, las Palm vor.

»Mir werdet's scho nonderwürga«, ergab sich Bolz in Galgenhumor.

Palm schenkte ein, beide hoben das Glas auf Augenhöhe, prosteten sich zu und tranken.

»Was wollen Sie mir sagen, Herr Bolz, warum opfern Sie Ihren Abend im Auto vor meiner Haustür? Wollen Sie nicht mehr telefonieren, werden Sie doch abgehört?«, machte Palm das Entree zu dem beinahe schon mitternächtlichen Gespräch.

»Ehrlich gesagt: Ich weiß es nicht. Zumindest halte ich inzwischen vieles für möglich. Wissen Sie, ich glaube nicht, dass Sie einfach warten werden, bis Ihnen die Fakten in den Schoß fallen, woher auch? Wenn Sie versuchen, etwas rauszufinden, kann ich Ihnen natürlich helfen. In meinem Job habe ich etwas Erfahrung gesammelt in den letzten Jahrzehnten. Und ich bin mir nicht ganz sicher, ob wir es bei dem Mordfall Kaminski wirklich mit Sauereien der größeren Sorte zu tun haben oder ob sich nur einige wichtig machen wollen.«

»Wie groß die Sauereien sind, weiß ich nicht«, erklärte Palm. »Ich weiß aber, dass es Leute gibt, die dazu bereit wären. Und wie der Zufall es will, ist einer der Beteiligten durch seine Nähe zu dem Kaminski-Fall jetzt plötzliche ein Unsicherheitsfaktor.«

»Sie sprechen von Hagemann«, erkannte Bolz. »Wenn das stimmt, ist der in Gefahr.«

»Nein, noch nicht. Man braucht ihn. Er weiß wahrscheinlich als Einziger etwas über den Verbleib von Dokumenten, die sehr brisant sind. Das heißt, bevor man die wieder zurück hat, wird man auf ihn aufpassen und ihn nicht fallen lassen. Sein Problem könnte nur werden, dass er das Zeugs vielleicht irgendwann vorzeigen muss, um zu erklären, was er in dem Kellergelände wollte, wo man ihn neben dem toten Kaminski aufgegriffen hat. Der Mann ist quasi in einer Zwickmühle.«

»Ihn des Mordes an Kaminski zu überführen, würde nicht einfach werden. Erschlagen wurde Kaminski mit einem Stemmeisen. Darauf finden sich nur ein paar Spuren, die von Kaminski stammen, leider nichts, was auf Hagemann hindeutet. Das Eisen ist wohl gleich nach der Tat mit einem Tuch gesäubert worden, das auch gefunden wurde. Es stammt aus irgendeiner Werkstatt um den Bahnhof oder lag wie das Eisen einfach herum. Außerdem haben wir bei Hagemann gar nichts festgestellt, was Spuren irgendeines Kampfes, Materials oder Blutspritzer sein könnten. Vielleicht ist er tatsächlich blöd dahin gekommen, wo Kaminski gerade erschlagen worden war. Das Verhältnis mit Kaminskis Frau lässt natürlich ganz andere Theorien zu, beispielsweise: Kaminski wusste, woher auch immer, dass er Hagemann dort treffen und zur Rede stellen konnte. Hagemann erschlug ihn. Allerdings, so kurz vor dem Termin mit Ihnen … Das ist alles noch zu verworren.«

»Sagen wollten Sie mir aber sicher etwas anderes«, kam Palm auf die Frage nach Bolz' Mission zurück.

»Richtig. Ich habe das starke Gefühl, dass Sie hier am Ball bleiben wollen. Ich auch. Ich habe nicht die geringste Lust, in gut zwei Jahren in Pension zu gehen und dabei kurz vor knapp bei der Lösung eines eventuell spektakulären Falls ausgebremst zu werden. In meinem Beamtenladen kann ich allerdings nur begrenzt aus der vorgegebenen Linie ausscheren. Wenn Sie aber mitmachen, können wir mit meinem begrenzten Spielraum etwas erreichen. Schließlich habe ich mit meinen Leuten Zugang zu sämtlichen Datenbanken, die hier Interessantes an den Tag bringen können. Und eben viel Polizeitechnik.«

Damit ging Bolz absolut an die Grenze zur Illoyalität gegenüber seinem Arbeitgeber, dem Land Baden-Württemberg und damit dem Innenministerium, dem das Polizeipräsidium unterstand. Dabei war Bolz alles andere als ein Rebell gegen die Obrigkeit, der er doch seit Jahrzehnten treu diente. Die vor einigen Stunden erfolgte Zurechtweisung und Kompetenzbeschränkung durch den Staatsanwalt konnte er jedoch nicht akzeptieren. Dies kratzte an seiner Standesehre als Polizist so sehr, dass er es für geboten hielt, die offiziellen Pfade zu verlassen und einmal ganz unkonventionell zu Werke zu gehen. Zu Palm hatte er ein gewisses Vertrauen entwickelt. Hinter der Fassade des journalistischen Leichtfußes glaubte Bolz die Konturen eines ernsthaften Mitstreiters auf der Suche nach der Wahrheit im Mordfall Kaminski zu erkennen.

»Herr Bolz«, wollte Palm nachhaken,

»Bolz«, grinste Bolz, »lassen Sie Herr weg. Sie sind der Palm und ich bin der Bolz, das reicht.« Das war zwar nicht das Du, was Bolz dem jüngeren Palm hier anbot, aber ein Angebot zur Vereinfachung der Umgangsformen und Akzeptanz auf Augenhöhe. Mit ihren nachgefüllten Weingläsern stießen sie an.

10

Elli war schlecht und sie musste sich setzen. In der Pathologie hatte sie sich noch nie aufgehalten. Die formalingeschwängerte Luft hatte ihr bereits auf der Treppe nach unten widerstanden. Außerdem hatte sie vor einem ganz bestimmten Moment Angst, den sie bislang nur aus Fernsehkrimis kannte: das Anheben des Leichentuchs. Glücklicherweise geschah es formloser und weniger theatralisch, als sie es sich ausgemalt hatte. Sie hatte sich vorgenommen, nicht wirklich hinzusehen. Schließlich war unzweifelhaft, dass es sich bei dem Toten um Theo handelte. Ihre Identifikation war somit nur eine Formsache. Bei jeder Person wäre es ihr schwergefallen, bei Theo war es ihr geradezu unmöglich. Über ihren Ehemann kamen zu viele Dinge in den letzten 24 Stunden zurück und beherrschten ihre Erinnerung. Alle möglichen Gefühle, die sie für Theo schon lange gar nicht mehr empfunden hatte, waren plötzlich wieder da. Das letzte Gespräch mit ihm in der Nacht vor seinem Tod sorgte ohnehin dafür, dass sich ihrer ein gewaltiges Schuldgefühl bemächtigt hatte. Sobald der Assistent das Tuch gelüftet hatte, nickte Elli und wandte sich ab. Bolz selbst war mit ihr in die Pathologie gegangen.

»Wir konnten Ihnen das leider nicht ersparen«, entschuldigte er sich bei der Witwe.

»Und noch etwas: in dem Raum, in dem Ihr Mann aufgefunden wurde, fand man eine Pistole, ohne Magazin, also nicht geladen. Den Spuren zufolge musste die Ihrem Mann zugeordnet werden. Wussten Sie, dass er eine Pistole besitzt?«

»Ja, aber ich habe das Ding nie gesehen.«

»Kommen Sie mit allen Dingen zurecht, die in den nächsten Tagen geregelt werden müssen?«

»Ja, es ist nicht ganz so hektisch, wie befürchtet«, erklärte Elli gefasst. »Die Bank hat mir jemanden geschickt, der mehr oder weniger alles erledigt. Und außerdem wird so schnell keine Trauerfeier stattfinden. Dazu muss die Justiz erst die Leiche freigeben. Mindestens zehn Tage wird das dauern.«

»Was haben Sie vor? Bleiben Sie in dem Haus? Ich weiß gar nicht, sind Sie berufstätig?«

»Vorläufig bleibe ich. Eigentlich wollte ich weg. Aber jetzt … Ich hatte bisher keine Zeit, das genau zu überlegen. Das hängt von vielem ab. Vor knapp fünf Jahren begannen meine repräsentativen Aufgaben als Bankersgattin richtig Ausmaße anzunehmen. Ich hatte eine Stelle als Lehrerin. Die habe ich aufgegeben. Ich weiß gar nicht, ob ich je wieder in meinen Beruf zurückkann. Irgendetwas wird mir einfallen. Rumsitzen und die Witwenrente auf den Kopf hauen sind nicht mein Ding. Das braucht aber alles Zeit.«

»Verstehe«, nickte Bolz.

»Wie wollen Sie es denn mit den anstehenden Ereignissen machen, im Familienkreis oder mit großer Trauergesellschaft? Ich würde in jedem Fall dazukommen. Man kann da immer wieder Interessantes beobachten.«

»Nur der engste Familienkreis für die Beerdigung. Es wird aber trotzdem eine Art offizielle Trauerfeier in der Bank geben. Von der Landesregierung wird jemand da sein. Ob der MP kommt, hängt wohl davon ab, was bis dahin über Theo und mich in den Medien veröffentlicht wird. Wenn da etwas Kompromittierendes droht, kommt vielleicht ein Abteilungsleiter aus dem Wirtschaftsministerium oder ein Spiegelreferent aus dem Staatsministerium. Ich habe gehört, es gäbe einen Journalisten, der zufällig nahe beim Tatort war. Daher lese ich lieber vorerst keine Zeitung mehr. Wenn irgendein Blödsinn kommt, erfahre ich es früh genug.«

»Mit welcher Art von Blödsinn rechnen Sie denn?«

»Na, die Geschichte mit Norbert, das heißt Herrn Hagemann, kennen Sie ja. Das würde mir schon reichen. Dann braucht bloß diese Figur vom SWR die Story von der Mallorca-Reise und dem Kontakt mit unserem MP wieder aufrühren. Sie erinnern sich sicher, da ist mit einem dieser Medienmenschen die Fantasie durchgegangen. Theo musste damals über das Staatsministerium beim Intendanten intervenieren, damit das sofort ein Ende hatte. Es gibt Leute, die wollen mit Gewalt einen Skandal konstruieren. Im Moment wäre dazu wieder Gelegenheit. Nur hatte das damals mit Theo zu tun.

Dem braucht jetzt niemand mehr was hinterherzuwerfen.«

»Ja, gut, aber vergessen Sie den MP nicht. Den wollte man treffen und den gibt es immer noch«, warf Bolz ein. »Nicht dass ich mir um ihn Sorgen machen würde, man muss nur dran denken.«

»Frau Kaminski, sagen Sie mir noch eins, auch wenn's vielleicht unangenehm ist. Warum waren Sie gestern Morgen nicht mit im Zug, als Herr Hagemann von Berlin kam?«

»Ganz einfach: Norbert hatte seine Hausaufgaben nicht gemacht. Ich hatte ihm erklärt, dass er seiner Frau die Wahrheit sagen müsse, damit das Versteckspiel aufhört. Sonst würde ich nicht wieder mitfahren. Ich hatte ihm gesagt, dass ich meinerseits mit Theo sprechen würde.«

»Und haben Sie das getan?«

»Ja, vorgestern Abend. Das war unser letztes Gespräch.«

»Wie hat er reagiert?«

»Ich glaube, er war überrascht und deprimiert zugleich. Irgendwie ist er in sich zusammengesackt.«

»Und was war danach? Wie ging der Abend zu Ende?«

»Wir gingen schlafen. Als ich aus dem Bad ins Schlafzimmer ging, hörte ich noch, wie er mit irgendjemandem telefoniert hat. Ich habe keine Ahnung, mit wem. Anschließend ist er schlafen gegangen und morgens früher als sonst abgeholt worden.«

»Wann ging er üblicherweise?«

»Sein Fahrer hält immer um 7.45 Uhr unten am Tor. Gestern kam er vor sieben.«

»Wie kommen Sie nach Hause? Herr Brettschneider wird Sie heimbringen«, Bolz hatte es plötzlich eilig und verabschiedete sich.

Auf dem Präsidium rief Bolz sofort seinen Assistenten Stengele zu sich. »Henn mr die Telefonlisten von dem Kaminski schon?«

»Was, Handy, Festnetz, Bank?«

»Alles und einen Abgleich. Bis heute Abend«, rief Bolz.

»Aber das geht doch nur mit ...«, versuchte Stengele, sich bemerkbar zu machen.

»Wir treffen uns hier wieder um sechse«, keuchte Bolz und verließ sein Büro im Eilschritt.

11

Palm hatte den Zettel, den Hagemann ihm am Abend zuvor zugesteckt hatte, noch nicht einmal aufgefaltet. Jetzt vor dem Frühstück, als er seine Kleider für den Tag sortierte, kramte er ihn aus der Hosentasche: ›Rösler‹ stand darauf und eine mit 0171 beginnende Handynummer. Mit einem Blick auf die Uhr hatte er eigentlich grünes Licht: 10.15 Uhr. Ja, es war mit Bolz etwas später geworden und man hatte sogar eine zweite Flasche aus dem Weingut der Stadt Stuttgart aufmachen müssen. Bolz erklärte danach launig, wenn er auf dem Heimweg je angehalten werden würde, habe er seinen Dienstausweis dabei. Glückliche Bullen, dachte Palm, erst ordentlich saufen, dann straffrei fahren, super! Im nächsten Leben würde er was Richtiges lernen, statt sich mit Schreiben rumzuschlagen.

Vor dem Anruf bei besagtem Rösler machte er erst eine kleine Sprechprobe, da er schon die Erfahrung gemacht hatte, dass erste Gesprächspartner am Morgen über seine Stimme irritiert waren. Also übte er, um die richtige Tonlage zu treffen und nicht als John-Wayne-Synchronsprecher verdächtigt zu werden, der am Vorabend mit zu viel Whiskey gegurgelt hatte. »Ja, guten Tag, hier spricht Palm. Wir kennen uns nicht, aber ich komme auf Sie über Herrn Hagemann …«, übte Palm, nachdem er die Kehle mit einem Schluck heißen Kaffee geölt hatte. Klang für seine Ohren schon ganz gut.

Während er die Nummer wählte, fiel ihm ein, dass er sich über das, was er Rösler sagen wollte, noch keine Gedanken gemacht hatte. Jedoch besann er sich darauf, in solchen Situationen der Meister der Improvisation zu sein. Nach mehrfachem Klingeln meldete sich eine hohe Männerstimme, die ihn zweifeln ließ, ob nicht doch die Frau am Apparat sein könnte.

»Guten Tag«, begann Palm, zumal er damit rechnete, unter dem Namen Rösler bestimmt keinen Schwaben am Telefon zu haben, sonst wäre eher das landläufige Grüß Gott der richtige Einstieg gewesen. Palm spulte seinen Satz ab und hörte nur Stille in der Leitung. »Sind Sie noch da, Her Rösler?«

»Ja sicher«, kam es vom anderen Ende zurück. »Ich dachte, Sie würden mir etwas erzählen, damit ich weiß, was ich für Sie tun kann.«

»Das möchte ich gern, aber Herr Hagemann dachte, wir sollten uns besser persönlich unterhalten. Wo sind Sie gerade?«

»In Heidelberg.«

»Oh, Entschuldigung«, sagte Palm, »ich dachte, Sie seien am Arbeitsplatz bei der Bahn in Stuttgart.«

»Wäre ich auch gern«, sagte Rösler. »Mich hat es aber vor ein paar Wochen erwischt. Das hat Norbert gar nicht mitgekriegt. Jetzt mach ich eine Reha in Heidelberg. Ist aber schön hier.«

»Oh je, ich könnte in knapp zwei Stunden da sein. Können wir uns dort treffen?«

»Mein Gott, haben Sie's eilig. So schlecht geht's mir aber gar nicht, keine Angst, 'ne Weile halt ich noch durch.«

»Mir wär's aber ganz recht, wenn wir bald miteinander sprechen könnten.«

»Ja, gut, ich habe hier nichts vor. Ich gebe Ihnen die Adresse der Klinik, die können Sie in Ihr Navi eingeben. Dann finden Sie mich problemlos. Die Klinik ist etwas außerhalb der Stadt, dennoch gut zu finden. Fragen Sie an der Rezeption. Ich treibe mich hier in der Nähe rum und sehe Sie, wenn Sie kommen. Wie erkenne ich Sie?«

»Ich trage einen ziemlich zerknautschten Lottermantel«, antwortete Palm. Das müsste reichen. »Ich bin in zwei Stunden bei Ihnen.«

Beim Gedanken an die Strecke fiel Palm ein, wie es zurzeit auf der A 8 Richtung Karlsruhe aussah. Baustellen, Baustellen, Baustellen. Deshalb beschloss er, die Route über die A 81, Richtung Heilbronn, zu nehmen. Es würde wieder mal knapp werden. Das Frühstück erschöpfte sich deshalb in der Tasse Kaffee, die er bereits zur Hälfte geleert hatte. Vor der Haustür begann seine alltägliche Konzentrationsübung. Wo hatte er den Wagen abgestellt? Hinzu kam der bohrende Zweifel: Steht er noch da? Nicht, dass er in Stuttgart vor Autodieben Angst haben müsste, aber man konnte sich hier auf konsequentes Abschleppen durch Behörden und andere Anwohner verlassen, wenn man einen dafür nicht freigegebenen Parkraum belegt hatte. Immerhin: Der Daimler parkte nach wie vor auf demselben Fleck und zeigte, wie sonst oft vergeblich erhofft, genügend Sprit im Tank an.

Die Strecke musste Palm nicht nachsehen. Er fuhr nun durch die Gegend, in der er einen Großteil seiner gut 50 Lebensjahre zugebracht hatte und die er in alle Richtungen unzählige Male durchquert hatte. Das sollte an diesem Freitag indes nicht so schnell vor sich gehen. Kaum hatte Palm die Autobahn erreicht, kündigte sich zwischen den Autobahnausfahrten Zuffenhausen und Ludwigsburg Süd ein angeblich bis zur Ausfahrt Auenstein/Ilsfeld anhaltender Stop-and-go-Verkehr an. Bereits bei Ludwigsburg Süd verließ Palm die A 81, um sich quer durch Ludwigsburg und anschließend durch das Neckar- und Bottwartal, an Marbach, Murr, Steinheim, Klein- und Großbottwar, Oberstenfeld und Beilstein vorbei und mittendurch in Richtung Autobahn und dann Heidelberg vorzuarbeiten. Beschwerlich, aber der Wagen blieb im Rollen und vermittelte die Illusion, schneller voranzukommen als auf der verstopften Autobahn. Ob Palm die Strecke in diesem Zickzack über sämtliche Dörfer tatsächlich schneller bewältigte als im Kriechgang auf der im Vergleich dazu geradeaus führenden Autobahn? Darauf kam es ihm allerdings nicht an. Wenn die Kalamität schon einmal da war, nutzte er sie zu einer Art Spazierfahrt über die vielfältigen Erinnerungspunkte seiner Kindheit und Jugend. Dabei wurde ihm durchaus bewusst, dass diese erinnerte Attraktivität der früheren Zeit ein untrügliches Merkmal des Alterns war. Die Fahrt durch die heimische Landschaft zwischen Ludwigsburg und Heilbronn, die wie an einer kurzen Perlenschnur aufgereihten Weindörfer entlang des Neckars entfalteten in ihm ein Gefühl von Geborgenheit und Behaglichkeit, eine sentimentale Erinnerung daran, wo man meinte, hinzugehören. Palm, ansonsten ein nüchterner Realist, zumindest in einigen Dingen des Lebens, empfand es als irritierend, wie solche Befindlichkeiten in ihm in den letzten Jahren öfter geweckt wurden. In Ludwigsburg schaffte er es nur selten, die Stadt auf dem schnellsten Weg zu durchqueren, und rechtfertigte den Weg durch die Innenstadt damit, dass der kleine Umweg gegenüber den großen Durchgangs- und Ausfallstraßen keine lange Verzögerung bedeutete. Nach der Eisenbahnüberführung in der Nähe des Bahnhofs bog er links in die Solitudestraße ein, um an seiner alten Schule vorbeizufahren, dann geradeaus weiter am Arsenalplatz entlang, um einen Blick nach links auf die große Buchhandlung zu werfen. Dort hatte er sich früher gern an den Büchertischen festgelesen. Da die Zeit nun wirklich knapp war, versagte sich Palm dieses Mal einen Abstecher auf den Ludwigsburger Marktplatz. Gereizt hätte es ihn mehr als nur ein wenig. Jedoch hätte eine Rast bei dem sonnigen und ungewöhnlich warmen Oktoberwetter in einer der Kneipen oder Bistros an den Arkaden rund um den Marktplatz außerdem viel zu viel Zeit gekostet.

Nach der Durchquerung von Neckar- und Bottwartal gelangte Palm bei Auenstein wieder auf die Autobahn und hatte Glück. Bis Rauenberg, wo er von der A 6 auf die B 3 wechselte, konnte er zügig und teilweise etwas zu schnell für die Straßenverkehrsordnung durchfahren. Dann füllte sich die Straße Richtung Heidelberg zusehends und seine anvisierte Fahrtzeit von knapp zwei Stunden war längst vorbei. Lange bevor er das romantische Ensemble der Neckarfront mit der Heidelberger Schlossruine hätte erblicken können, musste Palm abbiegen und einige Bergwindungen hinter sich bringen, um sich nach Götzenberg und Boxbergring schließlich dem Ziel zu nähern. Der Gebäudekomplex mit viel Wald drum herum war teils alt, teils modern. Von den Parkplätzen führte ein baumbestandener Fußgängerweg zum Innenhof des Hauptgebäudes. Er blickte nochmals auf sein Handy, um sich zu vergewissern, dass die Nummer Röslers gespeichert war. Als er dabei war, den Innenhof zu durchqueren, kam ein etwas dünner und insgesamt schon älter wirkender Mann von schätzungsweise Mitte 40 auf ihn zu.

»Sie sind Herr Palm und suchen mich«, lachte er mit der etwas zu hoch geratenen Männerstimme, die Palm vom Telefonat noch im Ohr hatte. »Rösler«, stellte sich der Rekonvaleszent mit grauem Dreitagebart und schütterem, farblosem Haupthaar vor. »Gehen wir ins Grüne, da können wir uns setzen«, schlug er vor. Palm trottete einfach hinterher.

»So, so, Sie hat mir der Nobby auf den Hals gehetzt. Sagen Sie's gleich, hat er irgendein Problem, hat er was ausgefressen, und vor allem, was haben Sie damit zu tun?«

Das waren eine Menge Fragen auf einmal und Palm beschloss, erst einmal die Variante mit dem langsamen Aufwärmen anzugehen.

»Ich erkläre Ihnen alles gern, eins nach dem anderen. Doch erst mal zu Ihnen: Sie machen hier eine Reha durch. Was ist denn passiert?« Palm dachte an eine Herzattacke.

»Ganz einfach«, sagte Rösler, »mich hat der Schlag getroffen. Schlaganfall. Ich hätte es nicht mal gemerkt. Ein Kollege von mir hatte damit etwas Erfahrung, weil seine Eltern ähnliche Schwierigkeiten hatten. Wir haben uns unterhalten, mir wurde übel. Ich überlegte, woher – und plötzlich sagte er: du bist vollkommen durcheinander, was redest du denn für einen blanken Unsinn daher? Du hast einen Schlaganfall! Ich dachte, der spinnt, aber übel war mir ganz ordentlich. Er hat dann einen Arzt gerufen, erst unseren Betriebsdoktor und der einen Notarztwagen. Das war vor über drei Wochen. Ohne den Kollegen läge ich jetzt wohl in irgendeinem Intensivbett. Also, sie sehen: Mir geht's wieder gut, kann mich fließend artikulieren, häng nicht am Tropf, darf allein spazieren gehen und will hier bald wieder abhauen. Glück gehabt. Und jetzt sind Sie dran!«

Palm wunderte sich über den Schlaganfall-Patienten. Mit vielleicht Mitte 40 schien ihm Rösler trotz des sich lichtenden Haupthaares fast noch zu jung dafür. Rösler strahlte für Palm eine gewisse Belastbarkeit aus, dennoch entschloss er sich zu einer Schilderung in wohl dosierten Raten.

»Können Sie mir etwas über Ihre Aufgabe bei der Bahn sagen? Sie arbeiten wohl in einem anderen Bereich als Herr Hagemann.«

»Ich bin bei denjenigen, ohne die gar nichts mehr läuft. Ich leite eine größere IT-Abteilung, nicht für den technischen, sondern für den kaufmännischen Bereich. Dazu gehört der gesamte Bürokram, den uns der Herr Gates eingebrockt hat. Kommt der Zug zu spät oder die Tür geht nicht auf, beschweren Sie sich bitte woanders. Wenn Ihre Mails hängen bleiben oder die Telefonanlage tut's nicht, können Sie zu mir kommen oder wenn Sie mal Ihr Bild auf 'nem Schirm sehen wollen.«

»Bild auf 'nem Schirm? Was meinen Sie?«

»Also die halbe Zeit schaut der Mensch in der Großstadt und vor allem auf modernen Bahnhöfen in eine Kamera. Nur weiß er das nicht. Wir sammeln das und bestimmte Bilder werden sogar online, live, in Monitorräume übertragen. Wir sagen Sicherheit, andere sagen big brother. Das Problem ist, es stimmt beides. Und wenn der Hagemann Sie zu mir schickt, will er, dass ich irgendetwas suche oder irgendetwas lösche. Wegen welcher Variante sind Sie hier?«

»Das kann ich nicht genau …«

»Halt, wir haben etwas vergessen. Wer sind Sie eigentlich, wie kommen Sie und Nobby zusammen?«

»Ich bin Journalist beim Tagblatt und habe mit Herrn Hagemann seit Jahren immer wieder wegen des großen Bahnprojekts Kontakt.«

»Dann ist mir alles klar. Es geht ums Löschen. Irgendwo sind Sie mit ihm drauf. Ist doch klar. Kein Ton, aber jede Menge Bild. Bitte sind Sie so gut und sagen mir die Tage und circa die Zeiten und circa welche Gegend in dem Gemäuer, sonst muss ich einen abstellen, der sich Tag und Nacht Bänder, CDs und DVDs ansieht. Soviel Kaffee kann keiner trinken, um da wach zu bleiben.«

»Herr Rösler, ich glaube nicht, dass das so klar ist. Ich vermute, Herr Hagemann möchte vielmehr wissen, wer sich in Ihren Systemen schon einiges über ihn angesehen, angehört oder beschafft hat: Bilder, E-Mails, Telefonate, Buchungen, Zugfahrten.«

»Im Zug filmen wir nicht«, wandte Rösler ein.

»Okay, aber man sieht, wer wo gebucht hat, wer wann eingestiegen, ausgestiegen ist und mit wem. Wer Reisen bucht, Schlafwägen reserviert und ähnliche Daten.«

»Ach herrje, das ist so einfach nicht. Man muss tiefer in das System hinein, dauert eventuell etwas. Warum eigentlich? Sie sagen Schlafwagen«, Rösler grinste Hagemann vielsagend an, »sagen Sie bloß …«

»Sie scheinen ja bestens im Bilde zu sein, Herr Rösler. Was könnte man denn in Ihren Systemen dazu finden?«

»Versprechen Sie sich davon nicht zu viel. Im Internet geht's deftiger zu. Wir haben nur Daten, Daten, Daten. Und ob es davon über Nobby eine große Menge gibt, weiß ich nicht. Es sei denn, er hat seine eigene Überwachung angeordnet. Wäre mal eine Abwechslung.«

Palms Interesse erwachte. »Herr Hagemann ordnete Überwachungen an?«

»Hat er Ihnen das nicht gesagt? Wenn er nicht gerade irgendwelche Zahlen kontrolliert oder die krummen davon wieder gerade gebogen hat, hat Nobby big brother gespielt. War auch gut so. Wenn Sie wüssten, was in so einem Riesenladen wie bei uns alles vorkommt. Schindluder wird an jeder Ecke getrieben.«

»Aber einfach alles überwachen, ist ja wohl auch Schindluder getrieben«, gab Palm zu bedenken.

»Mag sein. Natürlich müssen wir sehen, dass da nichts anbrennt. Es gibt nicht nur Gesetze, sondern auch unsere eigenen Richtlinien. Das reicht, um uns alle den Job zu kosten. Aber hören Sie, wir sorgen vor, auch für den Nobby. Den lassen wir nicht ins Messer laufen. Was hat er denn Schlimmes getan? Er hat darauf geachtet, dass wir mal genauer hinsehen. Hat dabei allerdings manchem einen Schubser versetzt.«

»Einen Schubser?«, wollte es Palm genauer wissen.

»Na ja, in die freie Wirtschaft, nach draußen. Da muss immer mal wieder einer letztmalig seinen Schreibtisch aufräumen oder sich Illusionen über seine nächste Beförderung aus dem Kopf schlagen.«

Palm sah vor sich plötzlich einen Norbert Hagemann, den er so nicht gekannt hatte. Über Mitarbeiterüberwachungen gab es überall eine Menge Beschwerden und Skandale, auch bei der Bahn hatte er davon gehört. Hagemann hätte er in dieser Ecke allerdings nicht vermutet.

»Jetzt lassen Sie mich die Sache mal direkt auf Hagemanns Situation zuspitzen: Könnte es sein, dass Herr

Hagemann durch Daten und Zeugs, das in Ihren Systemen gespeichert ist und abgerufen werden kann, nicht mehr ganz frei ist. Sozusagen erpressbar. Man kann dadurch von ihm Dinge verlangen, die er vielleicht freiwillig nicht tun würde?«

»So etwas gibt es vermutlich über bald jeden zu finden. Überall. Bei Ihnen, in Ihrem Zeitungsladen garantiert auch. Wenn Ihnen da einer blöd will, haben Sie Pech. Es sei denn, Sie wären das bisher nicht gesehene reine Unschuldslamm?«

»Lassen Sie mich mal kurz aus dem Spiel. Wenn wir uns dafür interessieren, wer Herrn Hagemann Daumenschrauben anlegen könnte, müssen wir herausfinden, wer seine Daten etcetera genauer inspiziert hat«, Palm wollte etwas Logik walten lassen.

»Könnte sein, muss aber nicht. Aber ja, könnte man so mal angehen.«

»Können Sie das?«

»Von hier aus sicher nicht. In Stuttgart, ja. Vor einer Woche geht da leider nichts. Wenn ich hier vorzeitig abhaue, kriege ich nach dem nächsten Schlag von der Kasse gar nichts mehr, deshalb müssen Sie sich etwas gedulden. Außerdem: bevor ich da rangeh, will ich mit Nobby selbst noch mal reden. Er hat mir nur eine Info über Sie per SMS geschickt: ›Dem kannst du trauen.‹ Sie wollten mir doch aber sagen, worin der Nobby da verwickelt ist?«

Palm versuchte nochmals, die Sache vorsichtig anzugehen.

»Haben Sie in den Nachrichten von dem Mord an Dr. Kaminski gehört?«

»Ja, gestern kam dazu was in der Tageschau oder im Dritten, ist ja ein unfassbares Ding! Und bei uns im Bahnhof. Mich würde mal interessieren, wie und wo.«

Palm entschloss sich, den Schongang aufzugeben. »Noch unfassbarer wird für Sie sein, dass für die Polizei Herr Hagemann als Täter in Betracht kommt.«

Rösler brauchte ein paar Sekunden, um die Worte Palms zu realisieren. »Das ist ja dümmer, als die Polizei erlaubt, die letzte Räuberpistole! Nobby jemanden totschlagen, dann auch noch den Kaminski. Das ist doch total übergeschnappt. Wie kann man auf diese irre Idee kommen?«

»Indem man die Begleitumstände und Gründe, das heißt Motive sieht. Herrn Hagemanns nächtliche Zugbegleitung von und nach Berlin war Frau Kaminski.«

»Nein, das habe ich nicht gewusst. Ich dachte, der Nobby macht auf seine alten Tage eben zur Abwechslung mal mit der, mal mit jener rum. Hätte mir auch vorstellen können, dass er dazu bezahlte Kräfte anheuert. Hat schließlich was übrig für Professionalismus, der Nobby. Aber die Alte von dem Kaminski, dazu gehört schon etwas Doofheit, von beiden, finden Sie nicht?«

»Und wer das bei der Bahn wusste, konnte Herrn Hagemann sicher in seinem Sinne schicken, um nicht zu sagen zwingen?«

»Das ist ungefähr so sicher wie die nächste ICE-Verspätung.«

»Aber noch mal: Weshalb soll der den Kaminski umbringen – hat der die beiden etwa in flagranti erwischt? Doch nicht auf dem Bahnhof?«

»Nein, die Umstände sind rätselhaft. Wann sind Sie nächste Woche zurück? Dann müssen wir was tun.«

»Gut, es scheint zu brennen. Ich gebe Ihnen einen Namen von einem Kollegen, das heißt Mitarbeiter. Der kann eigentlich alles, er traut sich nur nicht. Ich rufe ihn an. Sie können sich am Wochenende bei ihm melden. Geben Sie mir Ihre Nummer. Er heißt«, Palm zückte aus einer Tasche in der linken Mantelinnenseite einen kleinen Block, »brauchen Sie nicht aufzuschreiben«, sagte Rösler, »den Namen kann sich jeder merken: Er heißt Carlos Valdo Delascasas.«

»Oh Mann, wie kann man so heißen?«, entfuhr es Palm.

»Soll er Ihnen selbst sagen. Er spricht Deutsch wie Sie und ich. Um genauer zu sein, so wie ich«, nahm Nordlicht Rösler für sich in Anspruch.

Was Palm von dem Besuch der Reha-Klinik in jedem Fall mitnahm, war der Eindruck, einen vom Schlaganfall bestens genesenen Patienten getroffen zu haben, was unter Umständen für gesundheitlich irgendwann zu erwartende Unbill hoffen ließ.

Darin bestärkt, dass widrige Situationen nicht ewig währten, schlug Palm den Rückweg wieder via A 6 und A 81, über Heilbronn und Weinsberg, ein. Der schleppende Verkehr auf der A 81 würde zumindest jetzt in Richtung Stuttgart ein Ende gefunden haben. Diese Hoffnung indes erfüllte sich nicht.

12

»Ist in Ordnung, Herr Schlehenmayer, ich bin schon unterwegs«, beschwichtigte Palm seinen Ressortleiter.

»Zum Redakteur gehört eben Redaktionsdienst und wenn Sie verhindert sind, sagen Sie vorher Bescheid. Heute kann allerdings keiner einspringen und auf meinem Plan steht bei Spätdienst Ihr Name.«

»Ich habe das verstanden, Herr Schlehenmayer, ich bin auf dem Weg.«

»Und übrigens: irgendein Ergebnis wird Ihr Ausflug ins romantische Heidelberg hoffentlich haben, also morgen muss zu dem Kaminski-Fall was im Blatt stehen. Das ist doch Ihr Thema.«

»Herr Schlehenmayer«, sprach Palm mit energischer Stimme in die Freisprechanlage seines Autotelefons, »darüber muss ich mit Ihnen unbedingt sprechen. Da ist einiges mehr dahinter, als es auf den ersten Blick scheint …« Palm hielt inne, da er wusste, wenn er mit seinen Andeutungen zu weit ging, bekam sein bedächtiger Ressortleiter schnell kalte Füße und würde das Thema auf Sparflamme setzen. Sich nur nicht exponieren. Das konnte nur Ärger bringen. »Wenn wir das nur als eindimensionalen Mordfall sehen, also Banker auf rätselhafte Art zu Tode gekommen, vernachlässigen wir unsere journalistische Sorgfaltspflicht.«

»An die habe ich Sie gerade in anderem Zusammenhang erinnert, lieber JJ. Das ist mir nicht fremd.«

»Ja, kann ich mit Ihnen am Wochenende sprechen, Herr Schlehenmayer?«

»Bin bis nächsten Mittwoch in Südtirol. Es ist Wanderzeit und die Weinlese beginnt. Steht seit x Wochen im Kalender.«

»Den hab ich natürlich auswendig gelernt«, konnte sich Palm nicht bremsen.

»Dann wissen Sie ja Bescheid. Die Kollegen werden alles Notwendige richten. Und Sie sind dann ab 18 Uhr hier beim Spätdienst. Gute Fahrt.«

Da der Verkehrsfunk den Übergang von der A 81 zur A 8 am Leonberger Dreieck bereits als zu vermeidende Staustrecke gemeldet hatte, verließ Palm die Autobahn bei Zuffenhausen, um quer durch die Stadt zur Redaktion zu fahren. Der Freitagabend erwies sich aber als ganz normaler Freitag, sodass ein Durchkommen hier so lange dauerte wie der Kriechgang über die A 8. Dennoch erreichte Palm um 17.30 Uhr das Pressehaus in Möhringen und hatte sogar Zeit für einen kleinen Imbiss in der Cafeteria. Allzu viele Kollegen waren dort nicht anzutreffen, das ideale Wochenendwetter hatte alle, die ihre Seiten fertig hatten, schon heimfahren lassen. Einer allerdings machte nach seinem Redaktionstag eine obligate Runde durch die Cafeteria. Heiler, ein Fossil, das noch im Tagblatt-Turm die Zeiten ratternder Setzmaschinen und Bleisatz miterlebt hatte, davon auch immer gern erzählte, wie die Generation vor ihm von der Ostfront ausgiebig Bericht erstattete. Heiler setzte sich gleich zu Palm, der an einem nicht mehr besonders saftigen Ripple, dafür vor einem verkochten Kartoffelsalat saß.

»Jo, JJ, Sie sind au net zu beneida. Mit so ra G'schicht wie dem Kaminski kam mr sich die ganz Karriere ruiniera. Oi mal g'scheit recherchiert, hend se sich's mit dr halbe Stadt verdorba. Aber i geb Ehne an Tipp: wenn an Großkopfeter auf so a erbärmliche Art verreckt, senn emmr Weibr em Spiel. Denket Se dodroa. Des sagt mir mei Erfahrung.«

»Ja danke, Herr Heiler, so ähnlich sieht's aus. Ich bleib dran.«

»Aber senn Se vorsichdich, Abschdand halda, sag i.«

Palm machte sich auf den Weg an den Schreibtisch ein paar Stockwerke höher. Auf dem Gang vom Treppenhaus zur Lokalredaktion kam ihm Maria H. entgegen, ›Das H‹, wie sie allseits genannt wurde. Das H war eine sehr schmale, dunkelhaarige Figur mit sehr prominenter Nase und entschlossenem Blick. Eine schwere schwarze Hornbrille, die JJ in Erinnerung an einen alten politischen Journalisten als ›Werner-Höfer-Gedächtnisbrille‹ bezeichnete, sorgte zudem dafür, dass Das H stets zwischen mürrisch bis herrisch wahrgenommen wurde. Zumeist war sie schwarz gekleidet, was eventuell mit ihrem Arbeitsgebiet, dem Feuilleton, zu tun hatte. »Hallo JJ, auch spät dran, passiert noch was?«, rief sie ihm entgegen.

»Ich fürchte, das meiste ist schon passiert«, antwortete Palm und hastete an ihr vorbei.

Das H war Palm unheimlich und er versuchte stets, etwas Abstand von ihr zu halten. Verantwortlich dafür war ein Sportredakteur, Hans Schwarzer, der das Tagblatt inzwischen für ein Boulevardblatt verlassen hatte. Er hatte Palm vor dem H gewarnt. Er, der Sportredakteur, berichtete davon, eines Abends nach dem Spätdienst in seinen frühen Tagen beim Tagblatt vom H abgeschleppt worden zu sein. Zunächst in die ›Kiste‹, einem Traditionslokal mit viel Medienleuten und zuweilen Prominenz unter den Gästen. Dort habe er nach dem ersten Viertele ein zweites ordern wollen, Das H habe aber gesagt: »Komm, das trinken wir bei mir daheim.« Das war nur einige Schritte weiter, in der Schlosserstraße. Das H hielt viel darauf, dort in unmittelbarer Nachbarschaft zu Mitgliedern des Stuttgarter Ballett-Ensembles, der legendären Compagnie, zu wohnen, und weitere schreibende wie musizierende Künstler persönlich zu kennen. Schwarzer ging jedenfalls arglos mit und wurde, kaum in der Wohnung angelangt, nicht etwa mit einem weiteren Viertele, sondern mit Schnaps bewirtet, und sodann aufgefordert, sich zu entkleiden. Was er, damals gerade am Ende seines Volontariats angelangt, artig tat. Das H tat natürlich dasselbe und unvermittelt waren beide auf Hs Federbett angelangt. Dort schaffte es nach Schwarzers Erzählung Das H alsbald, seinen Kopf zwischen ihre Beine zu klemmen und den jungen Volontär einer verschärften mündlichen Prüfung zu unterziehen. Schwarzer beteuerte, nicht verklemmt oder spießig zu sein. Diese Situation habe ihn jedoch in Panik versetzt, zumal er wegen der großflächigen und pelzartig dichten Schambehaarung des Hs in Atemnot geraten sei. Im weiteren Verlauf der Nacht habe er beobachtet, dass dem H die dichten schwarzen Kräuselhaare sogar aus der Pofalte quollen. Zum besseren Verständnis des Ungemachs, in das er geraten war, zeichnete Schwarzer Palm die Situation seiner eingeklemmten Perspektive mit Bleistift auf die Rückseite eines uralten Manuskriptvordrucks auf, der auf 60 Anschläge pro Zeile eingestellt war. Als empörend empfand Schwarzer außerdem die Abschiedsszene, als er sich schließlich nach weiteren einschlägigen Dienstleistungen angezogen hatte, um die Flucht zu ergreifen. Auf sein »Also tschüss, ich verschwinde«, habe Das H, regungslos bäuchlings auf dem Federbett liegend, nur die Hand gehoben und geräuschvoll gepupst.

Palm konnte nun tun und denken, was er wollte, immer wenn Das H sich ihm näherte, musste er an Schwarzers Geschichte und vor allem an die Zeichnung denken.

Auf seinem Schreibtisch entdeckte er nicht vieles, was außer seiner eigenen Geschichte an Arbeit anzufallen drohte. Lediglich für die Stadtausgabe sollte ein Kurzbericht über eine Lesung im Literaturhaus aufgenommen werden – vor allem, weil viel Lokalprominenz unter den Gästen erwartet wurde, sogar der inzwischen pensionierte Exchef eines großen Computerkonzerns, der das Literaturhaus als Mäzen und mit ehrenamtlicher Arbeit förderte, hatte sich angekündigt. Die Kritik zur Lesung war erst für den Montag im Feuilleton geplant. Für die weitere Verfolgung des Mordfalls hatten die Kollegen Palm ein paar Agenturtexte hingelegt. Palm schrieb sie so um, dass daraus die ursprüngliche Autorenschaft nicht mehr zu erkennen war und streute aus den Mosaiksteinchen, die er kannte, hier und da etwas ein. Wie zum Beispiel, dass man bei der Bahn nach den Gründen fahnde, die dem Bankchef erlaubt hatten, so weit in die Eingeweide des Bahnhofsgebäudes vorzudringen, und ob es vielleicht Personen gäbe, die aus Gründen, die noch keiner kenne, die Türen für Dr. Kaminski extra offen gehal-

[illegible]n. Außerdem setzte bei der Bahn nachhaltig eine Diskussion darüber ein, ob die, wie behauptet, zeitweilig wieder reduzierte Videoüberwachung in und um den Bahnhof ausgeweitet werden sollte. Bis dato waren dies natürlich alles ungereimte Spekulationen. Aber Palm war sich sicher, bei diesen Themen nachlegen zu können und den einen oder anderen allein mit ein paar Stichworten zu verunsichern. Eine richtige Zusatzrecherche war in dem mit ›JJ‹ gezeichneten Text beileibe nicht zu erkennen und Palm wusste, dass er damit viele zunächst enttäuschen würde.

Palms Handy piepste. ›Sie haben eine Nachricht erhalten.‹ Bolz hatte geschrieben: ›Warte um 21 Uhr in der O-straße‹. Palm schrieb sofort zurück: ›22.30, hab Spätdienst.‹ Bolz schickte ein ›o. k.‹ zurück.

Als Palm alles für die Stadtausgabe im System mit einer Freigabe abgeschlossen hatte, eilte er aus der Redaktion und lief beinahe Das H über den Haufen. Selbst im Literaturhaus habe man ausschließlich über Kaminski gesprochen, rief sie ihm hinterher.

»Ja«, rief Palm zurück, »ich hab's gehört.« Die Kollegin, die den Termin wahrnahm, hatte ihn angerufen, um ein paar Stichworte abzuliefern. Für den armen Stadtlyriker hatte sich keine Socke interessiert. Es ging nur um das Weltstadtniveau, das Stuttgart im Bereich von Mord und Totschlag erreicht hatte.

Auf der Neuen Weinsteige bog Palm unterhalb eines einstmals als Sauna getarnten Nobelbordells mit High-End-Anspruch bei Personal und Klientel links ab. Das Etablissement hatte vor Jahren sowohl wegen mangelnden Kundenzuspruchs als auch fiskalischer Kalamitäten den Betrieb an der ansonsten verkehrsreichen Straße einstellen müssen und harrte dann über Jahre hinweg des Interesses neuer Investoren. Es waren nur wenige 100 Meter zu seiner Wohnung, da konnte Palm gerade noch eine Vollbremsung hinlegen. Passiert war gar nichts, aber er war so müde, dass er an einer Ampel die Bremslichter seines Vordermanns viel zu spät wahrnahm. Wenigstens wäre die Polizei gleich um die Ecke, dachte Palm, den wartenden Bolz im Kopf.

Bolz stand bereits neben der Haustür, als Palm sich für die Verspätung entschuldigen wollte.

»Ich bin gerade erst angekommen. Dass hier vor elfe nichts läuft, war mir klar«, grinste Bolz. Matt trotteten beide die Treppen hinauf.

Bolz setzte sich auf denselben Platz wie den Abend zuvor und sah auf dem Glastisch die Gläser aus der letzten Nacht: »Bloß kein Wein mehr, mir steckt der von gestern noch in den Knochen.«

Palm wartete auf die Gelegenheit, über seinen Besuch bei Rösler zu erzählen und was bei der Bahn bald ausgegraben werden würde. Dazu kam er jedoch nicht. Bolz entfaltete verschiedene Blätter.

»Schauen Sie mal, Palm. Das sind alles Telefonate. Von verschiedenen Anschlüssen. Fangen wir hier an, vorgestern Nacht. Zwischen 23.08 Uhr und 23.12 Uhr wählte Kaminski von seinem Handy aus zweimal dieselbe Nummer. Erreichte niemanden. 23.15 Uhr wird er zurückgerufen, von der Nummer, die er angerufen hatte. Das Gespräch dauerte zweieinhalb Minuten. Dann meldete sich Kaminski, hier auf dem anderen Ausdruck, von seinem Festnetzapparat bei seinem Fahrer. Und jetzt dieses Blatt, drei Wochen vorher: Kaminski erhielt an zwei Tagen aufeinander vier Anrufe von der Nummer, die er in der Nacht vor seinem Tod angerufen hat. Dieselbe Nummer finden wir eine Woche später auf seinem Apparat in der Bank. Jetzt dürfen wir kombinieren. Irgendeiner wollte was von ihm und er macht mit ihm einen Termin für den nächsten Morgen am Bahnhof aus. Das tut er, nachdem ihm seine Frau eröffnet hat, dass sie ihn verlassen wird.«

»… das vermuten Sie«, warf Palm ein.

»Nein, das weiß ich, sie hat es mir gesagt. Also hat es etwas mit seiner Frau zu tun, schließe ich daraus.«

»Das hat der Heiler auch gesagt«, bemerkte Palm.

»Wer ist Heiler?«

»Vergessen Sie es«, wiegelte Palm ab.

»Palm, ich lasse jetzt mal meiner Fantasie freien Lauf und Sie versuchen, das plausibel, blöd oder sonst wie zu finden.«

»Okay.«

»Kaminski sah, dass eine Trennung von seiner Frau für seine gesellschaftliche Situation nicht gut wäre. Irgendjemand, der das alles längst wusste, erzählte ihm vor einiger Zeit davon oder wollte ihn damit sogar erpressen. Als seine Frau nun Klartext redete, begriff er, dass er, um Schlimmeres zu verhindern, den Wissenden, der sich bei ihm meldete, zum Schweigen bringen musste. Danach hieß es nur, seine Frau so lange ruhigzustellen, bis er selbst einen Plan hatte. Deshalb rief er nach dem Gespräch mit ihr den, ich nenne ihn mal Quengelfrieder, an, vielleicht war's auch ein richtiger Erpresser, und verabredete sich mit ihm. Die Frage ist nur, warum das alles ausgerechnet an einem öffentlichen Platz wie dem Bahnhof passierte, und zudem an einer Stelle, die er eigentlich gar nicht kennen konnte?«

»Das lässt sich herausfinden«, gab sich Palm optimistisch. »Derjenige, der sich mit ihm getroffen hat, kannte diesen Platz, hatte Zugang und wusste, dass man dort niemandem über den Weg läuft.«

»Jetzt drehen wir uns im Kreis«, sagte Bolz missmutig. »Jetzt sind wir wieder bei Hagemann.«

»Nicht zwingend. Ich hatte heute einen Gesprächspartner, der sehr viel dazu beitragen kann, wer alles mit Kaminski wegen dessen Frau Kontakt aufgenommen haben könnte. Es muss da einen Zusammenhang geben.«

Er fing an, die Begegnung mit Rösler zu schildern, doch Bolz sprang auf. »Hören Sie, Palm, ich pack's nimmer, ich bin todmüde. Mehr Informationen verwirren uns bloß. Ich geh ins Bett, tun Sie es auch. So taufrisch sehen Sie nicht mehr aus. Gute Nacht.« Damit war er bereits aus der Wohnung.

Palm liebäugelte mit einem Abstecher zur Emilie, einer niedlichen und gemütlichen Kneipe in unmittelbarer Nähe, entschied sich jedoch für das am Vorabend unberührt gebliebene Tannenzäpfle im Kühlschrank, setzte sich in seinen Sessel und wollte Hanne anrufen. Nur, um ihr Gute Nacht zu sagen. Nach dem ersten Schluck aus der schlanken Pilsflasche klickte er sich durchs Adressbuch seines Handys und schlief darüber ein.

13

»Ruf ihn an und frag ihn«, rief Inge ihrem Ältesten zu. »Wenn er es nicht vergessen hat, müsste er heute Nachmittag da sein.« Björn hatte seine Zweifel. Er hatte zu seinem Vater immer JJ gesagt, nie Papa, obwohl er gefühlsmäßig sein Vater war. Seine Mutter und JJ hatten geheiratet, als er gut vier Jahre alt war. An seinen richtigen Vater konnte er sich nicht gut erinnern, einen besonders tiefen Eindruck hatte der jedenfalls nicht hinterlassen. Heute, da er 17 wurde, dachte niemand an eine Geburtstagsfeier im Kreise der Familie, wie sie früher stattfand, da Björn abends mit den Kumpels loswollte. Dennoch hatte sich die Familie nachmittags bei jedem Geburtstag versammelt, und sei es nur, um ein paar Geschenke auszupacken, alles Gute zu wünschen, das Ritual eben, auf das keiner verzichten wollte. Ob JJ kommen würde, wusste niemand. Deshalb rief Björn JJ auf dem Handy an, eine andere Nummer kannte er nicht. Nach einigem Geklingel meldete sich ein um kurz vor elf verschlafen wirkender JJ.

»Ach du, Björn, ja, alles okay. Ob ich heut Nachmittag vorbeikomm? Ja, is was?«

Björn klickte das Gespräch weg. »Mama, er hat das völlig verpeilt. Ich glaub, er ist grad aufgestanden. Vielleicht hab ich ihn geweckt.«

»Das gibt's doch nicht«, sagte Inge, nahm Björn das Telefon aus der Hand, drückte die Wahlwiederholung, ging in die Küche und machte die Tür hinter sich zu.

»Ja, hallo«, meldete sich Palm schleppend.

»Hör mal, mein Lieber«, begann Inge, »ich weiß, dass du nicht wirklich sein Vater bist, aber du weißt, dass du ihm trotzdem viel bedeutest, weil du der einzige Vater bist, den Björn zumindest zwölf Jahre lang hatte. Dass du dann seinen Geburtstag vergisst, ist die Höhe. Also, ich denke, du kannst dich dazu überwinden, heute Nachmittag hier vorbeizukommen. Wenn du mich nicht sehen möchtest, okay, aber den Kindern gegenüber hast du trotzdem eine Verantwortung.«

Palm war vollkommen von der Rolle. Alles, was er hörte, war richtig und berechtigt – nur, es war für ihn wie der Anruf aus einer anderen Welt und Zeit. Seit er vor über einem Jahr seine Frau und angeheiratete Familie hatte verlassen müssen, zeigte er immer wieder eine gewisse Verbundenheit mit dieser alten Welt, indem er bei Geburtstagen auftauchte, für Gespräche mit den heranwachsenden Söhnen seiner Frau zur Verfügung stand, mal ein Bundesligaspiel vom VfB mit dem jüngeren der beiden besuchte und anderes mehr. Derzeit hatte er jedoch alles total verdrängt. Und er überlegte sich, wie er das bei Björn wieder in Ordnung bringen konnte.

»Ich habe es zwischen den tausend anderen Dingen verrafft«, sagte er selbstanklagend. »Ich sehe zu, dass ich da bin, das war keine Absicht.«

Die Beziehung zu seiner Nochehefrau war im Grunde ganz rational. Sie hatten einen schönen Lebensabschnitt von rund zwölf Jahren miteinander verbracht, und nun gingen die Befindlichkeiten und Lebensentwürfe mächtig auseinander. Auch im Interesse der Kinder, aber insbesondere in ihrem eigenen, wollten sie das vernünftig regeln – dafür nahmen sie sich Zeit. Dass er mit Inge jemand getroffen hatte, die im Zweifel wusste, was sie wollte und Kompromisse nur bis zu einem bestimmten Grad machte, wusste Palm aus der Geschichte von Inges erster Ehe beziehungsweise dem Ende ihrer ersten Ehe.

Inge war mit einem einigermaßen erfolgreichen Vertriebsmanager einer IT-Firma verheiratet gewesen. Palm hätte auf Anhieb nicht einmal seinen Vornamen richtig sagen können, so wenig hatte Inge über ihn erzählt. Nach der Hochzeit in recht frühen Jahren hatten die beiden alsbald zwei Söhne und bewohnten ein mittelgroßes Eigenheim in Fellbach bei Stuttgart. Inge hatte bezüglich ihres Ehemannes kein unsicheres Gefühl, wurde allerdings von Kameradinnen ihres Tennisklubs immer wieder mit Bemerkungen konfrontiert, die auf die eheliche Untreue ihres Mannes abzielten. Klartext sprach niemand. Sie gewann im Laufe der Zeit den Eindruck, dass alle möglichen Leute viel vermuteten oder sogar wussten, nur eben sie nicht. An einem schönen Frühsommersonntag erlangte Inge Gewissheit. Im Tennisklub, knapp zwei Kilometer von ihrem Haus entfernt, fand ein Vereinsturnier statt. Am frühen Nachmittag meinte Inges Mann, er müsse von zu Hause kurz etwas holen, und verschwand.

Eine Freundin bemerkte gegenüber Inge: »Komisch, die Sandra ist auch weg.«

Das hielt Inge für den totalen Blödsinn, handelte es sich bei besagter Sandra doch um eine mächtig übergewichtige und physiognomisch nicht gerade attraktive Beinahe-Nachbarin ein paar Häuser weiter. Um aber den Zweifel nicht weiter sprießen zu lassen, lieh sich Inge das Auto der Freundin und fuhr nach Hause. Vorsichtshalber betrat sie das Haus durch eine Verbindungstür in der Garage, da die Eingangstür von mehreren Stellen im Erdgeschoss aus sichtbar war. Sie kam sich wie eine Einbrecherin vor, als sie auf Socken die wenigen Stufen zum Erdgeschoss nahm. Bereits unten an der Tür zur Garage vernahm sie eindeutige Laute, die irgendwo zwischen Kreischen und Stöhnen angesiedelt waren. Durch die einen breiten Spalt offene Tür zum Wohnzimmer erblickte sie wenige Augenblicke später besagte Nachbarin mit ihrem Ehemann bei einem, wie sie es empfand, abstoßend tierischen Kopulationsakt. Sandras Fleischvolumina und die exzessive Wucht der Bewegungen ihres Ehemannes lösten in ihr Ekel aus.

Leise verschwand sie, fuhr zurück zum Tennisklub und wartete auf die Rückkehr ihres Mannes. Sobald er angekommen war, nahm sie seinen gesamten Schlüsselbund an sich und fuhr mit den Kindern nach Hause. Den Kindern hatte sie, um deren Widerstand gegen das frühe Heimfahren zu überwinden, ein besonders tolles Eis mit Paradiescreme versprochen. Aufgrund der Turnierplanung wusste sie, dass ihr Ehemann erst nach 20 Uhr nachkommen würde. Bis dahin hatte sie die Kinder im Bett und sämtliche Türen und Fenster im Erdgeschoss, inklusive der Gartentür, verschlossen.

Sie verspürte angesichts dessen, was sie vorhatte, keinen wilden Zorn oder gar Mordlust. Lediglich das Gefühl, als hätte sie eine zu große Menge eiskalter Milch getrunken, bildete sich im Magen- und Bauchbereich. Es war ein sedierendes Gefühl, das sie alles genau planen ließ und dafür sorgte, dass sie nichts vergaß. Später, als sie immer wieder an diesen Abend zurückdachte, wurde ihr klar: Es war so etwas wie kalter Hass gewesen. Nur das Ergebnis, egal wie leidenschaftslos herbeigeführt, zählte. Er musste verschwinden.

Als ihr Mann endlich klingelte, da er den Hausschlüssel nicht fand, öffnete Inge ein Fenster und wies auf zwei Koffer, die sie ihm gepackt und vor die Garage gestellt hatte.

»Da ist alles drin, was du brauchst. Am besten, du gehst gleich rüber zu Sandra. So breit, wie sie ist, haben du und ihr Mann sicher zu zweit auf ihr Platz. Dort ist nur für dich Schicht. Ich schick dir morgen einen Anwalt in die Firma, der kann dir erklären, wie es weitergeht.«

Das war keine spontane Ansprache. Sie hatte sich die Worte genau zurechtgelegt und sagte die wenigen Sätze auswendig auf, wie früher ein Gedicht in der Schule. Nachdem sie es fehlerfrei vorgetragen hatte und ihren Mann fassungslos vor der Tür stehen sah, war sie stolz auf sich. Es hatte gesessen, er zog ab.

Seitdem hatte sie nie mehr mit ihrem Exmann gesprochen, selbst die Scheidung ging ohne weitere Zwiesprache über die Bühne. Inge hatte aus ihrer Studienzeit Freunde, inzwischen Anwälte, die den Rest besorgten: dem Ehemann klarmachten, wie viel er aufgrund der Rechtslage et cetera zu zahlen habe, dass alle Versuche, die Dinge für ihn angenehmer oder weniger teuer zu machen, sinnlos seien und ihn im Endeffekt nur viel,

viel mehr kosten würden. 15 Monate danach sahen sie sich nochmals vor Gericht, ohne ein Wort miteinander zu wechseln, und wurden rechtskräftig geschieden. Der Mann tauchte nie wieder auf, Inge suchte einen neuen Lebenspartner, fand Palm und erzählte über ihre erste Ehe so gut wie nichts außer dem Ende. Palm war also gewarnt und wusste, woran er war.

14

Als Palm in Fellbach eintraf, sah er vom Garagenvorplatz aus Inge in der Küche stehen. Es gab eine Menge Leute, vor allem hier in der Wohngegend zwischen Stadion, Tennisplatz, Freibad und Schule, die den Zeitungsredakteur für einigermaßen bescheuert hielten. Nicht nur, dass Inge nach wie vor eine attraktive, dunkelblonde Frau mit ausnehmend gut proportionierter Figur war, Inge strahlte eine Offenheit und Klarheit aus, die vielleicht etwas mit ihrer norddeutschen Herkunft zu tun hatte und hier in der Gegend, wo man fast mehr Zugewanderte aus anderen Teilen Deutschlands als Schwaben antreffen konnte, sehr geschätzt wurde. Über Jahrzehnte hinweg hatten die nahen Daimlerwerke in Untertürkheim und die Maschinenbau-Unternehmen in und rund um Stuttgart tüchtige Leute aus dem Norden und Westen angezogen, die neben den Arbeitsplätzen auch bald die Lebensqualität dieser Region schätzen lernten. Inge war als Tochter eines Werkzeugmachers mit ihren Eltern Ende der 60er-Jahre aus Nordenham erst nach Cannstatt, dann nach dem Auszug aus dem Elternhaus studienhalber nach Tübingen und schließlich per Hausbau mit ihrem ersten Ehemann nach Fellbach gekommen. Sie fühlte sich hier zu Hause und war ein respektiertes und beliebtes Mitglied in Nachbarschaft und Gemeinde. Dass sich Inge nach der Scheidung von ihrem Erstgatten mit jemandem wie Palm zusammentat, also einem, der, was Habitus und Beruf anging, im Vergleich zu Inge eher als windiger Hallodri eingestuft wurde, galt rundum als Überraschung. Aus der Perspektive seines neuen privaten und nachbarschaftlichen Lebensumfelds galt Palm als einer, der dem Schicksal für diese Verankerung im bürgerlichen, steten und erdverbundenen Leben dankbar sein sollte. Lange Jahre empfand dies auch Palm so und beteiligte sich an nachbarschaftlichen Aktivitäten sowie im lokalen Vereinsleben, schließlich sogar in der Elternvertretung an der Schule seiner angeheirateten Kinder. Die wachsende Unabhängigkeit der beiden Buben, zu denen er ein mehr freundschaftliches als väterliches Verhältnis entwickelt hatte, öffnete für Inge und ihn – aus seiner Sicht – Möglichkeiten, erweiterte Horizonte anzugehen. Inge sah dies zwar ebenso, konnte diesen neuen Möglichkeiten allerdings längst nicht so viel Charme abgewinnen wie ihr inzwischen langjähriger Ehepartner. Die Vorstellungen zwischen einem eher bodenständigen (klein-) bürgerlichen Leben im trauten Heim in Fellbach und intensiver Teilnahme am gesellschaftlichen Leben im benachbarten Stuttgart zerrten die beiden in unterschiedliche Richtungen und Prioritäten, die in ihrem Wochenkalender heftige Spuren hinterließen. Die gemeinsame Zeit schmolz zusammen. Die Auseinandersetzungen darüber, was am Wochenende und unter der Woche angesagt war und berücksichtigt wurde, waren nie heftig oder verletzend. Beide versuchten, den anderen zu seinem Recht kommen zu lassen, immer in der Hoffnung, dass dieses Auseinanderdriften nur eine Phase, keineswegs aber ein neuer Lebensabschnitt sei. Im Vorfeld des Klassentreffens, zu dem Inge Palm unbedingt mitnehmen wollte, hatte es einige Wochen mit extrem vielen Terminen ohne gemeinsame Abende gegeben, und Palm wollte eigentlich etwas guten Willen zeigen. Inge war es, das musste sie eingestehen, bei aller sonstigen Uneitelkeit doch wichtig, einmal zu zeigen, dass es ihren Ehemann, den die anderen nur unter dem Zeitungskürzel kannten, wirklich gab. Und vor allem, dass er – so sah sie ihn – ein anderes Kaliber war, als die inzwischen oft haupthaarlosen Bart- und Schmerbauchträger einiger ihrer Exklassenkameradinnen, die sie im Fünfjahresrhythmus zu sehen bekam.

Sobald sie mehr mit weiblichem Instinkt als durch konkrete Anhaltspunkte das Gefühl hatte, dass Palm eine andere Frau untergekommen war, stellte sie ihn zur Rede: »Sag es mir, JJ. Dann bist du es los und musst es nicht weiter mit dir rumschleppen.«

Und JJ sagte es ihr.

Der Schock bestand für Inge weniger darin, dass

Palm sich einer anderen Frau gewidmet hatte. Das gab es, wie sie realistisch genug wusste, überall auf der Welt mehrmals täglich. Und – je nachdem – konnte man überlegen, ob dies ernst oder weniger ernst war. Als Schock empfand sie, dass sie zum zweiten Mal in ihrem Leben von einem Ehemann mit einer Frau betrogen wurde, die aus ihrer Sicht nie als Konkurrenz infrage gekommen wäre. Hätte Palm gestanden, er habe nun ein Verhältnis mit Maria Furtwängler oder einer seiner journalistischen Kolleginnen wie Maybrit Illner oder Anne Will, die jedoch aus bekannten Gründen dafür nicht infrage kam, hätte Inge vielleicht sogar Verständnis gezeigt und überlegt, ob man eine solche Episode nicht einfach als exotischen Akzent des sonst gleichförmigen Alltagslebens betrachten sollte. Mit diesem Level, der so theoretisch wie unrealistisch war, hätte Inge unter Umständen Frieden schließen können. Nur, leider handelte es sich hier aus ihrer Sicht wie bei ihrem ersten Ehemann um eine krasse Niveauverletzung, die nicht zu verzeihen war. Wenn sich ein Mann neben seiner, wie sie sich ohne jede Einbildung sehen konnte, prächtig gut erhaltenen, attraktiven, gebildeten, intelligenten und jederzeit loyalen und treuen Frau an irgendeiner ordinären, hässlichen Erscheinung, jede ihr gegenüber maximal als Aschenputtel-Besetzung taugenden Frau, vergriff … wenn ihr so etwas zugemutet wurde, war es für Inge unerträglich und verlangte nach Konsequenzen. Noch am selben Abend musste Palm das Haus räumen und sich sonst wo, wegen ihr in dem einen Steinwurf entfernten Hotel am Kappelbergtunnel, einmieten. Lieber würde sie eine Zeit lang abends über den Verlust in ihr Kopfkissen weinen, als einem Mann das zu verzeihen.

Palm hatte sich daraufhin, mit Koffer, Reise- und Notebooktasche bewaffnet, zwar nicht im Hotel am Kappelbergtunnel eingemietet, sondern war nach Filderstadt-Harthausen zu einem alten Freund gefahren. Der konnte zwar nur für einige Nächte Asyl bieten, da es dessen Frau wenig lustig fand, einen vom rechten Weg abgekommenen Delinquenten das Leben zu erleichtern.

Björn, der in seinem Zimmer im Obergeschoss Palms Ankunft bemerkt hatte, blieb im Zimmer. Dem Ersatzpapa freudestrahlend aus dem Haus heraus entgegenzulaufen, war nicht mehr sein Ding, und heute hatte JJ zu ihm zu kommen. Der hatte die Sache mit seinem Geburtstag nun mal verpeilt und das gehörte sich nicht. Björn vermutete natürlich, dass JJ schon öfter etwas verpeilt hatte. Sonst hätte seine Mutter ihn nicht rausgeworfen. Das hatte sie ihm gesagt, mehr allerdings nicht. Sie wollte in Björn und dessen zwei Jahre jüngeren Bruder Falk keinen Zorn gegenüber JJ züchten. Über die Gründe musste er also rätseln.

Palm ging durch die offene Haustür nach innen, begrüßte Inge und ging auf ein Nicken seiner Frau nach oben. Als Palm ins Zimmer trat, schaute er erst weiter auf den Bildschirm und tat etwas lustlos. Natürlich freute er sich über Palms Kommen.

»Tut mir leid, dass ich heute Morgen so daneben war. Alles Gute und mach's weiter gut!«

»Ist schon okay«, sagte Björn und zeigte sich versöhnlich.

Mitgebracht hatte Palm auf die Schnelle ›nichts Besonderes‹, wie er sagte. In einem Musikladen hatte er die neue Bushido-CD ergattert. Björn war ein leidenschaftlicher Hip-Hopper. Das Album hatte er zwar bereits auf seinem Rechner, aber erstens war das Original einfach mehr wert und zweitens fand er es gut, dass Palm sich an seinen Musikgeschmack erinnert hatte.

»Was geht dann heut Abend?«, fragte Palm.

»Mal sehen«, meinte Björn, »vielleicht geh ich nur mit 'n paar Atzen zum Grillplatz und wir chillen dort zusammen.«

Gemeinsam gingen sie nach unten ins Wohnzimmer. Inge hatte den Tisch halbwegs festlich gerichtet, sodass es Björn gerade noch ertragen konnte. Falk saß, obwohl es ja nicht er war, der Geburtstag hatte, erwartungsvoll da und freute sich auf kleinere Sensationen wie den Haribo-Schokokuchen und Cola, obwohl er dafür eigentlich schon etwas zu alt war. Bei solchen Gelegenheiten polte er sich ohne Übergangsschwierigkeiten vom pubertierenden Null-Bocker zum Kind um und genoss die Goodies wie einst als umhätschelter kleiner Bruder.

»Björn hat jetzt beschlossen, bis zum Abi durchzuhalten«, berichtete Inge von den familiären Neuigkeiten. Er hatte lange Zeit verkündet, nach der zehnten Klasse vom Gymnasium abzugehen, um erst eine Weile zu chillen und dann eine Lehrstelle zu suchen. Für einen bestimmten Ausbildungsgang konnte er sich allerdings nicht entscheiden, aber ›dann verdient man wenigstens schon mal etwas Kohle.‹ Inge hatte dies hin und wieder schlaflose Nächte bereitet, weil sie fürchtete, ihr Sohn komme bestimmt gänzlich von der Bahn ab. Durch die Aussicht auf knapp drei weitere Schuljahre mit Björn brach bei Inge zwar keine Begeisterung aus, doch immerhin verspürte sie die Hoffnung, dass sich manche Anwandlung des jungen Mannes bis dahin geben oder abmildern würde.

»Was hast du in diesen Tagen für Themen?«, fragte Inge schließlich Palm.

»Spannendere, als man sich wünscht«, antwortete Palm. »Es gab da einen spektakulären Mord, habt ihr sicher im Fernsehen gesehen. Keiner kann sich erklären, was dahintersteckt und es ist schwierig, Vernünftiges darüber zu schreiben.«

»Dann schreib Unvernünftiges«, schlug Björn vor und hatte damit gar nicht so unrecht, wie Palm meinte.

Nach einer knappen Stunde waren alle aktuellen Neuigkeiten und bekannten Themen aus der Interessenwelt der Jungmänner abgehandelt. Falk hatte die jüngsten Erkenntnisse über altersschwache und für die Bedürfnisse Jugendlicher unkundigen und lernresistenten Lehrer zum Besten gegeben, da musste sich Björn verabschieden, um rechtzeitig per Rundruf die weitere Geburtstagsfeier im Kreise der Kumpels organisieren zu können. Falk nahm sich ein kleines zusätzliches Stück des Schokokuchens und gab vor, dass auch er wichtige Telefonate führen müsse.

Palm war nach Aufbruch zumute, da er wusste, dass sowohl Bolz als auch Röslers Mitarbeiter mit dem exotischen Namen auf sein Erscheinen in der Stadt warteten. Bolz hatte er per SMS um Aufschub gebeten und Delascasas hatte sich, wie von Rösler angekündigt, noch vor Mittag gemeldet.

»Sollen wir irgendwann mal das Vertragswerk besprechen?«, fragte Palm Inge. Er hatte sich schon lange nicht mehr nach dem Stand der Gespräche von Inge mit ihrem Anwalt erkundigt. Der wollte für eine gütliche Trennung, was rechtlich aber, gütlich hin oder her, auch eine Scheidung war, einen Vertrag aufsetzen. Inge hatte ursprünglich darauf gedrängt, das schnell über die Bühne zu bringen. In den letzten drei Monaten indes hatte sie bei den wenigen Gelegenheiten, wenn sie sich sahen, nichts mehr davon erwähnt. Dabei war ihr die schnelle Trennung anfangs sehr wichtig gewesen, da sie gerne klare Verhältnisse hatte. Zu Palms Überraschung sagte Inge nur: »Das wird dauern, wir sind dort wohl nicht der lukrativste Fall.«

Für Palm war damit unmissverständlich klar, dass Inge keine Eile hatte. Weshalb, konnte er nicht einschätzen, da er Inge als unbeugsam kannte. Er selbst hatte hingegen noch keine Gedanken an eine eventuelle Versöhnung oder gar an einen Neuanfang.

Im Augenblick, als sie in einer für den Anlass einen Tick zu schicken neuen Bluse vor ihm saß und ihren halblangen dunkelblonden Haarschopf hin und wieder mit einem Ruck nach hinten warf, kam sich Palm etwas dämlich vor. Die Frau hatte einen klaren Kopf, hatte Palm nie gekränkt oder gegängelt, wenn man von den üblichen Verhaltensmaßregeln absah, die die meisten Frauen mit einem Sinn für geradeaus strebende Lebensentwürfe und -verhältnisse ihrer Familie und Umwelt vorgaben. Sie hatte seinen familienunfreundlichen Job und Arbeitsrhythmus ertragen und ihm nach vielem zuvor erfolgtem Hin und Her ein geordnetes Leben ermöglicht. Dazu sah sie noch immer gut aus und viele hätten etwas darum gegeben, mit dieser Frau an ihrer Seite auf dem gesellschaftlichen Parkett aufzutreten. Er hatte das leichtfertig aufs Spiel gesetzt und verspielt, um jetzt in Hannes Leben als derzeit noch leistungsfähiger Liebesknecht seine Rolle zu spielen. Dies durchzuckte ihn, als er sie im Garten in der abendlichen Oktobersonne betrachtete, und er war plötzlich froh, dass Inge keine Eile hatte. Er hatte keinen Plan für sein weiteres privates Leben, wahrscheinlich wäre sein Kopf für solche Gedanken, wie so oft in den zwölf gemeinsamen Jahren mit Inge, viel zu voll mit 1.000 anderen Impulsen gewesen. Aber er war glücklich darüber und konnte sich vorstellen, dass er außerhalb von Geburtstagen oder anderen familiären Anlässen wieder einen Abend mit Inge verbringen könnte. Ob sie das je mitmachen würde? Für solche Vorstellungen waren seine Gedanken zu unausgegoren und zu spontan. Und spontan war nicht immer gut, wie er gelernt hatte.

»Wenn es deine wichtigen Aufgaben in Stuttgart mal gestatten, könnten wir uns einen Abend lang damit befassen«, sagte Inge mit etwas gespielter Ironie, die ihr fast leidtat, denn sie wollte bestimmt nicht provozieren, nur fehlte ihr für die allzu versöhnlichen Töne die Bereitschaft. Palm war jedoch nach wie vor ein Mann, der bei Frauen die Fantasie anregte. Sie hegte keine konkrete Vorstellung, hätte allerdings nichts dagegen einzuwenden gehabt, wenigstens mal wieder eine Weile mit ihm zusammen zu sein, und sei es nur für einen Abend, an dem die Trennungsmodalitäten konkretisiert würden.

»Ja, klar«, antwortete Palm für seinen eigenen Geschmack etwas zu schnell und zu verbindlich.

Da beide mit dieser Situation in dieser Stunde nichts anzufangen wussten, verabschiedeten sie sich voneinander und gaben sich, ohne dies geplant oder bewusst gewollt zu haben, Küsschen auf die Wangen und strebten, von einer gewissen Peinlichkeit umfangen, schnell auseinander.

15

Delascasas lehnte wie besprochen an der Ostseite des Bahnhofs, die zum Busbahnhof zeigte, vorn an der Ecke und war mit seinen knapp zwei Metern ein Hüne, den keiner übersehen konnte. Palm stoppte kurz, ließ das Fenster herunter. Delascasas verstand sofort und stieg ein.

»Wohin fahren wir?«, fragte Palm.

Delascasas zuckte mit den Schultern. »Vielleicht irgendwohin, wo uns keiner sieht.«

»Gut, dann am besten zu mir nach Hause.«

Nach wenigen Minuten waren sie an Ort und Stelle. Im Unterschied zu Bolz entdeckte Delascasas an der Wohnung nichts Unvollständiges oder Provisorisches. Er war Nachrichtentechniker und dachte nicht in konkreten Formen und Anordnungen.

»Wie kommen Sie eigentlich zu diesem Namen? Der klingt irgendwie wie Donnerhall: Carlos Valdo Delascasas«, betonte Palm jede einzelne Silbe.

»Okay, ich erzähle es Ihnen ganz schnell. Mein Großvater hatte während der Weltwirtschaftskrise hier in Deutschland wenig zu beißen. Dabei war ihm ständig nach saftigen Rindersteaks zumute. Deshalb wanderte er nach Uruguay aus, wo er erst in ein Lager für Einwanderer kam und innerhalb der ersten Woche zu einer Behörde in Montevideo musste, um einen vorübergehenden Immigrantenpass zu beantragen. Der zuständige Beamte war nicht anwesend und mein Großvater ging zu dessen Vorgesetztem, dem Leiter des Amts. Der war offensichtlich glücklich, endlich etwas tun zu können. Bei der Aufnahme des Namens, mein Großvater hieß Karl Waldemar Häussler, meinte der Amtsleiter, das sei vollkommen unmöglich. Niemand in Uruguay könne dies aussprechen oder fehlerfrei schreiben. Mein Großvater bestand aber auf seinem Namen. Da fragte ihn der Amtsleiter, wann er zum letzten Mal etwas gegessen habe. Mein Großvater sagte ihm wahrheitsgemäß, dies sei vor zwei Tagen bei Ankunft mit dem

Schiff gewesen, eine Art Rübensuppe habe es gegeben. Der Amtsleiter lud ihn zum Mittagessen in ein Restaurant um die Ecke ein und mein Großvater bekam etwas auf seinen Teller gelegt, was ihm wie ein halbes Rind vorkam. Er hatte große Probleme, das Fleischteil zu vertilgen, da bereits nach einem Viertel der Portion sein Magen rebellierte. Derweil erklärte ihm der Amtsleiter in einer Mischung aus Spanisch, Italienisch und Französisch, dass er ihm eventuell heute noch einen original uruguayischen Pass aushändigen könne. Nur nicht auf Karl Waldemar Häussler lautend. Er sagte, für die Vornamen gäbe es spanische Entsprechungen, Carlos Valdo, und den Nachnamen solle er ihm erklären. Aus der Bedeutung des Namens Häussler schloss der Beamte, dass dies am besten dem spanischen Delascasas entspreche. Inzwischen ging es meinem Großvater sehr schlecht, das Megasteak hatte er trotz Magenkrämpfen weitgehend aufgegessen. Alles andere hätte er als eine Sünde empfunden. Um schnell auf und davon, möglichst zur nächsten Toilette, zu kommen, hätte er wahrscheinlich jeden Namen akzeptiert und er willigte ein. Am selben Tag ging zwar nichts mehr, doch für dieselbe Gebühr, die die anderen Einwanderer für ihre Immigrantenausweise zahlten, erhielt mein Großvater zwei Tage später, mit weiterhin leidendem Magen, einen echten Uru-Pass und war damit sofort eingebürgert, als Carlos Valdo Delascasas. Mein Vater hieß dann Ruben Walter und nannte mich nach seinem Vater Carlos Valdo. Das war's.«

»Und wann kamen Sie nach Deutschland zurück?«, fragte Palm.

»Erstens ›zurück‹ ist nicht. Denn ich war zuvor noch nie in Deutschland. Und zweitens habe ich gesagt, nach der Geschichte mit dem Namen ist Schluss. Seien Sie mir bitte nicht böse, aber ich muss das immer und überall erzählen. Demnächst schreibe ich es auf, drucke es aus und gebe jedem, der mich danach fragt, einen Zettel, okay?«

»Gut«, zeigte sich Palm einsichtig. Die Sache mit den generationsweise alternierenden Vornamen kam ihm bekannt vor. »Kommen wir zu unserem Fall.«

Palm hatte sich vorgenommen, das Gespräch mit Delascasas auf die absolut notwendigen Informationen zu beschränken, die dieser brauchte, um Ansätze für eine Recherche zu haben. Nicht nur aufgrund der Zeitersparnis, sondern um ausufernde Richtungen für Nachforschungen zu vermeiden, und letztlich um Delascasas nicht das Gefühl zu geben, dass er sich durch seine Mitarbeit in eine unabsehbar heiße Sache verstricke.

Palm erwähnte daher lediglich, dass es in den Kommunikationssystemen der Bahn gespeicherte Videosequenzen, Bilder und sonstige Dokumente über Hagemann gebe.

»Wie über jeden«, fiel Delascasas ein, »und wahrscheinlich mehr von denen, über die Hagemann etwas wissen wollte, als über ihn selbst.«

»Gut«, sagte Palm, »fangen wir mit Hagemann an.«

»So kommen wir nur durch Zufall zu Wissenswertem«, belehrte ihn der Deutsch-Südamerikaner. »Suchen sollte ich das, woraus Sie schließlich Schlüsse ziehen können. Wir müssen die Informationen besser charakterisieren, damit ich weiß, worauf ich achten soll.«

»Nach meiner Theorie, das heißt, die Theorie ist für Sie nicht von Belang. Wonach ich suche, sind solche Informationen, die von anderen angesehen und genutzt wurden. Also: Wer hat sich was von diesen gespeicherten Infos zu Hagemann angesehen, sie verwendet oder eben verwenden wollen? Kann man das herausfinden?«

»Ja, das kann man, zumindest eine bestimmte Zeit zurück, sagen wir, drei Monate müssten noch da sein. Eine Zugangsberechtigung hat einzig und allein der Administrator mit besonderen Rechten. Das bin ich eigentlich nicht.«

»Und Herr Rösler?«

»Ja, der Rösler ist für einiges davon zugangsberechtigt – und wofür er es nicht ist, kann er es, darf es jedoch eigentlich nicht.«

»Und wie kommen wir zwei dabei voran?«

»Ich kann mit meinem Ausweis morgen und am Sonntag rein und mal anfangen. Soweit habe ich Sie richtig verstanden. Ich schau mir nur an, wer sich wann was über Hagemann herunter- oder reingezogen hat. Mehr nicht?«

»Richtig, und das sollten wir uns dann ansehen.«

»Und das alles, ohne dass einer zuguckt.«

»Genau«, sagte Palm.

»Wie erreiche ich Sie? Haben Sie vielleicht ein Handy mit einer Prepaidkarte und einer Nummer, die Ihnen nicht zugeordnet werden kann? Rösler sagte, mit Ihnen zu telefonieren, sei keine gute Idee«, gab Delascasas zu bedenken.

»Stimmt. Ich gebe Ihnen eine Nummer und auf der können Sie mich spätestens ab morgen Mittag erreichen.« Palm gab ihm Hannes Nummer. Sie hatte ein Handy mit genau einer solchen Karte. Er würde tauschen. Im Innenministerium könnten sie somit bei Interesse auf seiner Nummer Hannes Gespräche mit ihrer Kosmetikerin abhören. Dieser Gedanke bereitete ihm richtig Freude.

»Denken Sie auch an die andere Kategorie«, mahnte Delascasas. »Rösler hat mir gesagt, es gebe sicher Leute, die mit Hagemann 'ne Rechnung offen hätten, weil er denen als big brother ziemlich zugesetzt hat. Zumindest mal ein paar Namen von denen, die nicht mehr bei uns sind, wären interessant.«

»In Ordnung«, stimmte Palm zu. »Aber nur, wenn das nicht gleich 150 sind.«

»Rösler dachte eher an zwei bis drei.«

Palm anerbot sich, Delascasas zurück in die Stadt zu bringen. Da klingelte es an der Tür.

»Ja, bitte?«, ließ Palm über die Sprechanlage vernehmen.

»Ich bin's, Bolz.«

»Kommen Sie hoch«, sagte Palm.

Bolz hatte es eilig und die Treppen brachten ihn wieder ziemlich außer Atem.

»Wo stecken Sie bloß den ganzen Tag? Ich dachte, wir wollen weiterkommen«, begann er vorwurfsvoll statt einer Begrüßung.

Palm bat ihn ins Wohnzimmer.

»Wir sind schon weitergekommen. Das ist Herr Delascasas von der Bahn. Er wird uns ein paar Informationen darüber besorgen, wer dort wen beobachtet hat und die Daten nutzen wollte, speziell die über Hagemann.«

»Prima, und was sagen die uns?«, fragte Bolz ungeduldig.

»Noch nichts. Herr Delascasas fängt am Montag mit der Arbeit an«, klärte Palm ihn auf.

Delascasas spürte die Spannung: »Am Wochenende und nachts kann ich zwar rein, aber das wird aufgezeichnet. Nachts ist nur der Nachtdienst im Rechenzentrum. Das würde sofort auffallen.«

»Demnach haben Sie heute Abend nichts mehr vor?«, fragte Bolz.

»Nichts Dringendes, ist halt Samstag.«

»Und für ein Gespräch hätten Sie Zeit? Wissen Sie, der Palm hat hier ein paar Tropfen aus dem Weingut der Stadt Stuttgart. Davon haben wir längst nicht alles verkostet, Palm?«

»Nein, da müsste einiges da sein. Und Sie bleiben hier, Herr Delascasas?«

»Wenn es keine Nachtsitzung wird, gern.«

Palm stellte Gläser auf den Tisch, Flasche und Korkenzieher gab er Bolz.

»Damit haben Sie Erfahrung, denke ich. Ich muss mir kurz ein anderes Handy besorgen. Bin gleich zurück. Fangen Sie ruhig an.«

Bolz setzte seine Lesebrille auf, um das Etikett zu inspizieren und öffnete mit routinierten Griffen die Flasche. Währenddessen kündigte Palm bei Hanne seinen Besuch an.

»Aber ich muss gleich wieder fort«, warnte er sie vor.

16

Vom Bahnmitarbeiter gedachte Bolz ein paar Angaben zu erhalten, die in die Dinge, die er inzwischen erfahren hatte, einen Ansatz von Sinn und Struktur bringen könnten.

»Damit Sie wissen, mit wem Sie hier zusammensitzen. Mein Name ist Bolz und ich bin von der Kripo. Es geht um den Mord an Dr. Kaminski, das hat Ihnen Palm sicher gesagt.«

»Ich weiß nicht mehr«, sagte Delascasas etwas verdattert, »als dass die Sache, die Herr Palm mit mir besprach, damit etwas zu tun haben könnte.«

Langsam, aber sicher brachten sich die beiden gegenseitig auf den Stand der Dinge. Delascasas saß anschließend einigermaßen in sich gekehrt im Sessel.

»Ich nahm an«, sagte er schließlich,»es geht um jemanden, der Hagemann ans Leder wollte. Aber dem ist ja gar nichts passiert.«

Das wiederum brachte Bolz auf Ideen, die er allerdings zunächst für sich behielt.

Als Palm später als geplant zurückkehrte, saßen sich die beiden Gäste schweigend gegenüber.

»So, auf diesem Apparat darf mich jetzt jeder anrufen. Die Nummer überprüft niemand«, war sich Palm sicher und gab Bolz die neue Nummer.

Delascasas hatte es nun eilig. Er müsse los, Fahrer in die Stadt brauche er keinen. Ein paar Schritte wolle er ohnehin gehen.

»Mir kam da ein ganz anderer Gedanke, als ich mich mit dem jungen Mann – das war doch einer? – unterhalten habe.«

»Ich weiß sein Alter nicht, aber einige Jahre jünger als ich wird er sein.«

»Egal«, sagte Bolz, »doch was er mir über die ganze big brother-Story bei der Bahn erzählt hat, sagt mir: mit dem Hagemann haben eine ganze Menge Leute ein Hühnchen zu rupfen. Vielleicht will dem einer an den Kragen – oder wollte es?«

»Das finde ich verwirrend«, meinte Palm. »Bei ihm sehe ich nur, dass er momentan für einige wichtig ist, die mit den Materialien, die er versteckt oder auf die Seite gebracht hat, Schwierigkeiten kriegen könnten. Das schützt ihn doch.«

»Die, die ihm nichts Gutes wollen, können völlig andere sein. Die er aus der Firma hinausgekegelt, auf dem Weg nach oben ausgebremst hat, mit schmutzigen Tricks et cetera. Das sind mit Sicherheit Leute, die einen ordentlichen Hass auf ihn schieben. Wir müssen nur die Verbindung zwischen dieser Gefährdung und dem Kaminski knacken.«

»Da bleiben nur Frau Kaminski und der Ort, wo Kaminski gefunden wurde«, folgerte Palm.

»Genau. Das ist es. Kaminski ging dorthin, weil er sich mit irgendjemandem verabredet hat, und Hagemann, weil er etwas in Sicherheit bringen wollte.«

»Das klingt sehr nach Zufall, dass beide ausgerechnet zur selben Zeit in diesen Keller gehen.«

»So wird's auch gewesen sein«, sagte Bolz plötzlich gut gelaunt. »Jetzt tun wir mal so, als ob wir zwei völlig verschiedene Fälle hätten. Wir suchen nach dem Menschen, mit dem Kaminski sich treffen wollte und nach dem, der Hagemann an den Kragen will. Und wenn wir beide haben, werden die uns sagen, was sie zusammenbringt. Sie kümmern sich mit dem Delas… dingens um Hagemanns mögliche Häscher. Ich finde Kaminskis Telefonpartner.«

»Oh je«, setzte Bolz nach. »Jetzt hat der Spanier – isch doch einer? – grad einen Minischluck von dem Wein getrunken. Palm, da müssen wir zwei ran.«

Als Palm dem Hauptkommissar nachgegossen und sich selbst ein erstes Glas halb gefüllt hatte, klingelte es in Bolz' Jackentasche.

»Meine Frau glaubt immer noch, ich käme heim zum ›Wetten dass‹-Gucken«, und schaute aufs Display. »Isch se aber gar et. Ja, Bolz«, meldete er sich. »Ja, das ist aber eine Überraschung, Frau Kaminski.«

Wohlerzogen schickte Elli erst Entschuldigungsfloskeln voran. »Es ist schon recht spät, aber Sie sagten ja, ich könne Sie jederzeit anrufen, Herr Bolz.«

»Klar, was haben Sie auf dem Herzen?«

»Vielleicht habe ich eine Dummheit gemacht«, gab Elli zu bedenken.

»Sicher keine große«, besänftigte Bolz.»Um was dreht es sich denn?«

»Gestern erzählte ich Ihnen von den Telefonaten, die Theo in der Nacht zum Donnerstag geführt hat. Ich hab mir sein Handy angesehen. Die Nummer kenne ich nicht, hab sie mit meinen verglichen.«

»Halter des Handys ist unbekannt«, sagte Bolz, »Prepaidkarten.«

»Ich hab die Nummer dann einfach mal gewählt, also nicht mit dem Handy, sondern von dem Telefon in unserem Haus. Bei dem Apparat kann man Gespräche per Knopfdruck mitschneiden.«

Bolz hielt den Atem an, wähnte er doch Frau Kaminski auf dem besten Weg, mögliche Verdächtige exzellent vorzuwarnen und aufzuscheuchen.

»Und, ich bin gespannt, hat sich jemand gemeldet?«

»Nicht richtig. Das Gespräch hat irgendjemand entgegengenommen, ich verstand gar nichts. Man hörte Stimmen im Hintergrund. Ein Mann unterhielt sich mit Leuten. Es hörte sich an, als ob er fragte, wem das Telefon gehört, daraufhin war Schluss. Ich habe die Sprache nicht erkannt, man hörte nur zum Schluss ein ›her‹, was sich vielleicht deutsch anhörte. Alles andere, nur Bahnhof.«

»Es sieht aus, als ob wir in Ihnen eine Kollegin hätten«, sagte Bolz übertrieben schmeichelnd. »Wissen Sie, ob Ihre Nummer bei Telefonaten übermittelt wird?«

»Wird sie nicht, das hat Theo von Anfang an unterdrücken lassen.«

Bei Bolz machte sich eine gewisse Entspannung breit.

»Gut, dann achten Sie bitte darauf, dass die Aufnahme nicht beeinträchtigt oder gelöscht wird. Wir brauchen den Apparat so schnell wie möglich. Ich schicke Ihnen morgen früh jemanden, der das Gerät abkabelt und Ihnen ein anderes hinstellt. Der Streifenwagen ist hoffentlich vor Ihrem Haus.«

»Ja klar, aber die können ruhig heimgehen.«

»Von wegen, die verdienen sich ihren Nachtzuschlag«, scherzte Bolz. »Gute Nacht, Frau Kaminski. Aber bevor Sie das nächste Mal Ihre eigenen Ermittlungen fortsetzen, sprechen Sie bitte mit mir.«

»Haben Sie das mitbekommen, Palm? Die Kaminski spielt Privatdetektiv.«

»Warum hat sie das Handy ihres Mannes zur Verfügung? Das müsste doch die Polizei haben?«

»Das hat ein Beamter vor Ort angesehen. Außer einer einzigen SMS und wenigen eingespeicherten Kontakten war nichts drin, das weiß ich aus dem Bericht. Die ganzen Telefonate kriegen wir eh vom Provider. Deshalb hat er es nicht mitgenommen.«

»Allerdings brauchen wir die Aufnahme auf jeden Fall. Das kann viel wert sein. Wenn Ihr Spanier bei der Bahn Aufzeichnungen hat, können wir vergleichen. Ist ein echter Segen, dass die das alles aufbewahren. Ich verstehe dieses ganze Datenschutz-Geplärre sowieso nicht. Wie sollen wir sonst arbeiten?«

»Es gibt da noch andere Aspekte, Bolz«, wusste Palm. »Gott sei Dank sind nicht alle Bürger Mörder, Erpresser, Dealer und Diebe. Vielleicht wollen die nicht ständig eine Kamera im Nacken und einen zweiten Zuhörer in der Leitung haben.«

Bolz zuckte mit den Schultern. »Auf den Schreck, mein guter Palm, kommen Sie heute Abend sicher wieder nicht mit einem Fläschle weg. »Weingut der Stadt Stuttgart«, las Bolz laut vom Etikett ab, »sodsch et glauba.«

17

Mit dem neuen Berliner Hauptbahnhof hatte Trunkmann von jeher eine große Leidenschaft verbunden. Als Planer und Logistiker hatte er die jahrelangen Anfeindungen miterlebt, dass der neue Hauptstadt-Größenwahn mit diesem Projekt ungeahnte Blüten treibe. Bahn, das Land Berlin und die Bundesregierung hatten daraufhin immer wieder mit Anwandlungen reagiert, an der einen oder anderen Ecke Teilprojekte kleinkarierter zu verwirklichen. Er und seine Kollegen hatten sich aber nie beirren lassen. Ihre damals neuen Räume am Potsdamer Platz strahlten eine Atmosphäre des großen Wurfes aus, um die sie die meisten ihrer Kollegen in ihren altkaiserlichen Arbeitsumgebungen nur beneiden konnten. Man musste sich die geeignete Umgebung schaffen und natürlich die richtigen Köpfe zusammenholen, dann konnte Großes verwirklicht werden, wovon spätere Generationen profitieren und was sie bewundern würden. So hatte damals niemand bedauert, dass Ludwig XIV. kein Sparprogramm gefahren hatte und Versailles erbauen ließ. Früher brachten Bauprojekte ganze Staaten an den Rand des Bankrotts. Würden diese Schlösser, Dome, Universitäten oder Opern deshalb heute weniger geachtet? Nein, niemand nahm daran Anstoß. Große Würfe brauchten großzügiges Denken, nicht kleinkariertes Groschenzählen – und sie benötigten die Entschlossenheit der handelnden Personen.

Seit seiner Versetzung von Berlin nach Stuttgart, wo er bei der Planung des großen Bahnhofprojekts mitarbeiten und seine Erfahrungen aus Berlin einbringen sollte, dachte er öfter über das ganz Grundsätzliche nach. Was er in Stuttgart an Streben nach Vollkommenheit im Detail erlebte, stand in krassem Gegensatz zur Verzagtheit der Personen an der Spitze. Jeder Leserbrief irgendeiner Anna Schäufele aus Kaltental im dortigen Tagblatt erregte die Gemüter. Gerechnet wurde Tag und Nacht und keiner sprach die Wahrheit aus: was da entstehen sollte, konnte keiner kalkulieren. Einen fast zehn Kilometer langen Tunnel durch unzählige Gesteinsschichten und -profile, schräg ins Erdreich gebohrt, mit mehr als 100 Meter Niveauunterschied zu kalkulieren, zudem möglichst genau auf die Million, stand gegen jede Vernunft und Machbarkeit. Dennoch verlangten es sämtliche beteiligten Geldgeber. Infolgedessen wollten sie belogen werden, ja sie baten förmlich darum. Und aus diesem Grund tat man ihnen den Gefallen. Den Vogel abgeschossen hatte unter diesen Pseudorechnern sein Chef Hagemann, früher sein Kollege. Hagemann hatte die Scheingenauigkeit sämtlicher Kalkulationen auf die Spitze getrieben, unter ihm fingen die Planer langsam damit an, auch noch hinter das Komma Ziffern zu setzen. Solche Zahlen hatte er bei Präsentationen vor dem Bahnchef so hin und her jongliert, dass man ihn in der Konzernspitze für einen Rechengott und talentierten Präsentator hielt. Der Bahnchef machte keinen wichtigen Termin zu dem 21-Projekt mehr ohne sein Zahlengehirn Hagemann. Er, Trunkmann, war dabei ein Opfer seiner Ehrlichkeit geworden. Einmal machte er gegenüber Stadträten der falschen Partei bei einer Diskussion über die genauen Kosten die Bemerkung: ›so genau wisse das eh keiner‹. Tags darauf stand im Tagblatt, sogleich mit dem Kommentar Hagemanns garniert, die Presse solle besser mit denen reden, die Bescheid wüssten und etwas zu sagen hätten. Trunkmanns Gespräch im Rathaus wurde bei der Bahn als sogenanntes EdeKa-Gespräch gehandelt, ein Ende-der-Karriere-Gespräch.

In diesem Fall war Hagemann vermutlich dem Falschen auf die Füße getreten. Jedenfalls hatte man ihn sofort nach dem letzten Spitzengespräch, an dem der Bahnchef, der Bundesverkehrsminister und der Baden-Württembergische MP teilnahmen, beurlaubt. Wahrscheinlich war er mit seiner Zahlenhuberei zu unvorsichtig gewesen oder hatte sich, was den Spielraum anging, der offen sein könnte, zu weit aus dem Fenster gelehnt. Nachdem am Donnerstag, somit einen Tag darauf, der zuständige Ministerialrat aus dem Bundesverkehrsministerium um ein schnelles zusätzliches Gespräch auf der Arbeitsebene gebeten hatte, war klar, dass bei der Elefantenrunde weder Einvernehmen erzielt noch Klartext gesprochen wurde. Hagemanns Zahlen und die Begründungen hatte keiner verstanden oder geglaubt, dies jedoch dem Bahnchef nicht gesagt. Bund und Land fühlten sich eher desinformiert als ins Bild gesetzt. Nun sollte auf unterer Ebene Licht ins Dunkel gebracht werden.

Vom Berliner Hauptbahnhof nahm Trunkmann die S-Bahn bis zum Anhalter Bahnhof. Man traf sich nämlich nicht bei der Bahn, sondern auf Wunsch der Regierungsvertreter auf ›neutralem Boden‹, in einem Konferenzraum des Hotels Mövenpick neben der S-Bahn-Station. Mehr als eine unterirdische Haltestelle war von dem einstigen Reichsbahn-Vorzeigebahnhof nach der alliierten Bomberei im Krieg nicht übriggeblieben. Das verbliebene Stückchen Fassade hatte bis heute eine deprimierende Wirkung auf jeden, der sich nicht durch alltägliches Vorbeigehen daran gewöhnt hatte, und löste Schmerz über diesen sinnlosen Verlust aus. Aus dem Stuttgarter Staatsministerium sollte Referatsleiter Hohenstein und vom Bundesverkehrsministerium Ministerialrat Räumfelder dabei sein. Von Trunkmanns Teilnahme wusste vermutlich keiner etwas, alle rechneten mit Hagemann. Aber der war ja nun beurlaubt, und er, Trunkmann, würde den beamteten Verkehrsverwaltern gern den Weg zu einem zügigen Projektfortschritt weisen. Zeit dafür war es schon lange. Dass die Sitzung auf Samstag angesetzt war, sollte allen Beteiligten unmittelbar klarmachen, dass die Stimmung nach dem Spitzentreffen mehr als strapaziert war und eine Klärung sofort erfolgen müsse. Aus diesem Grund begann in dem engen, kleinen Konferenzraum – man musste in Berlin wohl wirklich sparen – die Sitzung ohne das übliche verbindliche Entree wie Vorstellung und Frage nach Befindlichkeiten sowie irgendwelchen personellen Querverbindungen und dem Wunsch, doch Grüße an die entsprechenden Menschen weiterzuleiten und dergleichen mehr. Jedenfalls war dies früher der Fall, als Trunkmann in solche Termine regelmäßig eingebunden war.

Um keine Zeit zu verlieren, wurde Räumfelder gleich am Anfang direkt, nachdem Trunkmann erklärt hatte, dass er den aus Gründen, die er nicht kenne, beurlaubten Hagemann vertrete.

»Die Zahlen, die der werte Kollege Hagemann am Mittwoch genannt hat, konnte niemand nachvollziehen. Vorgebracht wurden sie so apodiktisch, dass eine offene Diskussion gar nicht möglich war. Der Minister war sehr erstaunt. Vielleicht können Sie, Kollege Hohenstein, das aus Ihrer Sicht ergänzen?«

Hohenstein saß deutlich vernehmbar zwischen den Stühlen und sprach korrektes Schriftdeutsch mit breitem Akzent und gelegentlich eingesprengselten Dialektelementen, was man in Stuttgart gern als Honoratioren-Schwäbisch bezeichnete: »Ja nun, der Herr Minischterpräsident kannte die Zahlen zuvor im Einzelnen nicht. Aber in einer vorangegangenen Kabinettssitzung hatte ihm unser Herr Landesverkehrsminischter signalisiert, dass die Finanzierung nun stehe. Sobald er die Zahlen, die dieses belegen sollten, hier zum erschten Mal selbst gehört hatte, war er sehr verwundert.«

»Ja, Kollege Trunkmann, das ist nun die Lage. Wir würden von Ihnen gern ein paar Einzelheiten dazu erfahren. Wissen Sie, der Verkehrsminister wird der Kanzlerin nicht eine Empfehlung für das Projekt geben, mit dem sie nachher allein im Regen steht.«

»Das könnte dem Herrn Minister doch ziemlich wurscht sein, ehrlich gesagt. Demnächst sind Wahlen und danach wird sich der Herr Minister die Regierungsbank doch aus einer ganz anderen Perspektive, um nicht zu sagen Entfernung, als jetzt ansehen können«, klopfte Trunkmann auf den Busch.

»So bitte nicht«, wehrte Räumfelder sofort ab. »Wir

hier auf der Arbeitsebene haben uns von jeher jeglicher Polemik oder politischer Aussagen enthalten. Das ist doch unser Vorteil. So machen wir bestimmt nicht weiter.«

Wie so oft zuvor, verfügte Trunkmann nicht annähernd über die Disziplin und die Umgangsformen, von Verhandlungsgeschick ganz zu schweigen, um in solchen Gesprächen eine passable Figur abzugeben. Das wusste man selbst bei der Bahn. Nach Hagemanns Ausfall war er jedoch der Einzige, der die Komplexität des Projekts vor Augen hatte. Das nutzten die beiden routinierten Ministerialen, um ihn zu Aussagen zu provozieren, die ihnen vielleicht neue Erkenntnisse bringen konnten.

»Fangen wir doch mal so an«, wollte Hohenstein konstruktiv werden, »worauf beruht Ihre Einschätzung, dass die angekündigten Gutachten der Projektgegner keine belaschtbaren Zahlen hervorbringen, die den Bahnzahlen aussagekräftig gegenübergestellt werden können. Dass man das so und anders rechnen kann, wissen wir alle. Es geht niemandem um die Frage, welche Rechnung objektiv nachgerechnet werden kann, sondern um die Frage, ob wir mit Vorwürfen kämpfen müssen, es käme uns auf die eine oder andere Milliarde nicht so genau an. Im Kabinett diskutiert man dieser Tage auch schon mal über einstellige Millionenbeträge.«

»Genau so stell ich mir das vor«, spottete Trunkmann, »warum nicht gleich die Frage, ob man für die Vorkriegs-Kaffeemaschinen in der Villa Eisenstein weißes oder braunes Filterpapier beschafft. Am besten wegen des Preisvorteils für die nächsten 20 Legislaturperioden …, Papa ante Portas, Sie kennen den Film.«

Trunkmann war fast so weit, sich vor lauter Begeisterung über die eigenen Späße auf die Schenkel zu klopfen.

»Ja, gut, Kollege Trunkmann«, gab Räumfelder die Vorlage zum Coming-out des Bahnabgesandten, »sagen Sie uns mal, wo Ihre Grenzen für den tolerablen Spielraum in der Kalkulation liegen. Ab welchen Mehrkosten sprechen Sie von einer wesentlichen Summe, die sowohl betriebswirtschaftlich als auch politisch zu grundsätzlichen Überlegungen Anlass gäbe?«

Trunkmann spürte nun die Notwendigkeit nachzuweisen, dass er zu mehr als nur zum Possenreißen tauge. »Und Sie wollen eine ehrliche Antwort, hier unter Männern in diesem Raum?« Hohenstein und Räumfelder nickten heftig.

»Die Antwort ist: Eine Festlegung würde die Bereitschaft voraussetzen, das Projekt, egal wann nach Baubeginn, notfalls einfach abzubrechen, beispielsweise den Tunnelbau auf halber Strecke als Bauruine zu unterhalten. Im Klartext: Erst dann, wenn wir mitten drin stecken, werden sich die Kosten reell kalkulieren lassen. Erst im Laufe der Durchführung wird klar werden, wo die Unwägbarkeiten und unvorhersehbaren Überraschungen liegen. Unvorhersehbar heißt doch, dass wir es nicht absehen können. Deshalb brauchen wir uns darüber nicht den Kopf zu zerbrechen. Sonst wäre es ja vorhersehbar. Niemand würde einen halben Tunnel auf die Fildern hoch abbrechen, vor allem, wenn dort oben bereits der halbe Bahnhof fertiggestellt ist, wo der Tunnel enden soll und vieles davon mehr. Die Wahrheit ist demzufolge: Wenn wir je sehen sollten, dass das Ganze, spinnen wir mal, aber so gesponnen ist das gar nicht, doppelt so viel kostet wie derzeit berechnet, gibt es keine Chance für einen Abbruch. Einmal begonnen, müssen wir das Ding zu Ende bringen, selbst wenn es dreimal so teuer würde. Sodele, sagt man doch in Stuttgart: das ist die Wahrheit.«

Räumfelder rang um Fassung: »Wir lassen uns also auf etwas ein, was wir nicht absehen können, das können Sie von der Politik nicht verlangen!«

»Wenn ich das dem Verkehrsminischter und der es dem MP sagt, kriegen wir alle ein Problem.«

»Und vor allem der MP selbst«, brachte es Trunkmann auf den Punkt.

»Außerdem, was soll das denn. Die Politik lässt sich laufend auf Dinge ein, deren Ende sie nicht kennt. Denken Sie mal 20 Jahre zurück, Mauerfall oder ein Jahr zurück, Bankenrettung. Hunderte von Milliarden stehen seither auf dem Spiel. Und wegen dieses Bahnhöfle machen sich ständig alle in die Hosen. Da stimmen doch die Relationen nicht.« Jetzt war Trunkmann voll in seinem Element und kurz davor, den zwei Beamten stellvertretend für alle, die er an wichtigen Stellen für zu kurz denkende Kleingeister hielt, mal so richtig die Meinung zu geigen. Davon hielt ihn aber der geistesgegenwärtige Räumfelder ab: »Für mich ist damit alles Wesentliche gesagt. Zahlen können wir vergessen. Wer genügend Optimismus hat, springt, wer nicht, verlässt den Startblock. Bleibt nur eines, Herr Trunkmann: Für den Fall der Fälle wollen wir wissen, was Sie so sicher macht, dass uns die fälligen Gutachten nicht eine öffentliche Meinungsbildung bescheren, die – bleiben wir mal im Bild – Optimismus in dieser Frage wie Dummheit aussehen lassen. Mit anderen Worten: Selbst der optimistischste Politiker kann die Bahn nicht mehr unterstützen, wenn er erst mal sein Amt per Abwahl verloren hat.«

»Also, die Gutachterfrage ist ein Steckenpferd des beurlaubten Kollegen Hagemann. Ich nehme es mal auf mich, ihn danach zu fragen und Sie zu benachrichtigen.«

»Mehr«, begann Räumfelder mit dem Schlusswort, »ist heute nicht zu tun, meine Herren. Ich wünsche Ihnen einen gute gemeinsame Fahrt zurück nach Stuttgart und ein schönes Wochenende.«

»Beschten Dank«, sagte Hohenstein artig, »nur fahre ich nicht, ich fliege.«

»So viel zur Solidarität des Landes mit der Bahn«, grummelte Trunkmann.

Spitzbübisch fügte Hohenstein hinzu: »Aber Sie wissen doch, wir müssen sparen.«

18

Nach der kurzen Sitzung schaffte es Trunkmann ohne Eile, einen früheren ICE vom Berliner Hauptbahnhof zurück nach Stuttgart zu nehmen. Erst wollte er gleich in den Speisewagen einsteigen, dachte jedoch daran, dass er

Hagemanns Chef in Stuttgart über das Gespräch unverzüglich informieren sollte, bevor der die Version der Ministerialen serviert bekam, die seiner Performance in der Besprechung vielleicht nicht gerecht werden würde. Dr. Erhard, der Leiter des Südprojekts, hatte ihm beim Briefing gesagt, er sei am Samstag im Büro erreichbar und wolle über wichtige Ergebnisse sofort informiert werden. Der Zug hatte wenig Fahrgäste und am Ende eines 1.-Klasse-Großraumwagens fand Trunkmann schnell ein leeres Abteil, um ungestört telefonieren zu können. Wie angekündigt, war Dr. Erhard gleich am Apparat.

»Hallo, Herr Trunkmann. Na, wie war's denn, sind unsere Regierungsvertreter wieder beruhigt? Sind die Zweifel entkräftet?«, brachte es Erhard auf den Punkt.

»Seit dem Spitzengespräch«, antwortete Trunkmann, »scheint es ein Problem zu geben, das wir bisher nicht gesehen haben.«

»Ich verstehe nicht ganz«, warf Erhard ein, »ich dachte, es ginge um die Zahlen.«

»Die Zahlen sind den Politikern im Grunde gar nicht so wichtig«, sagte Trunkmann, »sie befürchten mehr eine politische beziehungsweise Medienkampagne, wenn die Gutachten der Gegner ein ernst zu nehmendes Echo finden. Und sie sind verwundert darüber, dass wir glauben, wir könnten die Aussagen der Gutachten im zu vernachlässigenden Bereich halten. Dazu müssen wir nachliefern.«

»Wenn das so ist«, meinte Erhard etwas verkniffen, »begeben wir uns auf einen neuen Kriegsschauplatz.«

Trunkmann gab Laute über den Äther, die auf Begriffsstutzigkeit schließen ließen.

»Hören Sie, Trunkmann, das genügt mir. Kommen sie gut nach Hause und genießen das Wochenende, besser gesagt, was davon übrig ist. Wenn es das ist, brauchen Sie keinen Bericht zu schreiben. Ich bin im Bilde. Danke nochmals für diesen Extradienst. Gute Fahrt!«

Erhard war über Trunkmanns Nachricht von der Sorge der Ministerialen wegen der Gutachten mehr beunruhigt, als er es sich anmerken ließ. Vor vielen Wochen hatte er Hagemann beauftragt herauszufinden, wie man sich gegen potenzielle Frontal- als auch Kollateralschäden schützen könne. Hagemann hatte, wie es seine Art war, allein ein Konzept entwickelt. Aktivitäten, hatte er Erhard wissen lassen, gäbe es bereits. Nur konkrete Informationen hatte er nicht, bis auf einen Antrag über ein Sonderbudget, das er für ›gutachtenspezifische Aufgaben‹ haben wollte. Angesichts der Bedeutung der Aufgabe war es kein großer Betrag. Hagemann sagte, einige der Aktivitäten seien ohnehin im Festkostenblock enthalten. Nun musste er allerdings wissen, was sich hinter all den Andeutungen verbarg. Hagemann war zwar beurlaubt, doch Erhard brauchte keine Minute, um zu entscheiden, Hagemann sofort zu sich ins Büro zu bitten.

»Sie sind zu Hause, Gott sei Dank, hatte schon befürchtet, Sie sitzen im Gottlieb-Daimler-Stadion und schauen sich das Fußballspiel an. Prima, dann sehen wir uns hier in einer halben Stunde.«

Hagemann wohnte mit seiner Familie, Frau und zwei Kindern, oberhalb des Bubenbads, wo die Wohngegend sich langsam den Hang hinunter in Richtung Osten und

Cannstatt erstreckte. Die Kinder waren angesichts von Hagemanns Alter von 55 Jahren mit 11 und 14 Jahren recht jung, da er sich erst spät zu einer Ehe hatte durchringen können. Seine Frau Julia war gut 15 Jahre jünger als er und hatte seit der Geburt der zweiten Tochter ihre Tätigkeit als Rechtsanwältin in einer kleineren Kanzlei aufgegeben. In jener Zeit hatte Julia in verschiedenen länger währenden Beziehungen gelebt. Die Partner waren in der Regel junge, ungefähr gleichaltrige Anwälte. Die Erfahrungen mit Lebensabschnittsgefährten der eigenen Generation hatten Julia dazu gebracht, sich über eine Internet-Partnervermittlung gezielt einen älteren Partner fürs Leben und gezielt einen Nicht-Juristen zu suchen. Die aufstrebenden Anwälte ihrer Generation waren zumeist darauf fixiert, per Klientel und entsprechendem materiellen Fortkommen ihren sozialen Status rasant zu verbessern. Dies war in gewünschtem Ausmaß natürlich nur einem kleinen Teil des Stuttgarter Anwaltsnachwuchses vergönnt. Fast alle indes schienen nach eigenen Aussagen über Mandantschaft, Stellung in der Kanzlei sowie nach sichtbaren einkommensabhängigen Accessoires zur Spitze der Erfolgspyramide zu gehören. Geleaste Sportwagen, Golfklubmitgliedschaften und Kleidungsmarken wurden zum geradezu inflationär auftauchenden Ambiente der jungen Paragrafenreiter. Als der Modefabrikverkauf im nahen Metzingen zu einem Vergnügen für alle und jeden wurde, verlegte man sich alsbald auf Maßanzüge und –hemden aus edlen Stoffen, möglichst mit eingestickten Initialen. Zwanghaftes Imponiergehabe war unter Julias männlichen Berufskollegen eher die Regel als die Ausnahme und erstreckte sich auf nahezu alle Lebensbereiche. Würde sie ernst nehmen, was sie zu hören bekam, stellte der typische Stuttgarter Junganwalt den Rest der Welt in den Schatten. Dumm nur, dass es außer ihm keiner merkte.

Julia verspürte Sehnsucht nach einem reiferen Lebenspartner, der sie ernst nahm und bereit war, mit ihr vernünftige Vorstellungen einer gemeinsamen Zukunft zu entwickeln. In Norbert hatte sie diesen Menschen gefunden. Sein Betätigungsfeld Controlling bei der Bahn versprach sicher nicht, zur Quelle spannender Erzählungen nach Feierabend zu werden, dafür standen in der Zeit, die sie zusammen verbrachten, gemeinsame kulturelle Interessen im Mittelpunkt. Mit den Kindern hatte sich zwar manches verändert, vor allem, seit sie ihre Tätigkeit als Teilzeit-Anwältin aufgegeben hatte. Norberts Aufmerksamkeit ihr gegenüber und seine liebevolle Art im Umgang mit den beiden Töchtern hatten sie immer wieder davon überzeugt, mit der Entscheidung für einen einigermaßen älteren Ehemann nichts falsch gemacht zu haben.

Dass Norbert vor allem in den letzten Monaten in seinem Job bei der Bahn aufging und sie sich mehr und mehr als alleinerziehende Mutter fühlte, brachte etwas Spannung in die Ehe. Ebenso seine ablehnende Haltung gegenüber ihrer Vorstellung, sie bei einer seiner häufigen Touren nach Berlin mitzunehmen und die Kinder solange von ihren Eltern versorgen zu lassen.

»Einmal nur raus und wenigstens nur einen Tag ziellos durch die Stadt streunen. Bestimmt nicht nur shoppen«, beteuerte Julia, »das wäre für mich mal eine tolle Abwechslung.«

Jetzt, da Norbert für eine unbestimmte Zeit beurlaubt war, hatte sie sogar die Idee, zu zweit durch Berlin zu touren. Dafür, dachte sie sich, könnten sie den Nachtzug nehmen, den Norbert seit einiger Zeit so komfortabel fand.

»Was heißt ins Büro«, fiel Julia aus allen Wolken. »Erstens dachte ich, du hast Urlaub, zweitens ist Samstag.« Aber Norbert war schon zur Tür hinaus und rief ins Haus zurück: »Wenn's länger dauern sollte, melde ich mich.«

Erhard wusste, dass Hagemann solche Vorgänge gern für sich behielt, die eigentlich auf seiner Ebene besprochen und entschieden werden sollten. Da Hagemann aber bei der Spitze in Berlin ein hervorragendes Standing hatte, genoss er wesentlich mehr Freiheiten als man anderen zugestanden hätte. Darauf musste Erhard Rücksicht nehmen, zugleich aber herausfinden, wie Hagemann an der Gutachterfront tätig geworden war.

Als Hagemann Erhards Büro betrat, war er für einen kurzen Moment verblüfft. Er hatte Hagemann noch nie ohne formelle Kleidung, Krawatte und Jackett, gesehen. Hagemann in Jeans und einem schwarzen Polohemd zu begegnen, war fast so, als ob ihm eine ganz andere Person entgegentrete.

»Grüß Gott, Dr. Erhard«, begann Hagemann jovial, »Sie sehen so überrascht aus.«

»Verzeihen Sie, Hagemann, in Räuberzivil habe ich Sie noch nie gesehen.«

»Na, ich dachte, für einen Samstagnachmittag reicht das.«

»Null Problem«, sagte Erhard, »ist nur eine Angewohnheit, dass ich bei jedem Gang ins Büro einen Binder umlege. Es hat natürlich einen triftigen Grund, dass ich Sie an einem sonnigen Samstagnachmittag und aus der Beurlaubung hierher bitte.«

»Nun, die Ereignisse der letzten Tage sind rundum so außergewöhnlich, dass mich gar nichts mehr überrascht«, gab sich Hagemann gelassen.

»Sehen Sie, keiner ist in dem ganzen 21-Projekt so tief drin, wie Sie es nach all den Jahren sind. Dass da unten aber immer noch das altehrwürdige Teil vom guten alten Bonatz in voller Größe steht und wir immer noch nicht auf die mehr nach Raum- als nach Bahnfahrt aussehenden Lichtkugeln blicken dürfen, hat einen Grund: Die Politik, die einen guten Teil des Geldes besteuern soll, ist unsicher. Irgendwann lesen wir ein 21-Märchen – und so planten sie weiter all die vielen Jahre und Jahrzehnte, und wenn sie nicht gestorben sind, planen sie noch heute. Es geht dabei um Akzeptanz des Projekts an sich. Fühlen sich die Bürger damit wohl? Das ist die Frage. Sollten sie sich nicht wohlfühlen oder die ewige Baustelle ihnen schließlich über alle Maßen auf die Nerven gehen, werden sie sich nicht an der Bahn, sondern an den Politikern rächen wollen, die ihnen das eingebrockt haben. So sieht das eben der Bürger.«

»Warum erzählen Sie mir das alles, Dr. Erhard«, ging Hagemann dazwischen, »Sie sagten doch, keiner kenne das Projekt so gut wie ich.«

»Warten Sie, worauf ich hinauswill. Und nun kommt ein Punkt, den wir einmal unter uns Pastorentöchtern betrachten müssen, auch wenn Sie ein Rechen-, das heißt

Kalkulations- und Planungsgenie sind. Wir wissen mit Sicherheit, dass gar keiner errechnen kann, was das Ding kosten wird. Diese Rechnerei brauchen wir ausschließlich, weil ohne eine Kalkulation niemand eine Entscheidung getroffen hätte. Man kann die Sache weder unternehmerisch noch politisch angehen, wenn man das sagt. Mit anderen Worten: Wer einen Traum verwirklichen will, will einen Traum verwirklichen, basta! Denken Sie an die Mondlandung. Glauben Sie, Kennedy hätte das in einer Auseinandersetzung auf Controlling-Ebene durchgekriegt? Denken Sie an die Wiedervereinigung. Hätte ein Rechengenie, das es in diesem Fall Gott sei Dank nicht gab, präsentiert, dass dafür in den zehn Jahren danach aus der alten Bundesrepublik als Folge davon rund 1.000 Milliarden Mark und noch ein paar mehr abfließen müssten, hätte man den Menschen natürlich für geisteskrank erklärt. Hätte man ihn ernst genommen, hätten wir ein anderes Problem bekommen.

Was will ich damit sagen? Die Politik kann nicht sagen: Keiner weiß, worauf wir uns da einlassen. Sie ahnt es, will dafür jedoch den Schwarzen Peter der Bahn geben. Deshalb rechnen wir uns hier halbtot. Die Gegner des Projekts haben genauso wenig Möglichkeiten wie wir, richtige Zahlen zu errechnen. So lässt sich das nicht kommunizieren. Deshalb brauchen wir andere Argumente. Sie wollten sich darum bemühen. Daher bitte ich Sie um eine sehr konkrete Darstellung dessen, was Sie in dieser Richtung unternommen haben.«

Hagemann war über diese Offenbarung Erhards sehr verblüfft. Endlich hatte Erhard artikuliert, was er und seine Leute seit Langem wussten, nur in dieser Art nie ausgesprochen hatten, bis auf den redseligen und polternden Trunkmann, den man deshalb längst von der öffentlichen Bildfläche geschoben hatte.

»Wenn ich Sie richtig verstehe, Dr. Erhard, ist das hier und heute ein Termin, um Wahrheiten ans Tageslicht zu zerren, die man bisher um jeden Preis unter dem Mantel der Verschwiegenheit gehalten hat. Und wenn Sie das so offen aussprechen, erwarten Sie von mir etwas mehr als politisch korrekte Erklärungen.«

»Ganz genau, Hagemann. Und um es vorwegzunehmen, werde ich natürlich nicht begeistert sein, wenn Sie mir jetzt Dinge erzählen, die ich entweder längst hätte wissen müssen oder eben nie erfahren dürfte. Doch dafür treffen wir uns, sagen wir mal, außerhalb der Dienstzeit. Sollte das der Fall sein, und darauf bin ich gefasst, überlegen wir anschließend gemeinsam, wie wir wieder herauskommen. Mit der Summe unserer grauen Zellen müsste das möglich sein. Ich denke, das ist ein Angebot.«

So empfand es Hagemann in der Tat. Er sollte die Fakten auf den Tisch legen. Sanktionen würde es keine geben, dafür allerdings einen Pakt, bei dem keiner den anderen vom Seil abschütteln würde.

»Meine Story ist schnell erzählt«, stapelte Hagemann angesichts dessen, was er zu offenbaren hatte, beachtlich tief.

»Natürlich habe ich durchaus erkannt, dass uns rationale Argumente, und das sind in meinem Falle Kalkulationen, nicht die Bohne helfen, wenn die Gegner ganz andere Zahlen auf den Tisch legen. Weder deren Zahlen noch unsere sind objektiv, besser gesagt, kalkulatorisch zu beweisen oder zu widerlegen. Aber wir haben seit vielen Monaten keine Aufbruchsstimmung mehr, die eher den optimistischen als den pessimistischen Voraussagen Glauben schenken würde. Schreibt die Gegenseite also menetekelartige Zahlen an die Wand und die Menschen fürchten zudem das ganze Tohuwabohu während der Bauzeit, kippt die Stimmung. Wir werden dann erleben, dass die Politik eigentlich nie richtig hinter dem Projekt stand, die Absetzbewegungen beginnen. Auf gut Deutsch: Wir haben jahrelang für den Arsch gearbeitet, wenn ich das mal etwas direkt und ordinär sagen darf.«

»Das habe ich ja mit anderen Worten gerade gesagt«, warf Erhard ungeduldig ein.

»Ich will nur klarmachen, dass das auch mein Standpunkt ist«, bestätigte Hagemann seinen Chef. »Was haben wir demzufolge getan? Wir haben uns verdeutlicht, dass die einzige Chance darin besteht, die Gutachterzahlen der Gegenseite von unseren Zahlen nicht allzu weit abweichen zu lassen.«

»Und wie, mein lieber Hagemann«, wurde Erhard immer neugieriger, »gedenken Sie die Kalkulationen der beauftragten Gutachter in die richtige Richtung zu beeinflussen? Belabern, bestechen, bedrohen, langsam wird's wirklich spannend …«

»Ich hoffe«, begann Hagemann mit beinahe verletzter Eitelkeit, »Sie halten mich nicht für so plump oder sollte ich besser sagen doof. Nichts von alledem. Ganz anders! Wir leben in der Zeit des Internets. Jeder ist mit jedem vernetzt. Sie sind zwar kein IT-Fachmann, allerdings wissen Sie, was ein Telefonnetz ist. Wenn Sie mit jemandem sprechen wollen, wählen Sie eine Nummer und der Mensch meldet sich oder nicht. Mit dem Internet haben wir gegenüber dem einfachen Telefonnetz einen riesigen Vorteil. Sie können mit jemandem kommunizieren, um im Bild zu bleiben, ohne dass er abhebt und weiß, dass er mit Ihnen kommuniziert. Sie können von ihm programmgestützt Auskünfte erhalten. Er merkt das gar nicht.«

»Hagemann, ich bin in der Tat kein IT-Fachmann, aber verstehe ich Sie richtig? Sie sprechen davon, dass Sie sich Zugang zu den IT-Systemen der betroffenen Firmen verschafft haben.«

»Ja, nennen wir es so«, bestätigte Hagemann.

»Gut, dann wissen Sie, was die tun und rechnen, bevor es alle anderen wissen. Mit diesem Zeitvorteil allein kann man sich vielleicht eher darauf vorbereiten, was auf einen zukommt. Nur, der ganze illegale Zinnober – hilft uns das wirklich?«

»Nein, aber das wäre sehr amateurhaft, nur durchs Schlüsselloch zu gucken. Mir geht es um etwas anderes: die dort befindlichen Fakten – und besinnen wir uns, das sind Zahlen – in diesen Systemen so zu korrigieren, dass man dort rechnen kann, wie man möchte, und kommt immer wieder zu Ergebnissen, die den unseren verteufelt nahe sind.«

»Sagen Sie, Hagemann, sind Sie sich sicher, was Sie hier sagen? Sie haben sich illegal Zugang zu fremden IT-Systemen verschafft und dort Daten manipuliert? Vollkommen unabhängig davon, ob Sie dabei erfolgreich waren – wenn das nur ansatzweise irgendwie ruchbar wird, und da genügt bereits die Interne Revision, dann sind wir, das heißt vor allem erst einmal Sie, erledigt. Wenn das nach draußen dringt, ist das Projekt erledigt. Die Tragweite wäre nicht abzusehen«, konnte sich Erhard, von plötzlicher innerer Energie getrieben, nicht mehr auf seinem Bürosessel halten und begann, im Zimmer auf und ab zu gehen.

Hagemann indes blieb so cool, dass er darüber selbst überrascht war, und gab nur zu bedenken: »Aber Sie sagten doch, dass wir nun unsere Hirnzellen bündeln würden, um zu sehen, wie wir aus der Sache rauskommen.« Kurz darauf rief er Julia an, um Bescheid zu geben, dass es später werden würde.

19

Nach dem Gespräch mit Palm und Bolz war Delascasas zunächst einmal erleichtert. Die Herren forschten zwar in die Richtung, wer Hagemann Böses wollte, doch er sollte die Kandidaten dafür liefern. Damit ließe sich die Angelegenheit unter Kontrolle halten. Rösler hatte ihn schon zu entwarnen versucht: der Journalist sei informationstechnisch aus dem Tal der Ahnungslosen und habe kein richtiges Gefühl für die Möglichkeiten, die sich tüchtigen Nachrichtentechnikern und Informatikern heute boten. Der Kripo-Mann, den Delascasas bei

Palm getroffen hatte, war offensichtlich von derselben Sorte. Außerdem hatte er sich erst einmal 36 Stunden Karenzzeit verschafft. Die rechneten mit dem Beginn der Recherche am Montagmorgen. Bis dahin konnte man bestimmt einiges richten, denn ganz sicher fingen Recherchen der Art, wie er sie anstrengen sollte, von anderer Ebene ebenso an. Bis dahin hieß es Spuren entweder zu beseitigen oder derart zu manipulieren, dass sie nie zu Rösler und seinem sogenannten Peep-Team führten.

Der kleine Kreis der Eingeweihten hatte sich irgendwann nach einem dritten After-Work-Beer im Mash im szenigen Bosch-Areal nach der gleichnamigen Show benannt, weil sie bei ihren Blicken durch die kleinsten Guck-Löcher Dinge zu sehen bekamen, die diese Unternehmen weder öffentlich noch intern je zeigen würden. Der Unterschied zur richtigen Peepshow war nur, dass sich das Peep-Team der IT-Experten an den von ihnen gesichteten Objekten zu schaffen machen konnte und sie nach ihrem Gusto, das hieß vor allem dem von Hagemann, verändern konnten. Was Hagemann nicht unbedingt wissen musste, war das Kopieren und Sichern der fremden Daten in der Peep-Gruppe. Um die richtigen Manipulationen vornehmen zu können, musste man mit dem Zeugs offline arbeiten können, um es danach kurz und schmerzlos in die geknackten Systeme rüberzuladen, statt dort unnötig lange durchs Guckloch zu starren und dabei eventuell selbst gesichtet zu werden. Als Hagemann jedoch neulich massiv darauf drang, alles, aber auch alles zu erfahren, was den Stand der Arbeit bei den Gutachterfirmen anging, hatte Rösler verfügt, ihm die CDs und alle weiteren Unterlagen zu geben, ›damit er endlich sieht, was wir geleistet haben – beziehungsweise was er angerichtet hat‹.

Natürlich hatte man all das, was Hagemann erhielt, zweimal gesichert, um bei etwaigen informationstechnischen Aufräumarbeiten nicht zu vergessen, wo man überall tätig gewesen war. Die Frage war allerdings, ob sich sämtliche IP-Adressen und Verbindungszeiten, die verschwinden mussten, aus allen Ebenen des Systems, ohne Spuren zu hinterlassen, löschen ließen. Im schlimmsten Falle müsste man einige Server- und Speicherplatten crashen lassen, was aber andere Probleme nach sich zöge. Das Ausmaß der potenziellen Verheerungen war für Delascasas zu erahnen. Bevor das alles geschafft sein würde, mussten zuvor eine Menge anders gearteter Details unlauteren IT-Betriebs zumindest mal intern gestreut werden. Mit denen sollten sich alle zumindest eine so lange Zeit beschäftigen, die er und Rösler, sobald er wieder da war, für die wirklich wichtige Arbeit nutzen konnten.

Außerdem gab es nach wie vor die Materialien, die sie Hagemann überlassen hatten. Wohin hatte er sie getan und was wollte er damit eigentlich anfangen? Das konnte man lediglich mit ihm persönlich klären.

Neben diesen Aufgaben, die höchste Priorität hatten, dachte Delascasas an die harmloseren Sünden der letzten Monate. Mein Gott, wen ließ Hagemann nicht alles unter die Lupe nehmen! E-Mails, Telefonate und Mailboxen, An- und Abwesenheitszeiten, ja sogar externe

Termine und Gesprächspartner, vom Bahnrechner am Arbeitsplatz aus getätigte private Buchungen, Online-Banking-Daten – alles, was keiner überprüfen durfte, und zudem vieles, was die lieben Bahnmitarbeiter am Arbeitsplatz eigentlich nicht durften. Wenn man sich eh auf illegalem Terrain bewegte, erfolgte das weitestgehend, um Illegales zu beobachten. Letzteres würde indes niemanden vor der Internen Revision retten. Sollte hier etwas sichtbar bleiben, wären alle definitiv weg vom Fenster und zusätzlich extern nirgendwo mehr vermittelbar. Was man hier für Hagemann betrieb, war nichts weniger als existenzgefährdend. Hagemann würde letztlich entscheiden, wann er was brauchen konnte. In ein paar wenigen Fällen hatte er es bereits gebraucht – und zwar erfolgreich.

Rösler hatte ihm erzählt, dass Hagemann selbst Palm auf die Fährte gesetzt habe. Das hieß, dass er sich von ihnen Entlastung versprach. Es ging also darum, aus dem System herauszulesen, wer Hagemann ans Leder wollte, nicht umgekehrt. Wie das nun mit dem Mordfall zusammenhing, dafür gab es eine Erklärung, leider aber nicht, was der Banker um diese Zeit im Bereich der Bahnhofskeller zu suchen hatte.

Mit dem eigentlichen Auftrag von Palm und Bolz würde er tatsächlich erst am Montag loslegen. Mit allem anderen konnte bereits begonnen werden. Nach gut zehn Minuten war Delascasas am Hauptbahnhof vorbei zu dem Gebäude gegangen, in dem sich sein Büro befand, und zog seinen Ausweis durch den Scanner. Vor den Fahrstühlen wartend, war Delascasas überrascht, dass um diese Zeit in einer Samstagnacht überhaupt welche benutzt wurden. Der herunterfahrende Lift hielt. Als sich die Tür öffnete und Delascasas einsteigen wollte, verließ eine Person den Lift. Delascasas erkannte Hagemann.

»Ja, hallo, Herr Hagemann, ich dachte, Sie hätten Urlaub?«, war Delascasas verblüfft.

»Ihre normale Arbeitszeit ist das auch nicht«, erwiderte Hagemann mit einem Blick auf die Uhr. »Aber vielleicht ist das kein Zufall, Delascasas. Wir müssen unbedingt miteinander reden.«

»Ich bin schon im Bilde«, sagte Delascasas. »Rösler hat mir Bescheid gegeben. Im System werde ich, so gut es irgend geht, die Platte putzen. Nur, was ist mit dem Material, das Rösler Ihnen neulich gab? Es sollte ebenso in den Orkus.«

»Nein, nein. Wissen Sie, Erhard ist inzwischen eingeweiht …«, bemühte sich Hagemann, den verunsicherten Mitarbeiter hochstapelnd zu beruhigen.

»Dr. Erhard, das kann nicht wahr sein. Der lässt uns sicher hochnehmen! Da können wir den Staatsanwalt gleich selbst anrufen?«

»Nein, Delascasas. Hören Sie zu, dass er etwas weiß, ist unsere erste Lebensversicherung. Der muss uns schützen, sonst fliegt doch hier der ganze Laden in die Luft. Und das Material ist die zweite, der doppelte Boden. Falls Erhard irgendwelche Bauernopfer für kleinere Sauereien braucht, die vielleicht bekannt werden, halten wir uns etwas Pulver trocken. Solange es das Zeugs gibt, haben wir festen Boden unter den Füßen.«

»Und wo haben Sie es hingebracht?«, fragte Delascasas.

»Es liegt ganz sicher. Vertrauen Sie mir!«, gab sich Hagemann siegesgewiss. »Machen Sie sich ruhig an die Arbeit.« Hagemann klopfte Delascasas leutselig auf die Schulter und ging Richtung Parkplatz.

Erhard saß immer noch in seinem abgedunkelten Büro. Den Blick auf die Lichter der Stuttgarter Innenstadt indes konnte er heute Nacht nicht genießen. Um die Neuigkeiten, die Hagemann ihm erläutert hatte, sich setzen zu lassen, hatte er sich einen ordentlichen Schluck des im Wandschrank für besondere Gelegenheiten lagernden Cognacs eingegossen. Es war bereits der dritte. Zwei hatte er zuvor mit Hagemann hinuntergekippt und der Rest in der Flasche würde maximal für einen vierten reichen. Und Erhard war sich nicht sicher, ob er den nicht noch brauchen würde.

Hagemann hatte ihm das gesamte Ausmaß der Datenmanipulation offenbart und ihn damit zu einem geradezu schutzlos ausgelieferten Mitwisser gemacht. Seine Rolle würde es sicher nicht sein, per rücksichtsloser Aufdeckung alles, woran man gearbeitet hatte, einschließlich der eigenen Position durch den Schornstein zu jagen. Er hatte sich Hagemann gegenüber nur andeutungsweise erklärt. Niemand sei von routinemäßigen Überprüfungen und Beobachtungen ausgenommen worden, hatte er ihm auf Nachfrage erklärt. Dass man damit genügend Material hatte, um ihn in anderen Situationen unter Druck zu setzen, wussten vermutlich beide. In dieser Situation jedoch war die Frage, ob das überhaupt eine Möglichkeit war, Hagemann, wenn es denn je für ihn eng werden sollte, zum Schweigen zu verdonnern. Angesichts der Sprengkraft des elektronischen Einbruchs et cetera konnte Hagemann praktisch die Bahn erpressen, obwohl er selbst der Täter war. Die öffentliche Meinung würde nie und nimmer nach irgendeinem Hagemann fragen, von dem kein Mensch außerhalb des Konzerns den Namen jemals gehört hatte. Die Presse hatte ihn bislang als handelnde Person ignoriert. In so einem Falle würde erst nach intensivem Köpferollen an der Spitze wieder Ruhe einkehren. Das Beste wäre, man würde sofort den Bahnchef selbst ins Vertrauen ziehen. Dann wäre klar, dass entweder alle über den Jordan gingen oder per großflächiger, verdeckter Aufräumarbeit vor jedem Zugriff geschützt blieben. Aber das war wohl nicht möglich. Der Überbringer der schlechten Nachricht, das wäre schließlich er, Erhard, der nicht zum Erpresser taugte. Er würde als Erster öffentlich hingerichtet, selbst wenn man ihn juristisch kaum belangen könnte. Dafür würde er bestimmt nicht die Initiative ergreifen. Im Zweifel müsste man herausfinden, warum Hagemann vor zwei Tagen unmittelbar am Tatort gewesen war, wo der arme Kaminski ums Leben kam. Natürlich war Erhard bewusst, dass Hagemann Kaminski nicht in einem Bahnhofskeller mit einem Stemmeisen erschlagen hatte. Jedoch reichte es eventuell aus, wenn andere dies für möglich hielten.

20

Palm ärgerte sich wieder einmal über sich selbst. Natürlich war es okay, dass er es spät in der Nacht, nachdem Bolz sich verabschiedet hatte, geschafft hatte, den Wecker in seinem Handy einzustellen. Aber musste das wirklich halb acht sein? Da das Mobiltelefon außerhalb seiner Reichweite lag und er den Weckton vom Bett aus nicht abstellen konnte, ertönte der alle fünf Minuten aufs Neue. Gut, besann sich Palm, es hatte ja seinen Sinn. Am Montag würde das nächste Tagblatt erscheinen und dort musste definitiv mehr drinstehen als vage Andeutungen. Wenn in der Land- und Regionalausgabe etwas über den Kaminski-Mord zu lesen sein sollte, musste er das spätesten um 18 Uhr freigegeben haben. Damit begann ein ernsthafter und kritischer Arbeitstag.

Drei Quellen, die es anzuzapfen galt, hatte Palm sofort vor Augen: Erstens Frau Kaminski und ihr mitgeschnittener Anruf; zweitens Delascasas, der mit Sicherheit nicht ganz so ahnungslos war, wie er tat, und dem er unmöglich bis Montag Aufschub gewähren konnte. Drittens Hagemann: von ihm musste unbedingt mehr kommen als diese orakelhaften Andeutungen.

Da Bolz zugesagt hatte, Frau Kaminski und den Anruf anzugehen, hatte Palm damit zwei Ziele anzusteuern: Delascasas und Hagemann. Zunächst würde er sich Hagemann vornehmen. Der war in der Lage, Delascasas zu steuern, also Palm eventuell die Arbeit zu erleichtern.

Nach einem doppelten Espresso und zwei aufgebackenen Croissants aus der Tüte fühlte sich Palm gewappnet, um als unangenehmer Investigator auf die Bühne zu treten.

Hagemann war sofort am Apparat.

»Wo sehen wir uns?«, fragte Palm.

»Weiß nicht!«, zischte Hagemann. »Wenn ich pausenlos aus dem Haus renne und das so früh am Sonntagmorgen, habe ich bald auch zu Hause Erklärungsbedarf. Wir wollen den Stress nicht überstrapazieren.«

»Heute muss es sein, Herr Hagemann, sonst schreibe ich zum Schluss noch Blödsinn. Das will ja keiner, Sie schon gar nicht, wenn ich das recht sehe.«

»Gut«, willigte Hagemann ein, »in einer halben Stunde am Fernsehturm. Dann machen wir einen Spaziergang durchs Unterholz.«

Um diese frühe Zeit hatten sich noch nicht allzu viele Ausflügler eingefunden, um zum Stuttgarter Wahrzeichen hinaufzufahren und die an einem solchen Tag bis zu den Alpen mögliche Fernsicht zu genießen. Da der Turm bereits über 50 Jahre stand, verbanden die vielen Menschen, die bei schönem Wetter nach Degerloch pilgerten, mit dem Bauwerk nicht mehr die sensationelle architektonische und statisch-mathematische Leistung, die es in den 50er-Jahren in der Fachwelt zu einer Art achtem Weltwunder machten. Dazu stand das Meisterwerk bereits zu lange auf dem Fleck.

Hagemann, der um diese Feinheiten genau Bescheid wusste, wurde an diesem Sonntag allerdings von anderen Gedanken als den Höhenflügen schwäbischer Architektur beherrscht. Er hatte das Auto abgestellt und wartete auf Palm. Dessen Blick war bisher nirgendwo haften geblieben, obwohl sich Hagemann längst in seinem Blickfeld aufhielt. Endlich erkannte er ihn aus gut 100 Metern Entfernung und ging auf ihn zu.

»Sie machen es einem nicht leicht«, begann Palm. »Ich hatte Sie allein erwartet und nicht nach einem Mann mit Hund Ausschau gehalten. Ich wusste gar nicht, dass Sie einen Hund haben.«

Hagemanns mit 18 Monaten recht junger Neufundländer fand sofort Interesse und Gefallen an Palm, beschnüffelte ihn intensiv und ließ sich von ihm genießerisch hinterm Ohr kraulen und übers Fell streicheln.

»Manchmal vergesse ich das beinahe«, sagte Hagemann, »wahrscheinlich bin ich zu wenig zu Hause. Mit ihm kann ich eine Weile weg bleiben.«

Sie überquerten die Verbindungsstraße zwischen Degerloch und Sillenbuch und bogen auf einen zunächst geteerten Waldweg ein.

»Wenn ich es einmal global betrachte, was ich von den Herren Rösler und Delascasas sowie von Ihnen selbst gehört habe, leben Sie etwas gefährlich, Herr Hagemann«, begann Palm seinen Versuch, den Bahnmanager zum Auspacken zu bringen.

»Sie machen sich Sorgen um mich?«, kommentierte Hagemann diesen Einstieg ironisch.

»Das meine ich in der Tat ernst. Es scheint eine Reihe von Leuten zu geben, die sich von Ihnen, um es bahntechnisch auszudrücken, entweder vom Gleis gestoßen oder zumindest aufs Abstellgleis geschoben fühlen. Da könnten sich irgendwann Zorn und Hass Bahn brechen«, gab Palm zu bedenken.

»Wenn ich Ihre Situation richtig einschätze, müssen Sie morgen etwas über den Fall Kaminski, nicht über den Fall Hagemann schreiben«, versuchte Hagemann, den Spieß umzudrehen.

»Am Interessantesten wäre es jedoch, etwas über den Fall Kaminski zu schreiben und darauf hinzuweisen, dass es womöglich noch einen ganz anderen Fall gibt«, provozierte Palm.

»Das hätte nur einen Sinn, wenn die beiden Fälle zusammenhingen«, folgerte Hagemann.

»Das ist des Pudels Kern«, sagte Palm, »auch wenn wir es hier mit einer etwas anderen Rasse zu tun haben«, dabei blickte er auf den Neufundländer, wegen dessen Markierungs- und Beinhebedrangs die beiden erneut stehen bleiben mussten.

»Jetzt stelle ich mir einmal vor«, sagte Palm, »ich bin einer derjenigen, die von Hagemann ordentlich eins vors Schienbein bekommen haben, weiß allerdings von den amourösen Ausflügen meines Peinigers mit – genau – mit Madame Kaminski. Außerdem habe ich das dokumentiert. Da bieten sich mehrere Optionen: Hagemann öffentlich bloßstellen, Hagemann erpressen oder dem elenden Hagemann den betrogenen Ehemann auf den Hals zu hetzen.«

»Mit Ihnen geht die Fantasie des Schreibers durch oder haben Sie von Herrn Bolz eine Fortbildung zum Thema Tatmotive erhalten?«, versuchte Hagemann, Palms Spekulationen als haltlos hinzustellen.

»Keines von beiden, Herr Hagemann. Es geht um die Frage, wie sind die Fälle, das heißt die Anwesenheiten der Herren Kaminski und Hagemann am Tatort miteinander so zu verbinden, dass etwas Plausibles dabei herauskommt?«

»Mit anderen Worten«, führte Hagemann die Spekulation weiter, »Kaminski lauert mir auf und dummerweise schaffe ich es, ihn zur Strecke zu bringen, bevor er das mit mir tut.«

»Unklar bleibt dennoch, warum gerade zu dieser Zeit an diesem Ort, und nicht bei einer Gelegenheit, die für ihn, Kaminski, unauffälliger wäre. Außerdem: Warum soll sich Kaminski dazu hergeben? Wenn er Ihnen an den Kragen wollte, wäre das auf viele Arten eleganter zu machen gewesen.«

Etwas ermüdet von den spekulativen Optionen, gingen sie einige Minuten schweigend weiter.

»Dino, Platz«, gebot Hagemann seinem Neufundländer. Er hatte im Umgang mit dem Vierbeiner nicht viel Übung, führte ihn mit umständlichen Bewegungen an der Leine und gab keine konsequenten Kommandos. Der Hund war die letzten 100 Meter immer wieder stehengeblieben, ohne ein Bein zu heben, hatte in alle Richtungen geblickt und schien irritiert zu sein. Plötzlich weigerte sich das Tier weiterzulaufen, blickte zurück und begann zu bellen. Die Männer drehten sich um und erkannten weit von ihnen entfernt einen Radfahrer. Der Hund ließ sich nur mühsam zum Weitergehen bewegen. Auf diese Art kamen sie nur gemächlich voran und blickten sich nach einer Weile wieder um. Der Radfahrer war etwas näher herangekommen, obwohl er die langsam durch den Wald trottende Kleingruppe längst erreicht haben müsste. Bei der nächsten Gelegenheit bogen Hagemann und Palm auf einen engeren und unwegsameren Waldweg ab, in der Erwartung, der Radfahrer werde auf dem geteerten Weg geradeaus fahren und das nervöse Tier würde sich wieder beruhigen.

»Dino hat wohl was gegen Radfahrer«, mutmaßte Palm.

»Nur wenn die einen Helm tragen. Konnte man in dem Fall nur schlecht erkennen.«

»Von wegen!«, schrie Palm und riss Hagemann zu Boden, während Dino im selben Moment ein höllisches Gebelle begann. Förmlich aus dem Nichts raste ein behelmter Mountainbiker quer über den Waldweg und gab einen Schuss aus einer Jagdbüchse in Richtung der beiden Waldspaziergänger ab. Lautlos und starr vor Schreck blieben Palm und Hagemann fast eine Minute auf dem Boden liegen, nur Dino veranstaltete ein heftiges, ohrenbetäubendes Gebell. Hagemann reckte sich, hob die Hundeleine auf, die er bei dem von Palm erzwungenen Hechtsprung auf den Boden losgelassen hatte und versuchte, den Neufundländer zu beruhigen, was ihm zu Palms Überraschung gelang. Palm saß derweil auf dem Waldboden, als wollte er ein gemütliches Picknick beginnen.

»Was war denn das?«, fragte er Hagemann.

»Na, Sie sind gut«, gab sich Hagemann cool. »Erst beschreien Sie es – jetzt wundern Sie sich.«

»Ich hatte keinen Ehrgeiz, eine Spekulation in die Tat umgesetzt zu sehen«, sammelte sich Palm wieder.

»Wir müssen die Polizei rufen. Der Kerl ist allerdings über alle Berge.«

Palm kramte sein Handy aus einer Manteltasche und wählte Bolz' Nummer.

»Ja, hallo, Palm, kemmr scho wach sei? War wieder ganz sche schpät geschdern …«, meldete sich Bolz.

»Hören Sie, Bolz, ich bin hier zusammen mit Hagemann im Wald bei Sillenbuch. Uns hat ein Mountainbiker verfolgt und geschossen«, sagte Palm hektisch.

»Isch et woahr«, antwortete Bolz, vor den Kopf gestoßen. »Wo genau, ich bin sofort da und hole Kollegen dazu. Jemand verletzt? … Gott sei Dank! Mountainbiker kann ich eh nicht leiden, Spurensicherung, ja. Also, wo genau?« Nach einigen Erklärungsversuchen glaubte Bolz, das Areal erkannt zu haben.

»Sie rühren sich nicht vom Fleck. Wir sind gleich da.«

Gleich war allerdings erst in 20 Minuten. Hagemann und Palm hätten sich in dieser Zeit längst über mögliche Beweggründe und Personen, die für so eine Tat infrage kämen, unterhalten können, ergingen sich aber in Belanglosigkeiten, wer wo einen Dreckfleck an Mantel oder Hose habe, warum der Hund nicht losgerannt sei, dass man hier im Wald immerhin ein Mobilfunknetz habe und dergleichen mehr. Der Schock schien seine Wirkung getan zu haben.

Bolz hatte sofort Polizisten und Spurensicherer herbeizitiert und war umgekehrt. Eigentlich war er nämlich auf dem Weg zur Witwe Kaminski gewesen. Nun war er aber woanders gefragt. Langsam rollte er in seinem Dienst-Passat den holprigen Waldweg entlang und sah in gut 100 Meter Entfernung zwei Männer mit Hund unmotiviert auf dem Weg stehen.

»Warum sind Sie nicht da vorne auf dem breiten geteerten Weg geblieben? War Ihnen zu bequem? Sie wissen doch, i-him Wald da sind die Räu-häu-ber«, intonierte Bolz die Melodie des Kinderliedes.

»So witzig war das gar nicht«, begann Palm. »Falls der Biker nicht mit Platzpatronen geschossen hat, war das ein Mordversuch, und wie ich vermute, an Herrn Hagemann. Mir will ja wohl niemand ans Leder.«

»Wenn man es nur immer wüsste«, gab sich Bolz als abgeklärter Routinier.

»Wenn das harte Munition wahr und kein Jux, den sich einer mit Ihnen erlaubt hat, finden wir die Hülsen dazu, und zwar in der nächsten Viertelstunde. Also wo fuhr der Mann – war es denn ein Mann – an Ihnen vorbei?«

Palm zeigt die Stelle, wo der Biker den Waldweg überquert hatte.

Bolz signalisierte den Männern, dass sie von dort wegbleiben sollten. Ein Polizeifahrzeug, das sich näherte, stoppte Bolz und winkte einen der zwei Beamten zu sich, um ihm etwas zu erklären. Beide Polizisten bewaffneten sich aus dem umherliegenden Geäst mit Stecken und begaben sich sofort, den Blick auf Erde, Laub und Unterholz fixiert, auf die Suche nach den fraglichen Objekten. Nach wenigen Minuten kam einer der Beamten und gab Bolz eine Hülse. Bolz hielt sie mit Daumen und Zeigefinger der linken Hand über seinen Kopf und kniff die Augen zusammen. Als alter Jägersmann hatte er keine Schwierigkeiten.

»Das Kaliber kenne ich. Schwarzwild, wenn man nicht gerade auf Menschenjagd geht. Damit bringt man nicht nur Sauen zur Strecke, sondern auch jeden Zweibeiner. Klarer Mordversuch.«

»So dann, Herr Hagemann«, fuhr Bolz fort, »fällt Ihnen dazu etwas ein? Beweggrund, Person, Hintergründe. Ich bin bereit, mir eine Menge anzuhören, nur eines nicht: dass Sie vollkommen ahnungslos sind.«

»Zuerst muss der Hund nach Hause«, fiel dem inzwischen geistig abwesend wirkenden Hagemann ein.

Bolz erkannte, dass Hagemann vollkommen unter Schock stand und nicht in der Lage war zu begreifen, dass ihm jemand nach dem Leben trachtete.

»Genau«, sagte Bolz, »wir bringen den Hund nach Hause«, und zu Palm gewandt, »lassen Sie mich mit ihm allein.«

Ohne weitere Nachfragen stieg Hagemann in Bolz' Passat ein. Dino ließ er vor seinem Beifahrersitz Platz nehmen. Daraufhin legte Bolz den Rückwärtsgang ein und rollte davon.

21

Palm musste den Polizisten den kurzen Vorgang mehrfach detailliert beschreiben, obwohl er außer der Tatsache, dass der Biker einen Helm trug und es sich um ein Mountainbike gehandelt hatte, nicht viel sagen konnte.

Der Abstand zwischen Palm, Hagemann und dem Biker hatte bei Abgabe der Schüsse mehr als 20 Meter betragen, und der Biker konnte dabei die Büchse nur mit einer Hand halten und während des Fahrens auf dem holprigen Waldboden bedienen, meinten die Polizisten. Ein Treffer hätte in diesem Fall lediglich durch einen immensen Zufall zustande kommen können. Man müsse davon ausgehen, dass dem Biker die Unwahrscheinlichkeit eines Treffers bewusst war und er die beiden Männer eventuell nur erschrecken oder warnen wollte.

Wie auch immer – Palm musste nun umso schneller mit Delascasas sprechen, um über mögliche Motive und Täter dieser, wie es ihm immer klarer wurde, zwei Fälle mehr zu erfahren.

Delascasas meldete sich unter der angegebenen Nummer.

»Herr Delascasas«, sagte Palm mit drängender Stimme, »wir müssen gleich anfangen. Die Ereignisse überstürzen sich. Können Sie nicht schon heute in Ihr Büro?«

»Ich bin bereits da«, sagte Delascasas und fügte eilig hinzu, »und zwar schon die ganze Nacht.«

»Ich komme zu Ihnen«, sagte Palm, »können Sie mich reinlassen?« Delascasas erklärte Palm, wohin er kommen sollte. Er werde an dem genannten Eingang auf ihn warten.

Inzwischen war ganz Stuttgart aufgestanden und, wie es Palm schien, unterwegs. Eine nicht enden wollende Autokolonne mit Ausflüglern fuhr Richtung Degerloch. Nicht, um nach Degerloch zu kommen, sondern um dort auf die B 27 Richtung Tübingen, Reutlingen und natürlich die Alb zu fahren. Vielleicht war dies ja einer der letzten Sonntage mit dem fantastischen Herbstwetter, sodass man den Tag nutzen musste. In seinen Jahren als Familienvater hatte Palm an solchen Tagen des Öfteren mit Inge und den Buben alles, was nach Wandern und Ausflugsausrüstung aussah, ins Auto gepackt, um auf den Wanderparkplätzen der Alb zu einer Zeit einzutreffen, zu der es noch reguläre Plätze gab, und der Wagen nicht auf der nächsten Wiese geparkt werden musste. Immer wieder musste Inge, die solche Ausflüge liebte, mit den Kindern allein aufbrechen, wenn Palm beim Sonntagsdienst des Tagblatts eingespannt war. Sowie er nun die Heidehofstraße hinunter in die Stadt fuhr und den heftigen Verkehr in die Gegenrichtung beobachtete, fragte er sich, ob er je wieder in so eine Lebenssituation kommen wollte. Zu seiner eigenen Überraschung stellte er fest, dass sich nichts in ihm dagegen sträubte.

Da er mit einem längeren Aufenthalt bei Delascasas rechnete, fuhr Palm in die Tiefgarage der Bahn, die im Gegensatz zu Werktagen erstaunlich leer war. Sonst parkten hier ab 6 Uhr früh massenhaft Aktenkoffer tragende ICE-Zuggäste, die ohne schriftliche Notiz, wo sie das Auto abgestellt hatten, abends oft dabei beobachtet werden konnten, wie sie mit hektischen Schritten suchend von einer Ecke des verwinkelten unterirdischen Parkdecks in die andere eilten.

Palm ging zur vereinbarten Tür des Bahngebäudes. Delascasas wartete und machte einen aufgelösten Eindruck. Wie hatte er am Telefon gesagt, er hatte die ganze Nacht im Büro, sprich vor irgendeinem Bildschirm, verbracht. Auf dem Weg nach oben, Palm folgte Delascasas auf der Treppe, verkniff er sich jede Bemerkung, da er vermutete, dass sich weitere Sonntagsdienstler im Gebäude aufhielten. Der Arbeitsplatz von Delascasas lag in einem Großraumbüro, das mit Glaswänden vom nächsten angrenzenden Großraumbüro getrennt war. Die Abteilungen waren etwas größer als die Ressortbüros in der Tagblatt-Redaktion, nur dass beim Tagblatt die Wände nicht transparent waren. Außer Delascasas arbeitete in der Abteilung derzeit niemand, sodass sie ungestört sprechen konnten.

»Ich hatte gerade ein Treffen mit Hagemann beim Fernsehturm«, begann Palm, »man hat auf ihn geschossen. Verstehen Sie, wir müssen hier ganz schnell herausfinden, wer dafür verantwortlich sein könnte. Haben Sie etwas gefunden?«

»Auf Hagemann geschossen«, gab sich Delascasas verblüfft, »das ist starker Tobak.«

»Tobak wäre ja gegangen«, kommentierte Palm sarkastisch, »es handelte sich allerdings um Jagdmunition, für Wildschweine, Hirsche oder ganz flotte Hirsche, verstehen Sie, Herr Delascasas, wir müssen Kandidaten, die aufgrund der Vorgänge hier als Täter infrage kommen könnten, finden.«

»Ich verstehe vollkommen. Dazu brauchen wir aber nicht endlos Bänder und CDs anzusehen. Ich kann Ihnen dazu einfach ein paar Dinge erzählen.«

»Ja, super«, rief Palm, »schießen Sie los!«

»Apropos schießen«, besann sich der IT-Fachmann, »ist Hagemann bei dem Zwischenfall eigentlich etwas passiert?«

Palm überlegte, warum diese Frage so spät kam, und antwortete, »mal sehen, man kümmert sich um ihn.«

Delascasas schien nun völlig irritiert. »Wurde er denn getroffen?«

»Ich nehme an, er steht unter schwerem Schock«, antwortete Palm wahrheitsgemäß und ärgerte sich darüber, dass er seinen Desinformationsansatz nicht weitergesponnen hatte. Warum Delascasas von vornherein als Täter ausschließen? Das hätte vielleicht für weitere Erkenntnisse sorgen können. Bolz wäre das nicht passiert, dachte Palm selbstkritisch.

»Okay, dann schießen Sie eben nicht, sondern legen einfach mal los«, insistierte Palm.

»Wir versetzen uns jetzt mal knapp ein Jahr zurück«, begann Delascasas. »Hagemann arbeitete noch für Fuhrmann, seinen damaligen Chef, also den Vorgänger in seiner jetzigen Funktion. Hagemann hatte zwei Ziele: Erstens musste Fuhrmann einen Satz machen und dann musste sich das Management für ihn und nicht einen anderen entscheiden.«

»Offensichtlich hat er beides erreicht«, kommentierte Palm.

»In dem einen Fall musste er nichts tun. Von Fuhrmann wurde bekannt, dass eine seiner Mitarbeiterinnen, die bis dahin nur als alleinerziehende Mutter galt, ein Kind von ihm hatte. Nachdem sich das herumgesprochen hatte, kündigte erst die Mitarbeiterin, danach wurde Fuhrmann in den Vorruhestand versetzt. War 61, fiel nicht weiter auf.«

»Hatte Hagemann dafür gesorgt, dass sich die Geschichte herumsprach?«

»Kann sein. Darüber weiß ich leider nichts.«

»Und sein Wettbewerber um den Job?«

»Es gab mehrere«, stellte Delascasas richtig. »Zumindest vermutet man das. Bei der Bahn ist mittlerweile nur noch einer. Zwei weitere sind weggegangen.«

»Freiwillig?«, fragte Palm.

»Es sah so aus. Einer ging vor Hagemanns Beförderung, der andere danach.«

»Können Sie mir die Namen der beiden aufschreiben?«, bat Palm. »Doch um das zu wissen, braucht man nicht gerade privilegierten Zugang zu den IT-Systemen der Bahn. Ich dachte, Sie wollten da nachforschen?«

»Das wird nicht viel bringen«, wiegelte Delascasas ab.

Palm kamen diese lapidaren Einschätzungen komisch vor. Delascasas blockte ganz offensichtlich. Der Mann kam nur mit allgemeinen Vermutungen rüber und war zugleich äußerst nervös. Seine dunklen Lockenhaare zwirbelte er ständig über einen seiner Zeigefinger auf, so wie Palm dies sonst nur bei Frauen beobachtete. Aufgrund seiner hünenhaften Figur und seiner harten, männlichen Gesichtszüge wirkte dies besonders befremdlich.

»Gibt es denn gar nichts, eventuell Videoaufnahmen, die in unserem Zusammenhang weiterhelfen könnten?«

Delascasas drehte sich von Palm, der auf einem Ende seines Schreibtischs mit einer Pobacke hockte, auf seinem Drehstuhl weg, zu seinem Bildschirm hin und hackte Kommandos in eine Bildschirmmaske. Während er dabei war, irgendetwas auf den Schirm zu holen, schweifte Palms Blick über den ungeordneten Arbeitsplatz und blieb bei drei CDs hängen, die wenige Zentimeter neben seinem rechten Oberschenkel auf einer Klarsichthülle lagen. Während Delascasas etwas in die Tastatur hämmerte, steckte Palm die CDs in eine dafür bestens formatierte Innentasche seines Lottermantels. In diesem Moment bewegte sich auf Delascasas' Bildschirm etwas.

»Schauen Sie mal hier, was wollen Sie damit machen?«

»Das ist Hagemann«, erkannte Palm eine der vielen Personen auf dem Video. »Und neben ihm geht Frau Kaminski, jetzt verabschieden sie sich, mit Küsschen.«

»Ja und«, sagte Delascasas, »das tun täglich Tausende auf dem Bahnhof. Das eignet sich nicht für Erpressungen.«

»Kommt drauf an, wer das sieht.«

»Gut, das hier«, wusste Delascasas plötzlich mehr, »hat sich unser Chef Dr. Erhard mal angesehen.«

»Wirklich?«

»Ja, weil er Rösler gebeten hat, Wissenswertes über Hagemann zu liefern. Rösler hat ihm davon, glaube ich, eine CD gegeben. Vielleicht hat er ihm noch etwas anderes gegeben. Nur, dafür müssen wir eine Woche warten. Dann ist Rösler wieder da.«

Palm hatte das Gefühl, seine Zeit zu verplempern. Zugleich wollte er wissen, ob die sichergestellten CDs etwas hergaben. Und für Delascasas, der ihm immer weniger koscher erschien, musste er eine Theorie entwickeln, wie der in die Geschichte passte.

»Erst mal vielen Dank, Herr Delascasas. Ich muss

heute weitere Leute in der Sache sprechen. Bei Ihnen melde ich mich wieder. Kann ich allein raus oder …«

»Nein, ich bringe Sie runter.«

An der Tür, vor der Delascasas seine Plastikkarte durch einen Scanner zog, wurde Palm jovial. »Jetzt haben Sie ja Zeit, den schönen Sonntag zu nutzen.«

»Klar, mal sehen, ob ich noch Energie habe«, sinnierte Delascasas.

»Vielleicht etwas Rad fahren«, wurde Palm plötzlich provozierend vorlaut.

»Ja klar, aber wie kommen Sie auf Radfahren?«, war der Bahnmitarbeiter verblüfft.

»War nur so eine Eingebung«, grinste Palm und verschwand.

22

Auf dem Weg zu Hagemanns Haus, es war nicht einmal zwei Kilometer entfernt, hatte Bolz wenig Gelegenheit, mit dem knapp der Katastrophe entgangenen Bahnmann ein beruhigendes Gespräch zu führen. Bolz entschied sich für das Thema Hund.

»Ist das nicht ein Neufundländer?«

»Ja, genau, gehört meinen Kindern. Die wollten ihn unbedingt, bis meine Frau nachgab«, antwortete der unter Schock stehende Hagemann.

»Mit Hunden hab ich hauptsächlich bei der Jagd Erfahrungen gemacht«, berichtete Bolz aus seinem Leben. »Aber Neufundländer sind dafür nur begrenzt geeignet. Wissen Sie, am besten für die Jagd sind Schweißhunde. Die lassen sich so abrichten, dass sie aufs Wort, ja auf eine Geste, auf minimale Bewegungen hin wissen, was zu tun ist – und sie finden alles. Hannoveraner Schweißhunde, das sind die fantastischsten Nasen, die Sie sich vorstellen können.«

»Ja, Bluthunde …«, war das Einzige, was Hagemann bis zu seinem Haus herausbrachte. »Hier links, halten Sie da auf der Auffahrt.«

Hagemann hatte offensichtlich den Eindruck, Bolz wolle ihn nur abliefern und war überrascht, als Bolz ausstieg und den Wagen abschloss.

»Ach, Sie wollen mit reinkommen«, erschrak Hagemann.

»Ich denke, Sie sollten mir den Vorfall genauestens schildern. Und anschließend können wir überlegen, wo wir den schießfreudigen Biker vermuten dürfen.«

»Aber, aber, meine Frau …«, stammelte Hagemann.

»Können wir nicht erst mal reingehen?«, machte sich Bolz auf den Weg zur Haustür.

Hagemanns Frau grüßte Bolz artig und nahm als Erstes den Neufundländer in Empfang.

»Na, wo wart ihr, du siehst ja ganz proper aus, mein Dinolein. Kaum Dreck am Fell, aber wir gehen trotzdem in den Keller. Bin gleich wieder da«, rief Julia den

Männern zu und führte Dino zur Grobreinigung in den Keller. Der Hund watschelte gutmütig mit.

»Müssen wir ihr gleich alles …«, wimmerte Hagemann geradezu.

»Weiß sie denn nicht, was schon los war?«

»Im Prinzip ja«, flüsterte Hagemann, »aber verstehen Sie, nicht alle Details …«

Bolz verstand. »Lassen Sie mich mal ein paar Worte sagen. Danach dürfen Sie wieder.«

Nachdem Julia den Hund versorgt und zu den Kindern in den Garten gebracht hatte, stellte sich Bolz vor und begann. Er sprach über den Mord an Kaminski, die Verbindung, die Kaminski zur Bahn und zu ihrem Mann gehabt habe, und schließlich über Hagemanns Anwesenheit zur mutmaßlichen Tatzeit am Bahnhof.

»Ja, das weiß ich alles«, rief Julia. »Das war doch reiner Zufall. Schließlich kam ein ganzer Zug mit vielen Menschen an.«

Bolz kommentierte dies nicht, sagte nur: »Ich bin nicht hier, um Ihren Mann etwa hinter Schloss und Riegel zu bringen. Ich möchte lediglich vermeiden, dass er dasselbe Schicksal wie Dr. Kaminski erleidet.«

Während sich Julias Gesicht zu einem verschreckten Fragezeichen verformte, richtete Bolz seinen Blick auf Hagemann. »Wollen Sie erzählen, was vorher passiert ist und warum ich hier bin?«

Julia blickte ihren Mann gespannt an und kannte ihn in einer so ratlos wirkenden Haltung gar nicht. »Was ist los, Norbert. Sag schon!«

Hagemann erzählte die Geschichte einschließlich der Attacke des Bikers, vergaß jedoch, Palm zu erwähnen.

Julia hörte mit offenem Mund zu und war nicht in der Lage, nachzufragen oder sich die Geschichte vorstellen zu können.

»Alles richtig, Herr Hagemann. Nur Palm, den haben Sie vergessen«, half Bolz Hagemanns Erinnerung nach.

»Palm«, fragte Julia, »ist das der Palm vom Tagblatt, den du immer wieder triffst?«

»Ja.«

»Was wollte der dort? Hat der auf dich geschossen?«

»Nein«, rang Hagemann erneut nach Worten. »Den habe ich zufällig am Fernsehturm getroffen. Wir gingen zusammen durch den Wald. Er hat mich vielleicht sogar gerettet. Er hat den Radfahrer früher kommen sehen als ich und hat mich geistesgegenwärtig zu Boden gerissen.«

»Ja«, sagte Bolz, »sonst hätte der Satansbraten Ihren Mann vielleicht getroffen.«

Julia begann heftig zu weinen.

Hagemann rückte näher zu seiner Frau, umfasste ihre Schulter und reichte ihr sein Stofftaschentuch. Bolz nutzte die Zeit, um einen Eindruck von Wohnzimmer und Garten, soweit man ihn von seinem Platz aus sehen konnte, zu gewinnen. Eine Bücherwand und Bilder, modern und abstrakt, erweckten den Eindruck gehobenen Bildungsbürgertums mit einem gewissen Chic, den Bolz eindeutig eher auf die Ehefrau als auf den nüchternen Hagemann zurückführte. Die Altersdifferenz zwischen den Ehepartnern war Bolz ohnehin sofort ins Auge gesprungen, nachdem er Julia beim Eintritt ins Haus gesehen hatte.

Keine alle Blicke auf sich ziehende Schönheit, keine extrovertierte Ausstrahlung, dennoch eine attraktive Frau von bestimmt kaum 40 Jahren, dachte sich Bolz. Wie kam ihr Ehemann, der mit einer solchen Frau, auf den ersten Blick zumindest, doch exzellent bedient sein müsste, darauf, sich mit einer viele Jahre älteren Frau wie der Kaminski auf ein Verhältnis über immerhin viele Monate hinweg einzulassen? Bolz besann sich: Überlegungen dieser Art führten stets ins Leere. Des Menschen Antrieb, also Trieb, war unerforschlich. Das sagten ihm seine in der Tat unglaublichen Erfahrungen seiner Dienstjahrzehnte. Man hätte sich oft und ratlos gegen die Stirn schlagen können, dass dies selbst das breite, hohe und robust wirkende Exemplar von Bolz nicht unbeschadet überstanden hätte. Bolz widmete seine Aufmerksamkeit wieder Frau Hagemann, die sich etwas zu fassen schien. In dieser Verfassung war aus Menschen etwas herauszubekommen, das wusste er.

»Frau Hagemann, können Sie sich vorstellen, wer es auf Ihren Mann abgesehen hat?«

»Wissen Sie«, antwortete Julia nach wie vor schluchzend, »ich lese ganz gern Krimis und habe manchmal die Befürchtung, dass die Fantasie mit mir durchgeht. Aber wenn ich höre, was Norbert ab und zu vom Geschäft erzählt, könnte ich mir das bei einigen Figuren vorstellen.«

»Julia«, wollte Hagemann abwiegeln. »Da geht sie wirklich mit dir durch. Ich glaube nicht, dass wir so weiterkommen.«

»Ja, sagen Sie doch mal, Frau Hagemann«, ermunterte Bolz, »wer und weshalb.«

»Julia, bitte«, flehte Hagemann, »bring niemanden leichtsinnig in Verdacht!«

Die Frau überlegte jedoch bereits, wer ihrem Mann nach dem Leben trachten könne.

»Wie hieß nochmal gleich der, der den Job von dem Fuhrmann wollte, was du jetzt bist, der … Ziehmann, ja, Ziehmann hieß der. Er hat dir sogar gedroht, als er wegging, hast du gesagt. ›Man sieht sich im Leben immer zweimal‹, sagte er mehrfach zu dir. Und: ›Vielleicht gerade dann, wenn man's gar nicht abkann. Sie krieg ich‹, hat der zu dir gesagt. Und dann der von dieser Bürgerinitiative gegen den Bahnhof …«

»Ach«, sagte Hagemann mit einer wegwerfenden Geste, »das sind alles kleinkarierte Fanatiker, die kann man nicht ernst nehmen.«

»Sagten Sie Fanatiker, Herr Hagemann?«, mischte sich Bolz ein. »Bei solchen ist manches möglich.«

»Genau«, machte Julia weiter, »der sagte einmal zu dir bei einer Diskussion am Bahnhof: ›Sie lügen, wenn Sie das Maul aufmachen. Sie haben so viel Dreck am Stecken, Leute wie Sie gehören mit dem Hochdruckreiniger weggeputzt‹, schrie er. Das stand anschließend sogar in der Zeitung.«

»Dann war das sogar eine öffentliche Drohung?«, hakte Bolz nach.

»Nicht direkt«, sagte Hagemann. »Palm hat nur geschrieben, dass dies an einen Vertreter der Bahn gerichtet gewesen sei. Mein Name tauchte nicht auf.«

»Das ändert ja nichts«, meinte der Hauptkommissar. »Gut, ich melde mich demnächst wieder. Wir werden Ihnen einen Streifenwagen, auf jeden Fall zwei Polizeibeamte in die Nähe schicken. Wir können nicht ausschließen, dass der Täter, der sein Ziel nicht erreicht hat, nochmals aktiv wird. Meine Telefonnummern haben Sie, passen Sie auf sich auf!«

23

Elli entdeckte Bolz bereits, bevor er die Klingel betätigt hatte, vor dem Tor. Er wechselte gerade ein paar Worte mit den Beamten im Streifenwagen und läutete daraufhin.

»Ihre Leute haben das Band schon abgeholt«, begrüßte ihn Elli an der Tür.

»Ich weiß, Frau Kaminski. Darf ich trotzdem reinkommen?«

»Ja klar«, entgegnete Elli.

»Ich komme immer mit schlechten Nachrichten zu Ihnen. Hab schon ein schlechtes Gewissen.«

Elli versuchte den Eindruck zu erwecken, sie sei auf alles gefasst.

»Männer in Ihrer Umgebung scheinen sehr gefährdet zu sein«, sagte Bolz und Elli setzte sich auf den nächstbesten Stuhl, den sie vor dem Wohnzimmer erreichen konnte.

»Was ist passiert?«

»Gott sei Dank nicht viel, keine körperlichen Schäden. Aber auf Herrn Hagemann wurde im Wald unterm Fernsehturm geschossen.«

»Auf Norbert?« Elli war fassungslos.

»Ja, auf Herrn Hagemann. Da beide Herren, Ihr Ehemann und Herr Hagemann, Ihnen mehr oder weniger nahestanden, also nahestehen, frage ich mich natürlich, wo der Zusammenhang zwischen den beiden Taten zu finden ist.«

»Zusammenhang? Ich seh keinen«, antwortete Elli.

»Frau Kaminski, was wussten Sie über die Überwachungspraktiken, die Herr Hagemann bei der Bahn praktiziert hat? Hat er die benutzt, um andere Leute in die Zange zu nehmen, zu erpressen? Sie wissen sicher, was ich meine«, wurde Bolz ganz direkt.

»Norbert soll Leute überwacht haben, keine Ahnung.«

»Ja, es könnte doch sein, dass sich da jemand rächen möchte.«

»Ich weiß von nichts, Herr Bolz. Da stand mal was in der Zeitung, aber mit Norbert hatte das nichts zu tun. Das hätte er mir gesagt.«

»Ach je«, war Bolz' Kommentar. Daraufhin entschloss er sich, mit Elli ein ganz anderes Feld abzugrasen.

»Was werden Sie jetzt unternehmen? Ich meine, hier im Haus bleiben, woanders hinziehen oder haben Sie gar keine Vorstellung?«

»Wenn ich ehrlich bin, habe ich alle zwei Stunden eine vollkommen neue Vorstellung, wie mein weiteres Leben aussehen könnte. Mittlerweile weiß ich überhaupt nicht, ob es ein ›neues‹ geben kann. Ich hatte mir vorgestellt, mit Norbert zusammenzuleben, hier in Stuttgart. Nachdem, was jetzt passiert ist, habe ich keinen blassen Schimmer, was er möchte. Wir haben seit Donnerstagmorgen nicht mehr miteinander gesprochen. Und jetzt das …, unvorstellbar und einfach schrecklich. Theo ist tot, auf Norbert schießt irgendein Idiot und ich sitze hier wie im goldenen Käfig, von Ihren Leuten bewacht.«

»Seither sind erst drei Tage vergangen«, wollte Bolz besänftigen. »Wenn ich Sie frage, denke ich an die nächsten Jahre.«

Bolz fürchtete, sich bei Elli in einer Sackgasse zu befinden. Hier war irgendwie nichts zu holen, sagte ihm sein Gefühl. Sein Handy klingelte.

»Ja, Bolz … ach das Band, Neuigkeiten. Lass hören. Ach, albanisch spricht da einer. Und weiter?« Bolz hörte einige Sekunden zu und beendete das Gespräch.

Fragend blickte ihn Elli an.

»Wegen des Bandes, das man hier abgeholt hat. Die Stimmen drauf, das ist Albanisch, was die Leute sprechen. Was genau, hat bisher keiner herausgefunden, aber wir wissen, es ist Albanisch. Hatte Ihr Mann irgendwelche albanischen Bekannten?«

»Pfff«, presste Elli die Luft durch die Lippen, »das wäre was ganz Neues.«

Bolz hatte plötzlich eine Menge Eingebungen und verabschiedete sich schnell von Elli.

Im Auto rief er sofort Palm an.

»Was haben Sie herausgefunden?«

»Dies und das und manches bleibt Spekulation.«

»Dann treffen wir uns am besten zum Spekulieren. Heut bei mir«, sagte Bolz. »Wissen Sie, bei Ihnen gibt's natürlich auch was. Aber bei mir daheim gibt es jetzt nicht etwa einen Schweinebraten, sondern Zwetschgenkuchen und Kaffee, altehrwürdigen Filterkaffee von meiner Frau. Sie henn doch a Navi …«, hierauf gab er Palm seine Adresse in Heslach durch.

Als Bolz zu Hause ankam, war Palms Auto bereits an der Straße geparkt. Palm saß mit Bolz' Frau am Kaffeetisch. Sie hatte ihn zunächst einmal darüber aufgeklärt, dass es im Hause Bolz sonntags schon lange kein Mittagessen mehr gebe, höchstens, wenn Kinder und Enkel zu Besuch kämen. Wenn sie und ihr Mann friedlich zuhause saßen, sei diese Mahlzeit überflüssig, nach einem Sonntagsausflug sowieso, und wenn Bolz planmäßig oder überraschend zum Dienst müsse, sei kein Bedarf da. Aus diesem Grund gab es Zwetschgenkuchen.

»So, kommst du endlich«, begrüßte Annemarie Bolz ihren Ehemann. Etwas jünger als Bolz, war sie wohl an die 60, dachte Palm, wirkte allerdings kein bisschen großmütterlich. Ihr braunes Haar war etwas grau durchwirkt, das hätten allerdings Strähnen sein können. Entgegen seiner Erwartung hatte Annemarie allenfalls Ansätze zu einer vollschlanken Figur, aber keineswegs altersbedingtes Übergewicht wie ihr Ehemann, der dies gar nicht verbarg.

»Ihr habt euch schon bekannt gemacht«, sagte Bolz und setzte sich einfach dazu.

»Wie wär's denn, wenn man den Kittel ausziehen würde«, mahnte Annemarie etwas mehr Kaffeekränzchenatmosphäre an. Einsichtig stand Bolz auf und ging in den Flur, um sein Jackett neben Palms Lottermantel an die Garderobe zu hängen.

Als er sich wieder setzen wollte, wurde Annemarie grimmig: »Ja ond d' Pischtol, willsch die net wegdoa?«

Tatsächlich hatte Bolz unter der linken Armbeuge seine Dienstwaffe im Schulterholster stecken. Aber er ließ sie dort.

»Selbst am Sonntag Mord und Totschlag beziehungsweise der Versuch dazu. Die bleibt hier. Nachher vergesse ich sie noch.«

Annemarie fand es offensichtlich aufregend, jemand vom Tagblatt persönlich zu treffen. »Aber sagen Sie mal, in dem Turm gibt es gar nix mehr vom Tagblatt. Die sind jetzt alle weg, gell.«

Der Umzug des Tagblatts aus dem gleichnamigen Turm in der Innenstadt in das seinerzeit neu erbaute Pressezentrum in Möhringen hatte vor mehr als 30 Jahren stattgefunden. Damals begann die Zeitungslandschaft von Blei- auf Computersatz umzustellen und investierte ordentlich in eine komplett neue Verlags-, Druck- und Redaktionslandschaft abseits der Stuttgarter Innenstadt. Viele der damaligen Redakteure konnten damit keinen Frieden schließen, verließen ihre Redaktion oder wetterten manchmal öffentlich über die modernen Zeiten, die unter anderem Großraumbüros, Bildschirmarbeiten und frühere Redaktionsschlüsse und vor allem neue Verarbeitungsmethoden mit erheblichem Lernbedarf mit sich brachten. Die Antihaltung einiger Redakteure war zwar angesichts des technologischen Fortschritts so etwas wie der Versuch des Maschinensturms, hatte jedoch erstaunlich viele vor allem der alten Garde erfasst. Da in der Phase der Umstellung des Öfteren Zeitungsausgaben mit einigermaßen entstelltem Satz und Layout gedruckt wurden und aufgrund technischer Anfangsschwierigkeiten mitunter überhaupt keine Zeitung erschien, betrachteten auch viele Leser das neue Zeitungszeitalter skeptisch. Annemarie gehörte zu ihnen, obwohl diese Phase so viele Jahre zurücklag.

»Nein«, antwortete Palm höflich. »Dort ist nichts mehr von der Redaktion. Das ist alles lange vor meiner Zeit verändert worden.« Was nicht ganz stimmte, hatte doch Palm als studentische Aushilfe beim Tagblatt diese Zeit hautnah miterlebt, was immer wieder gut kam, wenn er bei den seltenen Anlässen als authentischer Zeitzeuge darüber berichten konnte. Heute war ihm allerdings nicht danach und er ergänzte lediglich: »Es gibt nicht mehr viele bei uns, die sich an die Zeit im Turm erinnern können.«

Auch Bolz spürte, dass dies nicht das Thema des Nachmittags sein konnte.

Palm wechselte das Thema: »Seit der Tunnel eröffnet ist, muss das Leben hier in Heslach wesentlich angenehmer geworden sein?«

»Für einige schon«, sprang Annemarie sofort darauf an. »Bei uns hier oben nicht zu sehr. Wir sind hier am Hang weit weg vom Durchgangsverkehr. Aber die Luft ist natürlich um Welten besser. Heut können Sie weiße Wäsche raushängen, ohne dass nachher der Ruß dranhängt.«

Palm nickte anerkennend.

Bolz hatte zwar zu Kaffee und Kuchen eingeladen, verspürte jedoch langsam Eile. »Zurück zu unserem Thema, Palm. Was haben Sie heute erfahren?«

Annemarie hatte verstanden, erbot sich, Kaffee nachzuschenken und neuen zuzubereiten, und verlegte sich aufs Zuhören.

Palm erzählte von den wenig ergiebigen Äußerungen von Delascasas und dessen Verweise auf von Hagemann kaltgestellte Kollegen sowie seinen Spekulationen, wer von denen genauer observiert werden müsste. Die Namen Fuhrmann und Fuchs fielen und man beschloss, nun mal zu spinnen.

»Es gibt da mehrere Personen, nennen wir sie die Hagemann-Geschädigten, die HGs. Wer von denen könnte dem Hagemann ans Leder wollen? Vielleicht ist es etwas anders, die haben sich zusammengerottet und versuchen das gemeinsam. Oder: die suchen einen, der es für sie macht.«

»Einen Auftragskiller?«, warf Palm ein.

»Möglich, oder einer mit einer offenen Rechnung, der nur einen kleinen Anstoß benötigt. Übrigens: Die Stimmen auf dem Band unserer Amateurkollegin Kaminski sprechen albanisch.«

»Aha, Sie denken an einen Auftragskiller aus der Kosovo-Albaner-Szene?«

»Das wäre fast zu platt, glaube ich. Natürlich ist die Frage, warum gelangt man mit einer Nummer, die Kaminski in der Nacht vor seinem Tod gewählt hat, zu albanisch sprechenden Personen?«

»Jetzt denken Sie an den Kaminski-Mord. Ich sprach von dem Anschlag auf Hagemann«, stellte Palm klar.

»Gut, aber machen Sie mit mir, was Sie wollen«, insistierte Bolz, »es gibt einen Zusammenhang, auch wenn der sich im Moment ums Verrecken nicht sehen lässt.«

»Einen von diesen HGs müssen wir auftun, um einen Eindruck von den Sauereien zu erhalten, die man ihnen angetan hat.«

»Wo kriegen wir diesen Fuchs her?«, fragte Bolz.

Palm griff zu seinem Telefon. »Delascasas, der muss ihn finden.«

Kurz erläuterte er Delascasas das Begehr, ließ ihn nicht lange Einwände formulieren, sondern beschied kurz: »In einer halben Stunde gebe ich wieder ein Feedback. Sonst schickt Bolz eine Fahndung raus. Dann melden sich bei Ihnen die IT-Leute vom Landeskriminalamt und bitten um Mithilfe. Also los!«

Bolz war von Palms Entschiedenheit beeindruckt.

»Steht morgen über das ganze Elend eigentlich was im Tagblatt?«, erinnerte sich Bolz an Palms eigentliche Mission.

»Wenn wir den Fall heute lösen, sicher nicht«, artikulierte sich Palm in coolster James-Bond-Manier. »Wir konzentrieren uns jetzt doch aufs Wesentliche?«

»Wenn uns Moneypenny einen ordentlichen Kaffee zusammenbraut, bremst uns nichts mehr«, konterte Bolz, zu Palms Überraschung ebenso cool mit einem Blick in Richtung Küche.

»Dann wäre da noch das«, sagte Palm und ging zur seinem Lottermantel an der Garderobe, um die CDs rauszuholen. »Haben Sie dafür einen Apparat?«

Bolz bejahte und führte Palm in sein Arbeitszimmer, in dem auf einem Ikea-Schreibtisch ein für Palms Begriffe prähistorischer PC stand.

»Ich vermute mal Commodore 64«, sagte Palm.

»Nein«, gab Bolz zurück, »ein HP Vectra. Den hat mir mein Schwiegersohn, der hat früher dort seine Brötchen verdient, zum 50. geschenkt.«

»Zum 50.? Dann können wir uns das schenken«, folgerte Palm. »Wir brauchen ein Gerät mit CD-Laufwerk und Multimedia-Software, wie bei mir zu Hause.«

»Woher sind die?«, fragte Bolz.

»Von der Bahn«, antwortete Palm, »hat mir Delascasas geschenkt.«

»Oha! Die haben Sie entwendet! Diebstahl, Straftatbestand.«

»Ein wenig kenn ich mich damit aus«, erinnerte sich Palm an Gespräche mit seiner juristisch vorgebildeten Ehefrau Inge, »das nennt man Beweissicherung.«

»Sauber«, urteilte Bolz. »Dann ziehen wir ein Haus weiter.«

Nach der Verabschiedung und Palms überschwänglichem Dank an Annemarie für Kuchen, Kaffee, Unterhaltung und Gesellschaft waren sie schnell bei Palm. Nach Einlegen der CDs konnte sich Bolz des Spotts nicht ganz enthalten.

»So, das ist Ihr phänomenaler Computer, Entschuldigung, Notebook, sehen Sie mal, er kann nichts lesen, steht da, findet keine Programme für die Dateien, dafür hätt meiner auch gereicht.«

Tatsächlich konnte Palms Rechner die Daten nicht lesen.

»Ich hab eine Idee«, sagte Palm. »Mein Sohn, der müsste das wissen.«

»Ihr Sohn?«, fragte Bolz auf eine Art, als würde Sohn mit vier o geschrieben.

»Ja, ein angeheirateter.«

»Verheiratet sind Sie auch. Es wird immer besser.«

Eine deutliche Eingebung sagte Palm, dass er dazu

unmöglich Björn direkt fragen durfte und er wählte Inges Nummer.

»Palm«, hörte Palm Inge durch die Leitung sagen und freute sich, dass sie seinen Namen benutzte. Ein dummer Gedanke, denn so hieß sie seit gut 13 Jahren. Ihren alten Namen, den ihres ersten Mannes, hatte sie gern abgelegt und war nach eigener Aussage nicht vom Typus Bindestrichweib. Palm erklärte, dass er Björns Fähigkeiten am Computer unbedingt benötige. Außerdem würde der Bub sich bestimmt freuen, wenn der Ersatzvater ihn brauche und seine Fähigkeiten schätze. Inge war nicht begeistert, dachte allerdings tatsächlich an die Wirkung des Hilfeersuchens auf ihren Sohn.

»Eins muss dabei klar sein: Du ziehst ihn in nichts rein«, beschwor ihn Inge, »und ich warne dich, wenn das irgendetwas Schräges ist, heuer ich einen Russen an, der dich umlegt.«

»Auftragsmord«, kommentierte Palm trocken, »das hatten wir schon.«

Bolz hörte irritiert zu. Palm erklärte Inge, dass sie ihren Sohn am besten nach Stuttgart in die Olgastraße fahren müsse, da man Palms Hochleistungsrechner benötige. Zähneknirschend stimmte Inge zu, versicherte jedoch, Björn nur abzuladen, wenn er von Palm wieder nach Hause gebracht werden würde und Palm zuvor seine ›Räuberhöhle‹ aufräumen würde.

»Was soll er sonst von dir denken? Ich setz keinen Schritt über diese Schwelle. Ich fahr gleich wieder heim.«

Björn selbst war nicht ohne Weiteres einsichtig und motiviert. Die Folgen der Geburtstagsfeier mit seinen Kumpels in der Nacht zuvor hatten ihn bis jetzt ans Bett gefesselt. Er war nun gegen 14 Uhr am Nachmittag dabei, in die Senkrechte zu gelangen. Als er, von Inge herbeichauffiert, bei Palm eintraf, durfte er sich zunächst die Wohnung seines Ersatzvaters ansehen. Er hatte sie bislang nicht gesehen.

Bolz und Palm hatten derweil das weitere Vorgehen geplant. Fuchs musste, wo auch immer, aufgetrieben und befragt werden. Unter anderem nach weiteren HGs. Somit hätte man ein Gefühl für die Bewertung dieser Ermittlungsrichtung.

Um Björn nicht zu weiteren Fragen zu verleiten, stellte er Bolz als Kollegen von der Zeitung vor, der besagte CDs lesen sollte, um an wichtige Informationen über eine Bahn-Geschichte zu kommen.

Björn sah sich die Rückmeldung des Computers auf die CDs an und meinte, alles sei wahrscheinlich erledigt, wenn man bestimmte Programme aus dem Internet herunterlade. Mit denen könne man alles lesen. Konnte man allerdings – es war bereits nach 15 Uhr – nicht. Nach weiteren zehn Minuten wusste Björn mehr.

»Also, für diese Audio-Files braucht man eine Software, die sie lesen und wiedergeben kann. Entweder hat einer was diktiert, es ist Musik oder es sind Telefongespräche drauf.«

»Logisch«, schrie Palm laut heraus. »Da hat einer Telefonate mitgehört?«

»Müsste man bei uns im Präsidium öffnen können«, meinte Bolz.

»Präsidium? Ich dachte, Sie sind von der Zeitung.«

»Ja klar, vom Redaktionspräsidium«, schob Bolz nach. Björn schien nicht überzeugt.

»Nein«, sagte Palm, »das dauert zu lang. Delascasas … das heißt …, Björn, wir haben dich lange genug aufgehalten. Toll, dass du uns helfen konntest. Bolz, kann ihn jemand heimbringen?« Bolz dirigierte per Handy den nächsten Streifenwagen aus der Innenstadt in die Olgastraße, um Björn nach Fellbach fahren zu lassen. Björn kam dies alles äußerst verquer vor. Er stieg jedoch in das Polizeiauto ein, um diese Erfahrung einmal gemacht zu haben. Palm erwartete daraufhin bereits Inges empörten Anruf, machte aber vorerst weiter.

»Delascasas …, Bolz, wir bluffen jetzt mal ganz groß. Dann packt er aus. Der war schon heute Morgen unglaublich nervös, dem geht die Muffe, der steckt, wenn Sie mich fragen, mittendrin.«

Palm rief Delascasas mit Hannes Handy an, dessen Akku etwas schwächelte, und schloss es vorsichtshalber an das Ladegerät an.

Delascasas meldete sich und begann mit Ausflüchten. »Ich habe über Fuchs wirklich keine Daten mehr, glauben Sie mir.«

»Lassen Sie mal den Blödsinn«, rief Palm mit herrischer Schulmeisterstimme. »Vermissen Sie nicht etwas? Ich denke da an CDs, die heute Morgen auf Ihrem Schreibtisch lagen. Interessante Gespräche. Wen wollen Sie damit hochnehmen außer sich selbst? Einfacher wäre sicher gewesen, alles zu löschen. Warum davon CDs brennen? Sie sitzen ziemlich tief in der Scheiße, mein Lieber. Fuchs interessiert mich nur am Rande. Ich will die Namen aller Gesprächspartner und ihre Adressen und zwar schnell. Wo wir Sie finden, wissen wir ja.«

»Was Sie da gehört haben, ist so nie passiert«, flehte

Delascasas. Palm stellte sich angesichts dieser winselnden Tonart den Berg von Mann dazu vor. Das passte nicht zusammen. Palm war umso mehr davon überzeugt, dass er bei dem exotischen Namensträger an der richtigen Stelle bohrte.

»Gut, dann sagen Sie mir, wie es wirklich war.«

Bolz rief, während Palm versuchte, Delascasas zu quälen, in seiner Dienststelle an, um die Adresse von Palms Gesprächspartner herauszufinden und ein paar Beamte für alle Fälle dorthin zu schicken. Er reichte Palm einen Zettel, auf den er geschrieben hatte: ›So lang wie möglich mit ihm telefonieren.‹

»Noch mal, wie ist es genau passiert?«, nötigte Palm den Bahnmitarbeiter weiter, nachdem er das Telefon laut gestellt hatte, um Bolz mithören zu lassen.

»Diese CDs«, warf Delascasas ein, »habe nicht ich gebrannt. Das hat Rösler getan. Warum, weiß ich nicht. Vielleicht wollte er von dem Geld was haben. Ich kann Ihnen das nicht am Telefon erklären und ich habe Hagemann nichts getan, egal, was Sie da gehört haben.«

»Wer hat dann Hagemann was getan?«, fragte Palm nach.

»Hören Sie, das waren sicher dieselben Idioten, die den Kaminski totgeschlagen haben. Das sind alles Vollidioten. Ich kann mit denen ja nicht mal reden …«

Damit brach Delascasas das Gespräch ab.

Bolz sagte trocken: »Die Chance besteht, dass er zu Hause war. Dann fangen ihn unsere Leute in Cannstatt ein. Wenn nicht, haut er ab. Aber Hochachtung, Palm, den haben Sie ganz mordsmäßig vorgeführt. Und jetzt spekulieren wir wieder.«

»Bei Hagemann und Kaminski haben wir gehört, waren es ›dieselben Idioten‹, und Delascasas kann mit ihnen nicht mal sprechen. Ganz klar: Er kann kein Albanisch.«

Palm erinnerte sich an Bolz' Bemerkung über das Band. Könnte einen Sinn ergeben, dachte er. Ein journalistischer Reflex indes mahnte ihn, dass die Bösen nicht immer die sein durften, wie es eben dem Klischee entsprach: Böse Albaner ermorden braven deutschen Banker.

»Gut, wir haben ein paar Puzzleteile mehr als vorher. Ob sie zusammenpassen, ist bisher nicht raus. Spekulieren wir etwas weiter, Bolz, und sagen, dass das mit dem Auftragsmord stimmt. Wer ist der, oder sind die Auftraggeber? Dass es einfach dieselben Idioten sind, wie Delascasas sagt, ist nicht plausibel. Warum soll ein und derselbe sowohl einen Mord an Kaminski als auch einen an Hagemann in Auftrag geben? Dazwischen fehlt was. Und wenn Delascasas bloß seinen Arsch retten will und uns Unsinn erzählt?«, spann Palm seine Gedanken weiter.

»Halt«, konterte Bolz. »So, wie er reagiert hat, müsste aus dem Zeugs, das wir leider nicht abspielen konnten, hervorgehen, dass Delascasas der Täter ist, entweder für den Kaminski-Mord oder den Anschlag auf Hagemann. Rösler muss das mitgekriegt und die CDs gebrannt haben. Wofür auch immer. Rösler weiß also, was drauf ist. Auf zu Rösler.«

»Nein«, erwiderte Palm, »das bestätigt nur, was wir jetzt schon wissen.«

»Eben nicht«, blieb Bolz hartnäckig. »Rösler weiß, wer die Gesprächspartner sind, wer Kaminski oder Hagemann ermorden lassen wollte. Sie hatten gar nicht so unrecht. Vielleicht lösen wir das Ding heute, Palm. Das kostet Sie ein Fläschle oder zwei, und zwar aus dem Weingut der Stadt Stuttgart, mindestens.«

24

Endlich hatte Hanne einen Zettel mit ihrer eigenen Telefonnummer gefunden. Zahlen waren nicht ihr Ding. Hoffentlich hatte Palm es wenigstens angeschaltet. Er hatte.

»Hier rufen die Leute für dich an und wundern sich, dass du nicht an dein Handy gehst. Schon das zweite Mal einer vom Tagblatt, du solltest dich melden. Hab gesagt, du rufst zurück.«

»Okay, mach ich.«

»Und dann war da noch deine Ex, das heißt Frau Palm, die Gattin«, sagte Hanne spitzbübisch.

»Was wollte sie?«

»Weiß ich nicht. Ich konnte gar nichts sagen. Sie dachte wohl, du seist am Apparat. Sie hat irgendwie rumgezickt, wie du Björn mit einem Polizeiauto heimbringen lassen konntest. Das sei das Letzte. Die Nachbarn …«

»Ist in Ordnung, Hanne«, grinste Palm. »Ich ruf überall zurück. Aber meld dich bitte, wenn was Wichtiges reinkommt.«

»Hat für mich jemand angerufen?«, fragte Hanne.

»Nee, im Unterschied zu mir gönnt man dir einen ruhigen Sonntag.«

»Mann, bist du wichtig«, höhnte Hanne und beendete das Gespräch.

Palm musste sich unbedingt in der Redaktion melden und tippte die Nummer. Am Apparat war der Bühler Toni.

»Mann, JJ, sollte eigentlich ein ruhiger Sonntagsdienst werden. Etwas Erntedank-Nostalgie, etwas Cannstatter Wasen, und danach eine halbe Seite Mord und Totschlag, sprich JJ. Wo bleibst du, wann lieferst du. Sogar unser lokaler Gottvater Schlehe hat sich aus Südtirol gemeldet. Er investiert in ein Auslandsgespräch. Merkst du was? Bis halb sechs brauch ich von dir einen 5.000-Zeichen-Riemen, Aufmacher, über Kaminski, daneben einen 2.500-Zeichen-Kasten. Schlehe will mal auf den Putz hauen lassen, so ungefähr ›vom Nesenbach in die Champions League, wenn es sein muss mit der Brechstange im Hauptbahnhof‹. Wahrscheinlich hat er zu viel Lagrein beim Frühschoppen verkostet. JJ, hast du das verstanden?«

»Das wird megaeng, Toni. Ich bin mitten in der Recherche, nur halbes Zeugs. Eigentlich ist das zu früh für die ganz große Geschichte«, dämpfte Palm die Erwartungen.

»Wo lebst du eigentlich. JJ, unser Stadt-Insider und 21-Guru hat zum Mord im Bahnhof nix zu schreiben. Sollen wir uns morgen von den Kurierleuten in Aufzug und

Kantine angrienen und auslachen lassen? Von den Lesern mal ganz zu schweigen. Du kannst hier einfach anrufen und mir ein paar Infos durchgeben. Aber dann nicht um halb sechs, sondern spätestens um fünf!«

Sich von Bühler schreiben zu lassen, jagte Palm einen Schauer über den Rücken. Bühler war ein Topredakteur, konnte Rohlinge zu etwas Geschliffenem verarbeiten. Ihn jedoch das schreiben zu lassen, worunter danach sein Kürzel stehen sollte, löste bei Palm auf der Stelle Rückenversteifungen aus. Zu diskutieren gab es dennoch nichts. Die Lage war klar. Palm musste seinen Job machen, wusste nur nicht wie.

»Wann«, hatte Palm eine Idee, »wann haben wir eigentlich zum letzten Mal mitten am Tag ein Extrablatt rausgebracht?«

»Was soll das?«, bläffte Bühler, »heute gibt es Onlineausgaben. Das muss vor meiner Zeit gewesen sein.«

»Macht man nur, wenn wichtigste Geschichten definitiv nach Redaktionsschluss passieren, aber sofort rausmüssen«, erläuterte Palm. »Frag mal Hesse«, das war der Chef vom Dienst. Ziemlich der Letzte, der neue Vorschläge oder Überraschungen, generell planwidrige Umdispositionen dieser Art mochte.

»Und aus welchem Grund? Wir stehen da wie Typen, die es nicht gebacken kriegen.«

»Er soll mich anrufen, aber warte, ich hab 'ne andere Handynummer«, und gab die von Hanne durch.

Palm und Bolz hatten sich darauf verständigt, dass Palm nochmals mit Rösler Kontakt aufnehmen sollte, während Bolz sich seiner polizeilichen Aufgabe widmete, Delascasas als Tatverdächtigen einzufangen. Auf dem Weg zur Autobahn wählte Palm mehrfach Rösler an, doch niemand meldete sich. Erschwert wurden die Kontaktversuche dadurch, dass Hannes Handy mit Palms Freisprechanlage nicht zusammenpasste und er alles mit einer Hand bewältigen musste. Kurz darauf meldete sich Hesse.

»Wer hat dir denn die Hirnwindungen verzwirbelt? Toni spricht von Extraausgabe und wirres Zeugs. Heute Abend um halb zehn wird die Landausgabe verladen und zwar vollständig, ohne weiße Seiten und ohne ganzseitige Fotos von süßen Eisbärbabys aus der Wilhelma oder bis zum Bauchnabel dekolletierten Promi-Weibern im Dirndl auf dem Wasen. Junge, du musst liefern!«

»Mach ich, aber nur die ganze Geschichte. Wir haben das Ding fast im Sack. Es fehlen vielleicht ein oder zwei Stunden, dann diktiere ich euch die Story direkt auf die Platte«, versprach Palm Großes.

»Soll ich das ernst nehmen oder ist das eine elende Notlüge?«, bohrte Hesse nach.

»Das ist die Wahrheit. Ich bin direkt dran mit einem Kripomann, wahrscheinlich haben wir den Täter demnächst.«

»Bist du jetzt Reporter oder spielst du Kommissar, nach dem Motto ›JJ ermittelt‹? Bist du sicher, dass dir dieser heiße Reifen nicht gleich um die Ohren fliegt? Außerdem: Es gibt hier einen Polizeibericht. Wir brauchen auch irgendetwas über diesen modernen Biathleten im Wald, Schießen vom fahrenden Mountainbike. Setzt sich vielleicht als neue Disziplin bei Olympia durch. Wobei das ein anderer machen kann.«

»Ich glaube, dass ich für beide Geschichten was habe,

aber das wird Nacht, Leute, das geht im Moment noch nicht«, machte Palm weiter Versprechungen.

»Jetzt pass mal auf«, setzte Hesse zu einer Absprache an. »Wenn du sicher bist, dass du in der Nacht was liefern kannst, das uns vor alle anderen schiebt, einschließlich den Bildexpress-Pappnasen, die wahrscheinlich ein ganzes Rudel von Blindfüchsen in die Weltgeschichte geschickt haben, um was rauszufinden. Wenn du das garantieren kannst, JJ, riskier ich meinen Job für dich.« Hesse wurde langsam neugierig.

»Ich red mit den Versandfritzen und es gibt keine Landausgabe. Wir machen nur eine Ausgabe für alle fertig und drucken alles in einem Rutsch. Wenn das schiefgeht, flieg ich, weil die Auftraggeber für die Beileger morgen unseren Verlagsboss grillen. Die wollen ihre Kohle zurück und im Zweifel Schadensersatz wegen entgangener Umsätze. Du kennst das alles.«

»Wenn alles klappt, mein lieber Hans-Peter, wirst du auch ein Held und das hier ist der Beginn einer wunderbaren Freundschaft, schwör ich dir«, biederte sich Palm an.

»Und wenn nicht, komm mir nie wieder …«

»… unter die Augen«, ergänzte Palm. »Dann treffen wir uns in der Schlange, wenn wir unsere Stütze abholen.«

Bei Palm begann sich Nervosität Bahn zu brechen. Er hatte Dinge versprochen, die er nur erahnte. Wenn er falschlag, hatte er seinen Job und seine berufliche Reputation verspielt. Erst privat alles in Stücke hauen und dann im Job …, war er von Sinnen? Wo war die Grenze der Vernunft, die ihm hätte gebieten sollen, dass man mit dem, was man bisher im Leben geschaffen hatte, nicht Roulette spielte? War denn alles mit ihm durchgegangen? Hesse hatte er nun voll in die Gefahrenzone hineingezogen. Bei anderen Aktivitäten in seinen jüngeren Jahren hatte er ab und zu ein ähnlich riskantes Spiel getrieben, nur war das Glück bisher im entscheidenden Moment mit ihm. Konnte er sich darauf verlassen? Einer seiner Freunde hatte ihm einst erklärt, Menschen änderten sich nicht, sie handelten immer nach demselben Schema, lediglich auf immer neuen Feldern. Man könne sein Verhalten vorübergehend ändern, nicht seine Persönlichkeit. War er demzufolge ein hoffnungsloser Fall?

Was Palm zupasskam, war seine Fähigkeit, den Gedanken an etwas Bestimmtes zu verdrängen, auszublenden. Momentan ging es darum, denjenigen zu finden, der alles wusste. Rösler. Einhändig versuchte er erneut, ihn zu erreichen. Endlich mit Erfolg.

»Rösler«, ertönte diesmal tatsächlich eine Frauenstimme, nicht die hohe Männerstimme Röslers.

»Frau Rösler?«

»Ja.«

»Hier Palm. Ist Ihr Ehemann zu sprechen? Ich bin gerade auf dem Weg nach Heidelberg.«

»Ach«, sagte Frau Rösler, »da kehren Sie besser um. Mein Mann ist zurück, hier in Stuttgart. Ich hab nur sein Handy genommen. Er telefoniert gerade mit dem anderen Telefon. Kann ich ihm was ausrichten?«

»Nein, geben Sie mir bitte Ihre Adresse. Ich muss mit Ihrem Mann sprechen.«

»Wer sind Sie denn?«

»Ich habe Ihren Mann wegen einer wichtigen beruflichen Angelegenheit in Heidelberg besucht. Wo wohnen Sie denn?«

»Ja, das ist hier in Feuerbach, Banzhalde.«

»Super, ich bin gerade auf dem Weg zur Autobahn, praktisch gleich bei Ihnen.«

Über den Stuttgarter Westen war Palm Richtung Autobahn unterwegs, bis zu Rösler waren es keine fünf Minuten mehr. Allerdings müsste Rösler unbedingt zu Hause bleiben, denn er war die Fundstelle für das fehlende Puzzleteil, davon war Palm überzeugt.

Röslers Wohnung lag im ersten Obergeschoss eines im Treppenhaus gepflegt wirkenden Mehrfamilienhauses und Palm war gespannt, ob Rösler schon die Flucht ergriffen hatte.

25

Aus dem kleinen Weinberghäusle oberhalb von Uhlbach ließ sich das gesamte Neckartal von der markanten Flussbiegung bei Plochingen bis über Cannstatt hinaus überblicken. Ausflügler und Touristen, die von hier oben, meistens natürlich nicht von einem Weinberghäusle, sondern von der Kapelle am Rotenberg aus, über die Landschaft blickten, waren sich meist uneins, ob diese Aussicht herrschaftliche oder eher gemischte Gefühle hervorrief. Die Fernsicht war unstreitig herrlich. Das, was die Bewohner inzwischen aus dem Tal selbst gemacht hatten, war ein Teil der Wirtschaftsgeschichte des Südwestens. Hafenanlagen, Daimler-Werke und tausend andere Industriebetriebe, Bundesstraßen und Hausbau sorgten dafür, dass von der einstmals lieblichen Flusslandschaft ein komplett überbauter Uferbereich und das kanalisiert dahinfließende Wasser übrig waren. Um die Ader für Natur und Romantik anzusprechen, musste man den Blick weiter nach oben richten und die über allen Ansiedlungen unverändert reifenden Reben betrachten. Wer die richtige Blickhöhe wählte, konnte die von unten in das Bild der Rebenlandschaft stoßenden Kirchtürme entdecken sowie die sich bis auf die Halbhöhe erstreckenden Weindörfer.

Als Delascasas aus dem Weinberghäusle ins Tal blickte, hatte er für landschaftliche Reize keinen Sinn. Erst wenn der Eigentümer dieses Hangs zur Weinlese anrückte, würde man ihn entdecken oder er schnell verschwinden müssen. Bis dahin würde ihn hier niemand finden. Die CDs, die dieser Schreiberling ihm geklaut hatte – wie konnte er sie einfach herumliegen lassen? –, waren die einzige Spur, die zu ihm führte. Rösler, der irgendetwas mitgekriegt hatte, zumal Schnüffeln und jede Art von Indiskretion sein Metier waren, hatte sich die Telefonate heruntergezogen. Wie kam er nur darauf? Ja klar, Rösler wühlte respektlos in den Daten aller herum, teilweise für Hagemann und teilweise, weil er wahrscheinlich gar nichts anderes mehr machte. Rösler hatte sogar Hagemann überwacht und dazu gelegentlich abhören lassen. Daher hatte Delascasas schon überlegt, ob man dem widerlichen Treiben nicht mit einem kleinen Hinweis an die bahninterne Revision ein Ende machen sollte. Seit die politischen Wellen über wesentlich harmlosere Aktivitäten vehement hochgegangen waren, wusste man, dass man auf einem Pulverfass saß.

Dabei war Delascasas deshalb in Deutschland, weil sein Vater diese Art von Regime und Befindlichkeit hinter sich lassen wollte. Als sein Vater in den späten 30er-Jahren als Sohn eines deutschen Einwanderers mit spanischem Namen zur Welt kam, war Uruguay auf dem Weg, ein wohlhabendes Land zu werden. Großvater Delascasas hatte nach der Ankunft in Montevideo auf einem Landgut angeheuert und stieg in der Hierarchie der Landarbeiter auf der Latifundie schnell auf. Mit großem Bankkredit kaufte er sich bald eine eigene Estanzia und brauchte nur noch eine Ehefrau, die er in einer der Töchter seines ehemaligen Chefs fand. Damit stand der Karriere des Einwanderers Häussler in dem Land im Norden des Rio de la Plata nichts mehr im Wege. Zum Familienglück fehlten Kinder, die in absehbarer Zeit folgen sollten. Als Erstes Carlos Valdos Vater, Ruben Walter, danach ein weiterer Sohn und zwei Töchter. Ruben Walter konnte der Viehzucht indes nicht viel abgewinnen. Er wurde Ingenieur und begann Ende der 50er-Jahre mit einem Job bei einer Telefongesellschaft in Montevideo und lernte dort die Tochter eines deutsch-jüdischen Mediziners kennen. Nach einigem Hin und Her konvertierte sie zum Katholizismus und einer Heirat stand nichts mehr im Wege. Auch die Kinder des Paares wurden katholisch getauft, weil das Sitte war, Religiosität im eigentlichen Sinne stand nicht dahinter. Insgesamt war die Uru-Gesellschaft, die sich komplett aus europäischen Einwanderern rekrutierte, zu liberal und laizistisch gesonnen, als dass man Glaubensfragen zu einem anhaltenden Problem aufgeblasen hätte.

In den 60er-Jahren litt Uruguay ebenso wie sein großer Nachbar Argentinien schwer unter dem weltweiten Verfall der Preise für Agrarprodukte. ›Die Schweiz Südamerikas‹ geriet in eine schwere Wirtschaftskrise und das System wurde von linksradikalen Revolutionären infrage gestellt. Die Stadtguerilla der Tupamaros verunsicherte die Gesellschaft des Landes. Auch Ruben Walter, obwohl Sohn eines nach wie vor wohlhabenden Vieh- und Pferdezüchters, gewann der Befreiungsideologie einigen Reiz ab. Als in den 70er-Jahren die Militärs das Ruder übernahmen, geriet Ruben Walter in das Fadenkreuz der neuen Inquisitoren. Aufgrund seiner Kontakte zu ostdeutschen Agenten, die von Kuba aus die Stadtguerilla unterstützt hatten, gelang es ihm samt seiner Familie, Frau Nadine und den Kindern Carlos Valdo und Ines, über Kuba in die DDR auszureisen.

Als Telekomspezialist fand Ruben Walter erst in Ostberlin und später in Thüringen bei Robotron einen Job. Seine Frau konnte sich mit dem grauen Land in Europa ganz und gar nicht anfreunden, die Kinder zeigten mehr Anpassungsvermögen.

Carlos Valdo erhielt in Ostberlin einen Studienplatz für Nachrichtentechnik und arbeitete nach dem Studium kurz in der sich aufbauenden EDV-Abteilung der ostdeutschen Reichsbahn. Nach der Wende gelangte er schließlich über die mit der Deutschen Bahn vereinigte Reichsbahn nach Stuttgart.

Hier im Weinberg saß Delascasas in einer selbst gewählten Falle. Verpflegung hatte er fast keine mitgebracht, zwei Literflaschen Wasser und drei Bananen, dazu musste er seine Wohnung zu schnell verlassen, außerdem würde bald die Weinlese beginnen. Fürs Erste suchte ihn hier keiner, was ihm nach dem Durcheinander der letzten Tage endlich Zeit zum ungestörten Nachdenken bot.

26

Das Wohngebäude, in dem sich Röslers Etagenwohnung befand, machte einen gepflegten, aber unauffälligen, durchschnittlichen Eindruck, bis zur Souterraindecke grau verputzt, darüber weiß, eine schmale Einfahrt zu drei Garagen hinter dem Haus. Zu sehen war dort von der Straßenseite aus allerdings nur ein mit Holzpfählen umschlossenes und von einem Blechdach gegen Regen geschütztes Karree für Mülleimer aller Art, schwarze, grüne und braune Tonnen. Diese Ensembles gereichten einem Haus bislang nie zur Zierde. Seit zunächst die Europäer in Brüssel, dann die Volksvertreter in den Parlamenten und schließlich die kommunalen Verwaltungen in Deutschland beschlossen hatten, ihre Wähler und Bürger kollektiv zu Profis für Mülltrennung weiterzubilden, wurden diese Ausdrucksformen postmoderner Skrupel über die Lasten der eigenen Existenz für den Globus immer umfänglicher und zu festen optischen Akzenten einfacher und mittelständischer Wohngebiete.

Während die Wohnungstüren im Erdgeschoss und die Röslers Wohnung gegenüberliegende weiß, glatt und langweilig, mit ebensolchen Türschildern und Klingeln in bester Baumarkt-Ästhetik gehalten waren, hob sich der Eingang zu Röslers Wohntrakt deutlich ab. Die Tür war aus hellem Buchenholz, ohne Deckfarbe darüber, in der Mitte der Tür befand sich ein Schild aus dickem, poliertem Messing mit großen schwarzen Metallbuchstaben, in zwei Zeilen darauf angebracht: ›Lotte und Martin Rösler‹. Da die Haustür offen stand, klingelte Palm erst an der Wohnungstür. Nach draußen drang nicht etwa ein schriller Ton, sondern ein wohliger breiter Gong in der Tonlage zwischen D oder E, wie Hobbymusiker Palm herauszuhören glaubte.

Nach Ablauf einer knapp zehn Sekunden währenden Anstandspause öffnete Lotte Rösler die Tür, nicht einen Spalt, sondern recht exakt bis zu einem 90-Grad-Winkel.

»Sie sind Herr Palm«, sagte Frau Rösler. »Bitte kommen Sie herein, mein Mann erwartet Sie im Wohnzimmer.«

Palms Vorstellung von Röslers Wohnung war nicht besonders konkret gewesen, aber in jedem Fall anders. Statt in einen standardmäßig geradeaus laufenden Flur trat Palm in einen großzügig bemessenen fünfeckigen Eingangsbereich, dessen spitzes Ende direkt gegenüber der Wohnungstür lag. Nach links konnte er durch eine breite Glastür direkt in eine große Küche sehen, daneben ging es ins Wohnzimmer. Auf der rechten Seite, fast an die Wohnungstür grenzend, führte ein kleiner Flur vermutlich zu Schlafzimmer und Bad. Im Unterschied zu den kahlen, rau verputzten Wänden des Treppenhauses waren die Wände der Rösler'schen Wohnung mit geschmackvollen Aquarellen geschmückt, deren Motive Landschaften und Häuser mediterraner Gegenden waren. Hätte Palm nicht gewusst, dass es sich hier um einen Bahn-Bediensteten im IT-Bereich handelte, hätte er als Bewohner dieser Etagenwohnung ein bildungsreisendes Lehrerehepaar vermutet, zierte doch im Wohnzimmer die linke große Wand ein vermutlich aus Afrika stammender bunt bemalter Totemstab mit dicken Federn, die an bunte Staubwedel erinnerten.

Rösler saß in einem alten Ohrensessel mit Holzlehnen, der sich vom Rest der modernen Möblierung stark abhob. Als Palm ins Wohnzimmer trat, stellte Rösler eine für das sonstige Ambiente viel zu klobige, rote Kaffeetasse auf einen Zinnuntersetzer ab.

»So schnell sieht man sich wieder«, sagte Rösler auf eine gedehnte, langsame Art, die signalisieren sollte, dass er dem Gespräch mit Palm gefasst und mit innerer Ruhe entgegensah.

Palm brachte die unerwartete Szene etwas durcheinander. Er hatte einen nervösen Gesprächspartner erwartet. Nun präsentierte sich Rösler wie der Fels in der Brandung. Das einzige, was nicht dazu passte, war die hohe Stimme mit dem Fistelton.

»Ich dachte, Sie dürften aus der Kurklinik gar nicht

weg. Wie sind Sie überhaupt nach Stuttgart gekommen? Sie hatten doch kein Auto in Heidelberg mit. Sie durften bestimmt nicht ans Steuer …«

»Schon mal was von einem Taxi gehört?«, fragte Rösler mit etwas Arroganz und leicht hochgezogenen Augenbrauen.

»Und was brachte Sie dazu, auf so kostspielige Art so schnell nach Hause zu eilen?«, fragte Palm.

»Warum Eile. Man überlegt, entscheidet und tut, was man tun muss. Und der Taxifahrer fuhr unter strenger Einhaltung der Straßenverkehrsordnung bis hierher. Warum erzähl ich Ihnen das überhaupt? Sie sind ja gar nicht von der Polizei, Sie tun nur so.«

Die coole Nummer, die Rösler abzog, hatte Palm erst etwas aus dem Konzept gebracht. Nun sammelte er sich.

»Ihre vorzeitige Rückkehr hat einen Grund, besser gesagt einen Namen: Delascasas.«

»Gut, den Namen hab ich Ihnen selbst gegeben, weil ich dachte, Sie wollten Daten über Hagemann. Jetzt musste ich hören, das Sie sich weit mehr für meinen Mitarbeiter interessieren.«

»Das hat seinen Grund. Er hat es Ihnen erzählt, nehme ich an«, schaltete Palm auf einen lapidaren, unterkühlten Ton um.

»Eines mal vorab. Sie sind, wie gesagt, kein Polizist und sicher auch kein Jurist. Mit den CDs, die Sie sich unter den Nagel gerissen haben, ist nichts zu beweisen. Das sind Kopien, wenn nicht Kopien von Kopien. Da kann viel dran manipuliert worden sein, dass die nie und nimmer bei einem Verfahren als Beweise herangezogen und anerkannt würden.«

»Wenn das so ist – warum dann die lebenserhaltende Kur abbrechen und zurück nach Stuttgart. Was treibt Sie hierher?«, argumentierte Palm.

Rösler, so schien es Palm, musste einmal auf eine Schauspielschule gegangen sein. Wie zum Gebet legte dieser die Handflächen unter dem Kinn aufeinander, drehte sich direkt zu Palm, um ihm fest in die Augen zu sehen, und sagte mit überraschend tiefer Stimme, die beinahe männlich klang: »Ich muss dem armen Teufel helfen, bevor er irgendeinen Unsinn macht.«

Rösler sprach offensichtlich von seinem Mitarbeiter Delascasas. Zunächst verwendete er etwas Zeit darauf, zu höhnen, wie viel Aufwand es Palm wohl gekostet habe, aus den CDs überhaupt etwas herauszuhören. Dafür benötige man eine bestimmte Software und wo Palm die aufgetrieben haben wolle, sei eines der Rätsel, an denen er in den letzten Stunden intensiv herumgeknabbert habe und setzte mit der Vermutung, Palm bluffe vielleicht nur und habe gar nichts gehört, noch eins drauf.

»Was soll's, Sie haben die Scheiben, na und«, akzeptierte Rösler.

Die Erklärung, zu der Rösler ansetzte, geriet für Palms Zeitkorsett zu langatmig. Er intervenierte, es gehe um die Frage, wie Delascasas an Kaminskis Ermordung und am mutmaßlichen Mordanschlag auf Hagemann beteiligt gewesen sei. Palm drohte, direkt den ermittelnden Hauptkommissar anzurufen und auf Rösler anzusetzen.

Rösler entgegnete, dass er als Schlaganfallpatient eigentlich nicht vernehmungsfähig sei und dass dies nicht nützen würde.

Palm musste sich gedulden, sofern er das Notwendige erfahren wollte.

Nach einer viertel Stunde Bahninterna und Hintergrund von Delascasas' Lebens- und Berufsweg kam Rösler mit seiner Schilderung langsam zurück auf die Gegenwart. Von den durch Hagemann Erniedrigten und Beleidigten war die Rede, schließlich das Interesse dieser informellen Gemeinschaft Hagemann-Geschädigter, dem Bösewicht eine Lektion zu erteilen. »Das ist eine gewisse Verharmlosung«, wandte Palm ein. »Mord dient nicht der Besserung des Delinquenten, das ist etwas Endgültiges.«

»Niemand auf der Welt will Hagemann ermorden oder ermorden lassen. Der Mann sollte nur ermahnt werden«, behauptete Rösler.

»Gut, demnach sind Sie an der Sache beteiligt«, griff Palm den Bahnmann direkt an.

Rösler verneinte in aller Ruhe und erläuterte, dass er durch seine Wachsamkeit mitbekommen habe, was sich zusammenbraue, und einen Vertrauten damit beauftragt habe, die Polizei zu verständigen, damit nichts Schlimmes passiere.

»Der soll also am Donnerstagmorgen bei der Polizei angerufen und den Mord an Kaminski angekündigt haben? Das passt nicht zusammen, es ging doch um Hagemann«, hielt Palm dagegen.

»Das alles kann man nur kapieren, wenn man die Geschichte aus einer Perspektive sieht, die wir leider nicht kennen«, sinnierte Rösler.

Minutiös legte Rösler dar, wie Delascasas von einem der Hagemann-Geschädigten angesprochen worden sei, um einen Denkzettel für Hagemann zu organisieren.

Hagemann sollte nicht nur für die Vergangenheit verwarnt und abgestraft, sondern darüber hinaus für die Zukunft verunsichert werden. Dazu wollte man ihn kräftig zusammenschlagen lassen und ihm auch Kopien von Aufnahmen, CDs, zustecken, die klarmachten, dass er nicht nur überwachen ließ, sondern auch selbst überwacht wurde, inklusive Aufnahmen mit Elli Kaminski. Diese waren zwar nicht kompromittierend, wären jedoch für Hagemann ein eindeutiges Zeichen dafür gewesen, dass es Leute gab, die über die Affäre Bescheid wussten. Man habe erfahren, dass Hagemann am Donnerstagmorgen von Berlin zurückkomme und den abgelegenen Keller aufsuchen wollte, wo er vermutlich Material versteckte. Da er befürchtet habe, dass die von Delascasas angeheuerte Schlägertruppe unter Umständen zu weit gehen würde, habe sein Vertrauter der Polizei den Hinweis zukommen lassen, es solle in den Kellern des Bahnhofs in wenigen Minuten eine Gewalttat gegen einen Manager verübt werden. Sobald die Polizei mit den Maintenance-Leuten der Bahn in besagtem Kellerbereich aufgetaucht sei, sei es leider zu spät gewesen. Dass Bahnmanager Hagemann unversehrt herumgestanden, stattdessen Bankmanager Kaminski erschlagen im Kellerraum gelegen habe, könne ausschließlich einen Grund haben: »Ganz einfach: Kaminski war zur falschen Zeit am falschen Ort. Die Typen, die Delascasas organisiert hat, um Hagemann, sagen wir mal, vielleicht ein paar Rippen zu brechen, kannten Hagemann nicht. Vielleicht hat man ihnen ein Bild gezeigt und sie wussten nur, dass in einem Kellerbereich des Bahnhofs, wo sich sonst keine Menschenseele aufhält, ein Mensch auftauchen würde, der für sie niemand anderes als Hagemann sein konnte.«

»Ach du grüne Neune«, stöhnte Palm, »eine Verwechslung. Allerdings sind Rippen brechen und den Schädel einschlagen zwei unterschiedliche Paar Stiefel.«

»Sehen Sie, das ist es, was einen verrückt machen kann. Niemand weiß, was da los war.«

Palm war wie elektrisiert. Von Rösler verabschiedete er sich fluchtartig. Den Kaffee, den Lotte ihm in einer Tasse Ludwigsburger Porzellan gereicht hatte, ließ er unberührt stehen. Er musste Bolz erreichen.

27

Inzwischen hatte Bolz eine Fahndung eingeleitet. Delascasas war nicht in seiner Wohnung. Eine Nachbarin hatte ihn mit dem Fahrrad wegfahren sehen.

»Wir müssen Hagemann zusätzlichen Schutz zukommen lassen«, sagte er zu Palm am Telefon. »Wer weiß, was dieser Carlos sonst noch alles anstellt.«

»Vermutlich nicht mehr viel«, versuchte Palm ihn zu korrigieren. »Wenn das stimmt, was ich von Rösler gehört habe, müssen wir uns umorientieren. Anscheinend ist Kaminski aus Versehen erschlagen worden, eine Verwechslung.«

»Aber der Carlos«, Bolz nannte nie den Nachnamen, da ihm der zu lang und kompliziert erschien, »steckt mit drin. Ich muss ihn suchen.«

Palm wusste nicht, wie er Bolz, der sich in vollem Schwung auf Verbrecherjagd befand, auf die Schnelle aufklären sollte. Und in der Tat, man musste Delascasas stellen.

»Ja, haben Sie den Fuchs, diesen Obergeschädigten?«, fragte Bolz.

»Nein, Mist, den hab ich glatt vergessen«, gestand Palm.

»Mein junger Kollege, wenn ich Sie so nennen darf, so können wir nicht arbeiten. Zurück zu dem Rösler, der muss den rausrücken!«

Palm wurde immer klarer, dass er es bei Bolz mit einem echten Kripomann zu tun hatte, der zudem das hatte, was jeder Journalist dringend brauchte: ein gutes Gedächtnis. Im Stil eines Gangsterfilms aus den 50ern riskierte Palm einen U-Turn quer über die in die Straße eingelassenen Straßenbahnschienen, wie es sie in Feuerbach immer noch gab. An der Straße von Röslers Wohnhaus, das er vor wenigen Minuten verlassen hatte, war sein Parkplatz inzwischen von einem ähnlichen Daimler wie dem seinen belegt, allerdings von einem Vor-Vorgänger-Modell und mit einer Karlsruher Autonummer.

Die Haustür stand nach wie vor auf und Palm hastete in den ersten Stock hoch. Sein Läuten wurde schneller beantwortet als beim ersten Mal, als ob Lotte Rösler hinter der Tür gewartet hätte.

»Entschuldigen Sie bitte, ich habe etwas Wichtiges vergessen«, keuchte Palm und ging ohne weitere Einladung von Frau Rösler direkt in die Wohnung und ins Wohnzimmer. Rösler war nicht allein, er hatte einen neuen Besucher. Beide blickten den eintretenden Palm aufgeschreckt an wie auf frischer Tat ertappte Kaufhausdiebe.

»Entschuldigen Sie bitte«, hob Palm erneut an, »ich habe etwas vergessen, Herr Rösler. Können Sie bitte …«

»Kommen Sie erst mal rein und setzen sich«, spielte Rösler den ganz Coolen und stellte die beiden Männer gegenseitig vor: »Das ist Herr Fuchs, ein alter Kollege von mir bei der Bahn. Wir treffen uns ab und zu.«

Palm war darauf nicht vorbereitet und er entschloss sich deshalb, einfach die Wahrheit zu sagen. »Dann hat sich meine Frage an Sie erübrigt, Herr Rösler. Ich wollte Sie nämlich nach Herrn Fuchs fragen.«

Fuchs hörte dies interessiert und ergriff das Wort. »Wenn es schon um mich geht: Warum suchen Sie nach mir und vor allem, wie kommen Sie auf mich?«

»Sie scheinen mit einem gewissen Herrn Hagemann bei der Bahn kein gutes Verhältnis zu haben.«

Fuchs lachte laut los. »Der muss erst noch geboren werden!«, rief er.

»Wer?«

»Na, der mit dem guten Verhältnis zu Hagemann. Das war echt gut, können Sie sicher öfter bringen.«

Palm erklärte, dass er verschiedentlich als einer der Menschen genannt worden sei, der eine Rechnung mit Hagemann offen habe.

»Und jetzt?«, fragte Fuchs. »Soviel ich weiß, ist Hagemann nichts zugestoßen. Lebt nach wie vor in wichtigster Position und wie die Made im Speck oder soll ich sagen, wie die Wanze unter der Schreibtischplatte? Warum die Sorge?«

Palm wollte nicht weiter erläutern, dass dies unter Umständen nur einem grotesken Zufall zu verdanken sei, und verlegte sich auf den Vorfall im Wald. Nachdem er den Hergang erzählt hatte, war es wieder Fuchs, der fragte: »Und wie kommen Sie auf mich? Seh ich aus wie ein Mountainbiker? Abgesehen davon war ich bis vor eineinhalb Stunden in Karlsruhe.«

Palm wies darauf hin, dass die Polizei, wie er sich ausdrückte, zwischen dem Mord an dem Banker Kaminski und dem Anschlag auf Hagemann einen Zusammenhang sehe.

Da ging Rösler dazwischen und erklärte barsch: »Das ist die falsche Richtung. Mit dem Denkzettel, der für Hagemann gedacht war, hat Herr Fuchs überhaupt nichts zu schaffen.«

Immer mehr hatte Palm das Gefühl, dass Rösler der allwissende Strippenzieher – mit Sicherheit nicht nur der stille Beobachter – der kriminellen Vorgänge bei der Bahn war.

Allerdings war Rösler zur fraglichen Zeit als Schlaganfall-Rekonvaleszent in der Reha-Klinik in Heidelberg. Röslers Reden und Reaktionen deuteten mitnichten darauf hin, dass hier jemand dabei wäre, wesentliche Reflexe und Hirnpartien erst wieder in Schwung zu bringen.

Palm verabschiedete sich ein zweites Mal aus Röslers Wohnung und ließ sich in seinem Wagen über die Auskunft mit der Klinik in Heidelberg verbinden. Palm verlangte nach dem leitenden Arzt.

»Wir haben hier Sonntag. Der Einzige, den ich Ihnen geben kann, ist Oberarzt Dr. Sorge.«

Der diensthabende Oberarzt hatte, wie Palm befürchtete, Rösler nicht behandelt.

»Natürlich weiß ich, welcher Kollege ihn behandelt hat. Das war Professor Niemann. Aber wenn's nicht gerade um Leben oder Tod geht, hat er derzeit sicher keine Lust, seinen Sonntag mit Leuten zu verbringen, die einen seiner Patienten suchen.«

»Genau darum geht es aber«, sagte Palm fast wahrheitsgemäß.

»Wo ist denn Herr Rösler? Er kann sich bei mir melden.«

»Herr Rösler ist zu Hause und dazu müsste ich den Professor dringend befragen.«

»Hören Sie, was ist das für ein seltsames Spiel? Wenn es Gründe gibt, Professor Niemann aufzustöbern, muss das entweder ein Kollege begründen, ein Richter oder die Polizei.«

Palm musste akzeptieren, dass er als Hilfskraft aus der Laiensphäre nur eine begrenzte Reichweite hatte. Also Bolz. Den hatte er telefonisch schnell ins Bild gesetzt. Tatsächlich gab Dr. Sorge an Bolz eine Handynummer des Professors heraus.

Niemann war über den Anruf am Sonntagabend not amused und gab sich zugeknöpft. Arztgeheimnis und dann noch am Telefon. Das sei allerhand. Bolz wisse ja, wie man korrekt eine Auskunft erwirke.

Bolz sah, dass es einiger Notlügen bedurfte.

»Sie hätten Rösler nie unbeaufsichtigt lassen dürfen. Er hat sich selbst mit seiner Flucht aus der Klinik in höchste

Gefahr gebracht. Er braucht dringend ärztliche Hilfe, sonst wird er sich nicht mehr regenerieren können.«

»Das haut dem Fass den Boden aus. Was Sie hier erzählen, kann nicht annähernd wahr sein«, rief der Professor empört in den Apparat. »Wenn die ganzen letzten Wochen irgendeiner gar keinen Arzt gebraucht hat, war das Herr Rösler. Der hat unsere Zeit und das Geld seiner Krankenkasse verschwendet. So einen Simulanten hatte ich bisher nie!«

»Herr Professor«, sagte Bolz, »ich danke Ihnen für das Gespräch.«

Bolz gab seine Erkenntnisse umgehend an Palm weiter.

»Das war eine rituelle Absenz. Der Mann hat sich mit einem Pseudoschlaganfall ein Alibi verschafft. Rösler ist das Zentrum der ganzen Story. Das Gute ist nur, er hält sich für so schlau, dass er gar nicht auf die Idee kommt, abzuhauen. Er glaubt, er habe alles im Griff. Das ist unsere Chance. Lassen wir ihn in dem Glauben. Und Sie sagen mir, was wir als Nächstes machen, Herr Privatdetektiv Palm.« Bolz schien in bester Laune zu sein und gab die Antwort gleich selbst: »Wir gehen zu Hagemann und treffen uns vor seinem Haus. Sagen Sie Ihrem Navi Marquardtstraße. Zuerst müssen wir miteinander sprechen, bevor wir reingehen.«

Vor Hagemanns Haus setzte sich Palm zu Bolz ins Auto. Auf der Durchgangsstraße, von der die Marquardtstraße abzweigte, war talwärts ununterbrochener Verkehr. Die Rückkehr der Tagesausflügler setzte ein. Langsam, ab 17 Uhr, wurde es auf der Alb ein paar Grad kühler und die temperaturempfindlichen Stuttgarter waren längst zur Rückfahrt aufgebrochen. Bolz setzte Palm kurz über die letzten Ereignisse ins Bild. Delascasas verschwunden, Hagemanns nur im Haus, kein Spaziergang, nicht einmal mit dem Hund, nach außen kein Lebenszeichen.

Bolz erläuterte Palm, dass sie mit Hagemann nun eine ausgiebige Runde des Spiels ›guter Onkel, schlechter Onkel‹ durchführen würden. Palm sei der böse Onkel und weil er viel über Hagemann wisse, müsse er an den entscheidenden Stellen drohen, damit Bolz als der gute Onkel in Aussicht stellen könne, dass man bei Einsicht und Kooperationswillen des Delinquenten vielleicht nicht so schlimme Strafen vollziehen würde. Das in Kürze aufzuführende Theaterstück reizte Palm ungemein, jedoch hatte er regelrecht Bammel, neben dem ausgebufften Profi Bolz keine gute Figur zu machen. Verschiedene Varianten der Gesprächsführung spielten sie kurz durch, der Rest musste improvisiert werden. Palm gewann immer mehr Respekt, wenn nicht Hochachtung vor Bolz, obwohl der ganz der pflichtenstrenge und biedere Polizist war, der selbst an einem Tag wie heute nicht auf Kaffee und Zwetschgenkuchen verzichten wollte.

Jetzt wurde es ernst. Er musste darauf achten, gegenüber dem älteren Profi die kritische Distanz zu wahren, die er als Journalist nie verlieren durfte. Sie gingen zu Hagemanns Haustür und läuteten.

»Ich hatte Sie früher erwartet. Sie hatten im Auto wohl noch einiges zu bereden«, begrüßte sie Hagemann, der vor seiner Haustüre alles zu beobachten schien.

»Wo ist Ihre Frau?«, fragte Bolz.

»Sie schaut mit den Kindern oben einen uralten James-Bond-Film an. Sie braucht etwas Abwechslung und unsere Kinder finden das toll.«

Nachdem sie sich an den Esstisch gesetzt hatten und Hagemann jedem ein Glas Wasser auf den Tisch gestellt hatte, wollte Bolz mit der Vorstellung beginnen. Für Aufschub sorgte Dino, der aus der Küche trottete und zunächst Palms Hand beschnupperte. Anschließend setzte sich das Tier, seinem untrüglichen Instinkt für Hierarchien folgend, nach kurzem Beschnüffeln von Schuhen und Hose neben Bolz' Stuhl.

Bolz hob an. Die Erkenntnisse über die gezielte Überwachung von Bahnmitarbeitern, initiiert durch Hagemann, hätten ein Ausmaß von bahninterner, gesetzeswidriger Spionage an den Tag gebracht, dass man sich über Hagemann, völlig unabhängig von den Vorgängen um Kaminski und dem Anschlag auf ihn, selbst größte Sorgen machen müsse. Strafrechtliche Untersuchungen stünden an, Beruf und gesellschaftliche Stellung seien vollumfänglich bedroht mit allen Folgen für ihn und seine Familie. Innerhalb seiner Familie berge dazu das Verhältnis mit Frau Kaminski, nun Witwe Kaminski, jede Menge Ungemach.

»Das ist beendet«, versicherte Hagemann wie ein Schüler, der nach den Hausaufgaben gefragt worden war. »Elli, das heißt Frau Kaminski und ich haben heute Mittag telefoniert. Wir werden uns nicht wiedersehen.«

»Gut«, sagte Bolz, »aber was war, war halt.«

Palm hielt es für angebracht, seinen ersten Stoß in die Rippen zu versetzen.

»Für jeden Zeitungsleser ist das mindestens so spannend wie der Mord an Kaminski. Um nicht zu sagen, der wird dadurch erst richtig interessant.«

»Das ist ja die Höhe«, regte sich Hagemann auf. »Ich frage mich, ob dieser Journalist überhaupt ein Recht hat, an einem Gespräch zwischen Ihnen und mir teilzunehmen«, schimpfte er an Bolz gewandt.

»Ich denke, es ist für Sie besser, wenn wir hier die Möglichkeit haben zu besprechen, was von all den Dingen irgendwann im Tagblatt stehen soll oder eher nicht. Ich kann das natürlich auch allein entscheiden«, zeigte sich Palm als böser Onkel.

»Ist ja okay«, sagte Hagemann, »bisher haben wir erfolgreich kooperiert, warum nicht weiter so?«

Bolz malte die Vergehen gegen sämtliche Datenschutzbestimmungen der Bahn selbst sowie des Gesetzes weidlich aus und befand: »Alles Übel, das Ihnen zustoßen kann, kommt von dort. Daher müssen wir wissen, wer dies einerseits als Drohpotenzial, andererseits als Motiv für einen Racheakt gegen Sie einsetzt. Anders können wir Sie nicht schützen.«

Hagemann verwies auf Rösler, der müsse dies wissen, ihm habe er Palms Namen genannt. »Sind Sie auf die Idee gekommen, dass Rösler dies für seine Zwecke nutzen könnte?«, fragte Bolz.

»Das glaube ich nicht«, entgegnete Hagemann. »Man beißt nicht die Hand, die einen füttert. Rösler wird weit übertariflich bezahlt, wenn es irgendeine Möglichkeit gab, hat er eine Prämie, eine Sonderzahlung oder geldwerte Vorteile bekommen.«

Es stellte sich indes heraus, dass Hagemann von Röslers angeblichem Schlaganfall und Klinikaufenthalt nichts wusste.

»Vielleicht hatte er keine Möglichkeit, mir davon etwas zu sagen«, suchte Hagemann eine Erklärung. »Und die Mitarbeiter um ihn herum auch nicht, wie es scheint«, ergänzte Palm.

Bolz versuchte Hagemann davon zu überzeugen, dass unter den Leuten um Rösler ein Prozess in Gang gesetzt worden sei, der ihn treffen sollte und nur per Zufall nicht traf.

»Wenn ich die letzten Wochen vor meinem geistigen Auge ablaufen lasse, waren Sie derart in Ihr geliebtes 21-Projekt vertieft, dass Sie etwas anderes gar nicht mehr wahrnahmen«, stellte Palm klar. »Für die Informationen, die Sie für Ihre Zahlen brauchten, hatte Rösler längst alles manipuliert. Sie waren so weit, dass es lediglich darum ging, die Spuren zu tilgen. Was Sie und Ihr Projekt anging, war Rösler nicht mehr gefragt. Er hatte ein paar ziemlich peinliche Erkenntnisse über manchen Management-Kollegen in der Hinterhand. Sobald Sie Bedarf daran haben würden, wohlgemerkt. Mittlerweile war er dabei vorzusorgen, dass man im Zweifel auch für Ihren Fall Material sammelt.«

»Wie, Rösler sammelt Material über mich?«, fragte Hagemann überrascht.

»Ja, beispielsweise für Dr. Erhard«, setzte Palm den zweiten Rippenstoß. »Überlegen Sie mal, wenn irgendetwas hochkocht, braucht Erhard einen für alle Kalamitäten verantwortlichen Sündenbock. Und Rösler einen obersten Chef, der weiß, dass er ihn braucht.«

Da Hagemann augenblicklich einen weitgehend ratlosen Eindruck machte, schien es Bolz angebracht, Möglichkeiten der Erlösung von den drohenden Höllenqualen anzudeuten.

»Was wir nicht vorhaben, ist, Sie vor aller Welt der Lächerlichkeit preiszugeben. Wir wollen Aufklärung, nicht jemanden an den Pranger stellen. Aber dazu müssen Sie uns helfen.«

»Und wie?«, fragte Hagemann flehentlich.

»Wir sind doch keine Politiker«, sagte Bolz.«Anders gesagt, das 21-Projekt interessiert uns nicht. Was Sie da an Zahlen hin- und hergebaggert und wen dabei geleimt haben oder leimen wollten, ist uns völlig wurscht. Das Projekt würde das vielleicht nicht überstehen, klar. Interessiert uns allerdings überhaupt nicht. Ihre privaten Heimlichkeiten genauso wenig. Wir müssen zuerst einmal wissen, wen Sie oder Rösler in der Vergangenheit so in die Zange genommen haben, dass die Ihnen an den Kragen wollten. Es werden ja nicht Tausende sein!«

Hagemann konzentrierte sich wie vor dem Aufsagen eines langen Gedichts und wollte zuvor von Palm wissen: »Dass und was wir bisher gemeinsam am Bahnhof miteinander beredet haben, bleibt weiterhin unter uns, off the records?« Hagemann hoffte weiterhin, dass er als Informant unverzichtbar sei und damit einen unschlagbaren Trumpf in der Hand hielt. Bolz, dem nicht klar war, welches Zugeständnis Hagemann damit von Palm erbat, gab Palm ein Zeichen einzulenken. Palm nickte.

»Dazu gehören sämtlich Dinge, die Sie im Zuge unserer Kontakte über mein Privatleben erfahren haben?« Palm nickte erneut, was Bolz nicht unbedingt verstand. Warum dieses Druckmittel so schnell loslassen?

Bolz hatte sich gerade zum ersten Mal, seit Palm mit ihm unterwegs war, einen kleinen Schreibblock und einen Stift aus der Jacke geholt. Hagemann begann mit Vorfällen, die Jahre zurücklagen, und Personen, deren Namen Palm teilweise gehört hatte, allerdings nicht im Zusammenhang der Nachforschungen während der letzten Tage, sondern zuvor in den zahlreichen vertraulichen Gesprächen mit Hagemann zum 21-Projekt. Eine Menge der bahninternen und politisch wichtigen Entscheidungen hatten mit diesen Personen zu tun. Inzwischen waren diese, insgesamt vier an der Zahl, weg von der Bahn. Dies hatte dazu beigetragen, dass die Diskussionen und Entscheidungen im Sinne immer freundlicherer Kalkulationen der Gesamtkosten beschleunigt wurden. Bolz notierte die Namen und gab sie seiner Polizeidienststelle durch. Unter den Namen befand sich auch Fuchs.

Inzwischen war es dunkel und Palm fürchtete, er müsse seinem Chef vom Dienst mitteilen, dass er sich mangels in Aussicht gestellten Textes eventuell eher Fotos von Trägerinnen groß ausgeschnittener Dirndl oder von einem putzigen Eisbären aus der Wilhelma besorgen sollte, um die für Palms Aufmacher vorgesehene Seite der Montagsausgabe des Tagblatts einen Ersatz zu haben.

Da meldete sich Palms, das heißt Hannes Handy: »JJ, deine Ex macht Stress. Schon dreimal dieselbe Nummer auf dem Display. Ich gehe gar nicht ran.«

»Danke, ich kümmere mich drum.«

»Ich muss mal kurz anrufen«, sagte Palm und ging auf die Terrasse. Inge war sauer. Björn mit dem Polizeiauto heimbringen zu lassen, sei ›das Allerletzte‹.

»Ich versteh dich, aber wir sind hier in einer absoluten Ausnahmesituation. Kann ich dich morgen anrufen?«

»Du mich anrufen? Wäre mal was Neues. Versuch's halt, bis dann.«

Palm hatte das Gefühl, in einem Mehrfrontenkrieg zu stecken, und sein Instinkt sagte ihm, dass er damit anfangen musste, an einer oder zwei Seiten Frieden herbeizuführen. Zurück an Hagemanns Tisch allerdings, war erneut sein Potenzial als böser Onkel gefragt.

Bolz versuchte Hagemann zu entlocken, wie man auf Rösler Druck ausüben konnte. Palm fiel nochmals der Stuttgarter Bahnchef ein.

»Es wird nur die Alternative geben, Dr. Erhard in die Geschichte einzuweihen und ihn sozusagen als Gottvater entscheiden zu lassen, wen er schonen will. Rösler oder Sie. Sich selbst wird er in jedem Fall schonen wollen.«

Hagemann kapierte. Wenn er nicht die Personen und Gründe dafür lieferte, Rösler in die Zange zu nehmen, und das bedeutete, Namen zu nennen, war er von vornherein das Bauernopfer, das die Bahn brachte, um wieder Ruhe ins Land zu kriegen.

»Dann geht aber das ganze 21-Projekt mit«, meinte Hagemann.

»Dem trauern Sie sicher nach. Alle anderen bei der Bahn sehen unter Umständen nur, was ihnen an Ärger erspart bleibt. Die Zahl Ihrer Mitstreiter könnte sich schnell minimieren«, kommentierte Palm diese Perspektive.

»Gut«, zeigte Hagemann einen Anfall von Klarblick

für seine Situation. »Sagen Sie ihm, sonst würden Sie seinem Mitarbeiter Delascasas offenbaren, dass er dessen Kontakte in seine alte Heimat den Urus und den US-Leuten gesteckt hat. Sagen Sie das einfach.«

Bolz und Palm schauten sich kurz in die Augen, standen auf und verabschiedeten sich. Auch Dino erhob sich und gab, sobald die Gäste zur Tür hinaus waren, leise Jaul- und Mauztöne von sich.

28

Rösler und Fuchs berieten nach dem Gespräch mit Palm, wie es weitergehen konnte. Für Rösler war klar, dass seine Zeit bei der Bahn zu Ende sein würde. Ob Delascasas je wieder auftauchen würde, um ihn final anzuschwärzen oder ob Hagemann seinen Kopf aus der Schlinge ziehen konnte, war fast egal. Röslers Abteilung und alles drumherum würde in jedem Fall untersucht werden, dass für ihn no future angesagt war. Im besten Falle ohne großes gerichtliches Nachspiel. Dafür standen die Chancen nicht schlecht, denn Dr. Erhard hatte allen Grund, seine schützende Hand über Rösler zu halten. Blieb allerdings die Frage, wie gut Erhard das Spiel mitspielen konnte, aber dafür hatte Rösler eigentlich zu viel dokumentiert, um es bei Bedarf auf den Tisch bringen zu können. Alle Aufträge, die er für Erhard über Hagemann und die geschassten Kollegen angefertigt hatte, waren dokumentiert. Erhard war unzweifelhaft als Auftraggeber zu identifizieren. Er musste ihn so weit schützen, dass nicht der GAU drohte, Jobverlust käme jedoch auf jeden Fall. Von den derzeitigen Verantwortlichen im gesamten IT-Bereich würde niemand bleiben können.

»Das war's dann mit Sonderurlaub, Afrikareisen und gepflegtem Lebensstil, mein Lieber«, höhnte Fuchs. »Dann werden wir eben wieder einfache Leute.«

»Du vielleicht«, spielte Rösler den schlitzohrigen Strategen. »Für mich stelle ich mir was anderes vor.«

»Das da wäre?«, wollte Fuchs Genaueres wissen. »Nachdem die Vollidioten, die dein famoser Delascasas angeheuert hat, den Banker totgeschlagen haben, ist von dem nichts mehr zu holen, vermute ich.«

Rösler bestätigte, das würde nicht gehen. Was ihn dagegen an eine Idee erinnerte, die ihm nach dem Tod des Bankers bereits gekommen war. Um diese weiter zu verfolgen, musste er den tumben Fuchs erst mal loswerden.

»Wie lange fährst du nach Karlsruhe?«, fragte er Fuchs.

»Ich seh, du willst mich loswerden.« Fuchs blickte auf die Uhr. »Um diese Zeit, halb sieben, wenn es gut läuft eine Stunde.«

Fuchs hatte verstanden und verabschiedete sich.

Rösler hatte die verschiedenen finanziellen Vorteile, die er bei der Bahn durch die Gunst und den Informationsbedarf der Herren Hagemann und Erhard genoss, unter anderem in aufwändige Reisen, aber auch technische Schmankerl angelegt, für die er ein starkes Faible hatte. Neben einer teuren Hi-Fi-Anlage mit extrem gut auf seinen Wohnraum ausgelegten Boxen eines Manufakturbetriebs aus Göppingen, der diese edlen Akustikteile individuell zurechtschnitt, hatte sich Rösler ein Satellitenhandy zugelegt. Mit dem konnte man weltweit und ohne Funkloch telefonieren. Die Nummer war nirgendwo zuzuordnen, man war absolut sicher, dass sich hier keiner einklinken konnte. Tja, Kaminski war tot, da hatte Fuchs recht. Aber es gab seine Witwe. Ob der tote Kaminski zur Vermeidung eines Skandals in Stuttgart je richtig Kohle hätte rüberwachsen lassen, wusste man nicht. Was jedoch mit der Witwe war? Die musste in diesem Großstadt-Dorf weiterleben. Und selbst wenn sie das nicht wollte: bewegte Bilder und Fotos über Beisammensein mit einem, der immerhin im Verdacht stand, ihren Ehemann gemeuchelt zu haben, das konnte sie nicht wollen. Eigentlich war sie die viel bessere Adresse für eine ordentliche Abschlagszahlung, um den ganzen Ärger vom Hals zu haben. Erhard würde ihn vor dem Zugriff der Justiz schützen und die Witwe Kaminski würde sein weiteres Auskommen absichern. Rösler konnte Licht am Ende des Tunnels erkennen. Lange zu warten, wäre aber ein Fehler, dachte er. Im Moment hat die Witwe keinen Plan, war verunsichert. Wenn sie jetzt peinlich exponiert würde, nicht auszudenken. Wer so angeschlagen war, gab ein dankbares Opfer ab. Und was mit Kaminski leider nicht mehr zu besprechen war, würde Rösler mit seiner Witwe regeln. Im Groben hatte er den Plan zusammen. Nur einen Dummkopf wie Fuchs, den durfte er in diese Planung nicht mit hineinnehmen. Diesmal musste er ganz allein handeln.

Mit einem erneuten Besuch von Palm, diesmal sekundiert von einem Hauptkommissar Bolz, hatte Rösler indes nicht gerechnet. Die coole Haltung vom Nachmittag bei den Besuchen Palms aufrechtzuerhalten, fiel ihm sichtbar schwer. Genauso gelang es ihm nicht, ein Gespräch für die Themen zu initiieren, die seinen Desinformationszielen dienten. Details über von Hagemann an ihn gegangene Aufträge zur Überwachung von Daten auf allen denkbaren Gebieten interessierten weder Palm noch Bolz. Als man an der Stelle angelangt war, wo Rösler mit der ganz großen Keule gedroht werden sollte, musste Bolz mit seinem Handy auf den dunklen und inzwischen kühlen Balkon ausweichen.

Im Weinberg über Uhlbach hatte ein Anwohner aus dem Dorf einen Lichtschein aus einem Weinberghäusle dringen sehen und vermutete Feuer. Die herbeigerufenen Feuerwehrleute zogen, als sie nahe daran waren, den Schlauch erst gar nicht zu dem winzigen Gebäude. Jedes Anzeichen eines Brandes fehlte, und als sie sich der Hütte genähert hatten, stellten sie fest, dass das Licht gelöscht war und niemand öffnen wollte. Einfach den Kopf rauszustrecken mit der Frage, was los sei, und zu versichern, alles sei in bester Ordnung, hätte vielleicht genügt, um Ruhe zu haben. Delascasas jedoch bebte vor

Angst und rührte sich nicht. Dies nahmen die Feuerwehrleute zum Anlass, die Polizei zu rufen. Landstreicher, Penner oder im Weinberg spazierende junge Pärchen, die sich für eine Stunde oder zwei eine Behausung suchten, waren vielen Wengertern* ein Dorn im Auge und von denen waren unter den freiwilligen Feuerwehrleuten genügend. Folglich die Polizei. Öffnen wollte keiner, der Eigentümer war nicht aufzutreiben, deshalb nutzten die Polizisten das Handwerkszeug der Feuerwehrleute. Ein Stemmeisen, ähnlich dem, mit dem der arme Kaminski erschlagen worden war, kam zum Einsatz. Als die Beamten in der winzigen Hütte den riesigen Delascasas auf einem mickrigen Melkschemel hocken sahen, erschraken sie.

Mangels Papieren und Auskunftsfreudigkeit des aufgelesenen Hüttenbesetzers beschrieb man die Erscheinung des Mannes der Polizeidienststelle und verglich sie mit der laufenden Fahnung in Cannstatt. Es konnte nur der gesuchte Carlos Valdo Delascasas sein. Bolz überlegte. Nichts fragen, nichts tun, einfach in die Zelle stecken, bis er irgendwann da sei. Für das Gespräch mit Rösler war dieser Zufall ein echter Fortschritt. Man könnte Rösler endlich die von Hagemann empfohlenen Alternativen vortragen und in Aussicht stellen, Delascasas wieder auf freien Fuß zu setzen, was Rösler in größte Angst versetzen müsste. Bolz kam vom Balkon zurück in Röslers Wohnzimmer: »Man hat Delascasas gefunden. Ich glaube, wir sollten ihm Bedenkzeit geben und ihn einfach nach Hause bringen«, sagte Bolz.

»Sie wollen den Tatverdächtigen laufen lassen?«, rief

* Weingärnter

Rösler, »das ist ja wohl die Höhe! Das ist verantwortungslos!«

»Heute Nachmittag sagten Sie mir, Delascasas könnte gar nichts für das, was passiert ist«, gab Palm zu bedenken.

»Halt, halt, halt, ich sagte, was er vorhatte, sei schiefgelaufen«, hielt Rösler dagegen.

»Gut«, besann sich Palm auf Hagemanns Empfehlung. »Jetzt hört der Herr Hauptkommissar mal weg und ich verrate Ihnen etwas. Wenn Delascasas wieder frei rumläuft, wie man das als braver Bürger in Stuttgart tun kann, würde ich ihn mit der Nachricht beglücken, dass Sie seine Kontakte in die alte Heimat, über die Sie ständig einen Überblick hatten, an die Urus und an US-Sicherheitsleute weitergegeben haben.«

Rösler rang nach Luft. »Das ist eine infame Lüge. Nichts habe ich, gar nichts, ich kenne weder Urus noch US-Sicherheitsleute, was soll das?«

»Wir diskutieren hier nicht darüber, ob das stimmt oder nicht, sondern dass ich es Delascasas mitteilen würde.«

»Was könnten Sie denn erzählt haben?«, schaltete sich Bolz ein.

Rösler schien ins Reden zu kommen. Delascasas sei eigentlich ein Spross aus reichem Hause. Das Dumme sei nur gewesen, dass dies seinen mit der Familie in die damalige DDR emigrierten Vater nicht interessiert habe. Entsprechend leer sei er ausgegangen, als das Vermögen des Großvaters, des als Häussler ausgewanderten späteren Vieh- und Pferdezüchters, unter den in Uruguay verbliebenen Geschwistern aufgeteilt worden sei. Delascasas' Vater habe man ausgeblendet. Widerrechtlich, versteht sich, auch nach dortigem Gesetz. Denn mit ein klein wenig Mühe hätte man die Spur des verlorenen Sohnes aufnehmen und ihn finden können. Wahrscheinlich hatte man die notwendigen Informationen über seinen Verbleib. Finden wollte ihn jedoch niemand. Nun, als IT-Bediensteter bei der Bahn, erhielt Delascasas ein höchst durchschnittliches Auskommen und dazu aus einer Tätigkeit, die ihn nicht unbedingt täglich aufs Neue begeistere. Dass er darüber hinaus in eine Art Drecksarbeit für die Karriereziele Hagemanns und den sich seit Jahren hinziehenden politischen Hickhack über das 21-Projekt hineingezogen worden sei, habe ihn angekotzt. Um dem Ganzen die Krone aufzusetzen, habe er wahrscheinlich gesehen, dass die Oberen sich gegenüber ihm, Rösler, erkenntlich zeigten, er aber nur als kleines Rad gelte, das sich eben mitzudrehen habe. Was läge da näher, als sich das dem Vater und damit auch ihm vorenthaltene Erbe zu besorgen. Dazu bedürfe es allerdings einiger Penunzen: Flüge und Aufenthalte in Uruguay, Anwaltskosten, langwierige Verfahren, eventuell Bakschisch für die dortigen öffentlichen Stellen. Woher nehmen? Bestimmt nicht als Rücklage vom Bahngehalt. Aus diesem Grund habe sich Delascasas an Geschäften beteiligt, die einerseits Geld, andererseits Risiken mit sich brachten. Unter anderem falsch und elektronisch umdeklarierte Lieferungen von unter Embargo stehenden Gütern über Deutschland und Uruguay nach Kuba. Elektronik, feinste Gerätschaften für die Genossen des Maximo Lider Fidel. Für die elektronische Bereinigung aller Daten verfüge Delascasas über das nötige IT-Knowhow und die notwendigen Englisch- und Spanischkenntnisse. Er, Rösler, habe das mitbekommen, aber nie ein Sterbenswörtchen weitergegeben. Nur Hagemann, den habe er vorsichtshalber warnen müssen, da das Ärger bringen konnte.

»Herrn Dr. Erhard haben Sie, wie das Ihre Pflicht als guter Zuarbeiter ist, auch gleich informiert, nehme ich an«, ergänzte Palm verständnisvoll.

»Nur ganz grob, die Details wollte er nicht wissen«, sagte Rösler.

»Und wenn Delascasas der Meinung sein sollte, das sei weitergegeben worden?«, legte Palm gleich die ganze Hand in die Wunde.

»Dann bringt er mich um, Sie würden mich ans Messer liefern. Das wäre Anstiftung zum Mord!«

»Die juristische Würdigung überlassen wir lieber denen, die dazu berufen sind«, klinkte sich Bolz wieder ein.

Inzwischen war es fast 21 Uhr. Palm erinnerte sich an seinen Chef vom Dienst. Langsam musste er sich dort erklären und auf jeden Fall hier weg. Zumal die Geschichte langsam Konturen erhielt. Was er liefern könnte, war der erste Teil einer Art Fortsetzungsgeschichte. Genau, dies würde er Hesse verkaufen, die Geschichte in Raten als eine Art Marketingtrick. Montag ankündigen, die Woche über in Raten durchziehen. Spannung erzeugen, Auflage steigern, Tagblatt als Marke für die fundiertesten und heißesten Storys im Land etablieren. Das musste er platzieren.

»Ich mach einen Vorschlag. Herrn Bolz erzählen Sie die ganze Geschichte, die am Donnerstag ablief, in allen Einzelheiten. Ich muss währenddessen meinen Arbeitgeber besänftigen. Bolz, wir vertagen uns auf Mitternacht am Telefon, ich muss weg.« Bolz nickte und machte eine zustimmende Handbewegung, die Palm aus dem Gespräch entließ.

Als sich Palm in der Redaktion meldete, war Bühler am Apparat und erklärte ihm, dass er sofort sprechen sollte, damit man mitschneide und die Geschichte anschließend abtippen könne. Von einem Kasten war keine Rede mehr, wichtig war augenblicklich, den Aufmacher zu retten.

»Gut, ich sprech gleich in die Tüte, Toni. Gib mir vorher noch mal den Hesse.«

Palm dachte, er müsse Hesse die Sache erklären und die Story-in-Raten-Strategie verkaufen. Hesse machte jedoch den Eindruck, als habe er nicht mehr mit Stoff für den Aufmacher gerechnet.

»Mein lieber JJ, du bist heute eine einzige Enttäuschung. Und jetzt willst du liefern. Wir haben hier die geilsten Bilder von Mädels in Wasen-Dirndln mit den herrlichsten Einblicken, die du je hattest. Weiße, Schwarze, Braune, Blonde, Hübsche und Hässliche mit Möpsen, davon kannst du nur träumen. Damit würden wir Auflage machen. Selbst Analphabeten würden sich morgen das Tagblatt kaufen. Wir haben endlich mal was Superscharfes vorgesehen, um die Seite zuzukleistern. Und ausgerechnet jetzt willst du liefern, wie langweilig! Story in Folgen über die ganze Woche, stinklangweilig! Die Leute wollen was sehen, nicht lesen. Wir haben die Woche anders geplant. Morgen bringen wir vom Wasen die schönsten Titten, am Dienstag Ärsche und am Mittwoch, ja rate mal …«

Hesse schien vollkommen durchgeknallt. Palm wollte bereits alles vertagen, da wurde Hesse schlagartig ernst: »Ich stell dich zurück an Toni, sprich deutlich, buchstabier die Namen alle vorwärts und rückwärts und sieh zu, dass du in 20 Minuten zu Ende gelabert hast. Der Toni muss das schließlich in flüssige Prosa bringen. Sonst gibt's 'ne Briefbombe. Tschüss!«

Palm hatte verstanden.

29

Nach dem Abspann des ›Tatorts‹ am Sonntagabend schaltete Inge den Fernseher normalerweise aus oder wechselte das Programm. Die darauffolgenden Sendungen unter Leitung einiger Fernsehladys waren für sie unerträgliche Aufkochorgien längst bekannter Thesen und Positionen zu allen politischen Themen, vorgetragen zumeist in der Pose staatstragender Verantwortung, egal ob von Politikern, Gewerkschaftern, Unternehmern, Kirchenleuten oder aus Proporzgründen eingeladener Normalos. Alles angesiedelt zwischen Langeweile und Peinlichkeit, verstärkt durch zwanghafte Thesenwiederholung, die allen politisch Tätigen zu eigen sein schien.

Dies alles konnte Inge nicht ab. Wenn sie noch Energie hatte, las sie entweder in einem schwedischen Krimi oder sah sich einen solchen im ZDF an. ›Kommissar Beck‹ fand sie immer wieder spannend, wenn auch etwas zu spät im Programm angesiedelt, lagen zwischen Ende des ›Tatorts‹ und dem Beginn der schwedischen Krimireihe immerhin 15, manchmal 30 Minuten, was die Bettruhe auf Mitternacht verschob.

Gleichwohl bot die Pause zwischen den TV-Morden Gelegenheit, die Buben vom PC weg und in Richtung Bett zu schicken. Bei Björn war dies gelegentlich etwas schwierig, der 17-Jährige hatte dafür wenig Einsehen. Mit einer gewissen Konsequenz hatte Inge es jedoch geschafft, dass man sich trotz Murren fügte. Dem nächsten Krimi-Erlebnis ab 22.15 Uhr stand nichts mehr im Wege.

Das Klingeln des Telefons um diese Zeit war außergewöhnlich. Vielleicht rief ein Klassenkamerad von einem der Kinder an, um sich zu vergewissern, dass am Montag die erste Stunde doch nicht ausfiele. Es meldete sich aber JJ, ihr Ehemann.

»Es ist schon etwas spät, ich weiß«, sagte Palm.

»Ja, was gibt's denn?«

»Kann ich noch vorbeikommen oder bist du schon im Bett?«

»Selbst dann dürftest du vorbeikommen, als Ehemann und hier gemeldeter Bewohner. Hast du eigentlich noch einen Schlüssel?«

»Ja, aber nicht dabei. Bin in zehn Minuten da«, sagte Palm.

Als Palm klingelte, stand Inge bereits an der Tür. Sie hatte sein Auto gehört.

»Willst du nicht das Ende sehen?«, fragte Palm mit einem Blick auf den laufenden Fernseher.

»Nee, nee, ich weiß eh, wie es ausgeht.« Inge hatte entweder durch ausgiebige Lektüre oder durch ihre spezifische Kombinationsgabe ein untrügliches Gespür für den Handlungsverlauf von Krimis. Deshalb reichte ihr von einem 90 Minutenstreifen normalerweise eine halbe Stunde, um zu wissen, wie es ausgehen würde. Sie schaltete ab.

»Es ist nicht mehr wirklich früh am Abend, aber ich bin gespannt wie ein Flitzbogen, JJ. Was treibt dich Mann von Welt am späten Sonntagabend in den Hafen der biederen Familie zurück? Dir ist doch nichts zugestoßen?« Etwas Ironie konnte sie sich angesichts des mehr oder weniger kauernd dasitzenden Palm nicht verkneifen. Sie sah Palm an, dass er nach einem anstrengenden Tag vermutlich dehydriert und unterzuckert daherkam.

»Wie dein Tag war, sehe ich dir an. Ich könnte dir in der Mikrowelle etwas Lasagne heiß machen. Björn und Falk hatten heute nur mäßigen Hunger. Am Nachmittag haben sie auf dem Tennisplatz Zwiebelkuchen vertilgt.«

»Ah, das ist mehr, als ich gehofft habe«, sagte Palm wahrheitsgemäß.

»Würde dir etwas Roten dazu anbieten. Ist leider nichts aus dem Piemont.«

»Heut trink ich sogar Trollinger, wenn es sein muss, mit oder ohne Lemberger. Egal«, gab sich Palm bescheiden und legte seinen Lottermantel über einen Stuhl am Esstisch.

»Denk dran, du musst zurückfahren.«

»Ach so«, sagte Palm, als ob er etwas anderes vorgehabt hätte.

Nach den wenigen Minuten der Zubereitung freute sich Palm am Aufgewärmten mit einer Intensität, die Inge an die Essgewohnheiten ihrer Söhne erinnerte, was ihr ein »Ja, sag mal« entlockte. Zuvor hatte sie mit mahnendem Blick und wortlos auf Palms Mantel gedeutet und den Zeigefinger in Richtung Garderobe gereckt. Palm kam dies bekannt vor, er verstand.

Inge setzte sich wieder auf die Couch, legte die kleine Decke, die sie gern als Fußwärmer nutzte, auf die Seite, lehnte sich weit zurück, den Kopf auf die Rückenlehne gestützt und den Blick an die Decke gerichtet: »Was möchtest du mir sagen, was treibt dich um und hierher? Mir fällt nichts ein.«

Palm aß tatsächlich erst einmal zu Ende, denn eine plausible Antwort fiel ihm nicht ein.

Inge wurde neugierig. »Na gut, nimm noch einen Schluck. Ich warte.«

Palm wusste beim besten Willen nicht, was er Inge sagen sollte.

»Ehrlich gesagt, ich weiß es nicht. Vielleicht wollte ich nur heimkommen.«

Inge schaute Palm mit einer Mischung aus Ungläubigkeit und zur Schau getragenem Mitgefühl an.

»Ich muss jetzt aber nicht vor lauter Gefühlsduselei Tränen vergießen? Du wolltest ›einfach nur heimkommen‹.« Inge weigerte sich, gerührt zu sein. Zudem hatte es Palm etwas anders ausdrücken wollen. Wie er es eigentlich gemeint hatte, wusste er selbst nicht. Alles, was er empfand, war nach wie vor das Gefühl des Vortags, das Gefühl des Verlusts, den er sich selbst zugefügt hatte. Ob er allerdings das Verlorene wiedergewinnen konnte, wusste er nicht. Bis zu diesem Augenblick war ihm nicht einmal bewusst gewesen, dass er das wollte. Palm, der in seinem Beruf tagtäglich vieles formulieren und artikulieren, alles in Worte fassen musste, konnte dies mit seinen Gefühlen und Absichten nicht. Er empfand es nicht als schlimm und verzichtete auf Worte. Von dem Sessel, in den er sich nach dem Essen gesetzt hatte, stand er auf und setzte sich zu Inge auf die Couch. Wenn er einfach den Arm um sie legen würde, würde sie ihn zurückweisen oder gleich rausschmeißen. Deshalb unterließ er es und sagte nichts.

Die Stille durchbrach schließlich Inge und legte ihm den Arm auf die Schulter.

»Du musst dir sicher über einiges klar werden. Ich auch. Ich geh jetzt ins Bett, der Krimi wird zu Ende sein.«

»Ich brauch zurzeit keinen ansehen«, sagte Palm, »ich erlebe selbst einen.«

»Ja, erzähl mal …«

»Du wolltest doch ins Bett.«

»Egal«, sagte Inge und setzte sich in Zuhörposition aufs Sofa.

Palm erzählte all das, was er in den vergangenen vier Tagen seit Donnerstagmorgen an Unglaublichem erlebt hatte und wie weit die Dinge sich bisher erklären ließen, und was nicht. Inge staunte zwar über das Ausmaß der Abgründe im sonst so braven Stuttgart, spann aber bereits weiter, was der Geschichte noch fehlte.

»Es gibt immerhin einen«, arbeitete Inge ihre Theorie aus, »der weiß alles und von Anfang an. Überlege mal: Der hat gesehen, was die anderen vorhaben und hat daneben seine eigene Agenda entwickelt. Der hat den Rest besorgt. Das ist euer fehlendes Glied in der Kette zwischen dem Mord an dem Banker und dem Versuch, dem Bahnmann einen Denkzettel zu verpassen. Das ist alles gleichzeitig passiert, weil einer den Überblick verloren hat.«

Palm wurde wieder hellwach. Inge konnte zwar nichts Genaues wissen, hatte dennoch diese legendäre Intuition für solche Fälle.

»Schau mal«, fuhr sie fort, »der oder die Denkzettelüberbringer waren angeheuert, kannten weder den Banker noch den Bahnmann. Sie sahen den Banker, hielten ihn für den Bahnmann. Er wehrte sich und das war's.«

»Alles klar«, wurde Palm ungeduldig, »und warum war der Bankmann da?«

»Das hast du eben selbst gesagt. Der hat einen Termin ausgemacht, wurde erpresst. Und wer sich dort mit ihm verabredet hatte, kannte den Bahnhof genauso gut wie Hagemann, konnte Türen öffnen, ihn dorthin bestellen et cetera. Sieh mal, der Erpresser hatte sich den Termin ja nicht ausgesucht. Der Banker rief ihn an, weil seine Frau mit ihm Schluss gemacht hat. Deshalb ereigneten sich die Vorgänge zufällig zur selben Zeit, woraufhin die Verwechslung zustande kam.«

»Und wer hat Kaminski dorthin beordert?«

»Kann nur der sein, der alles weiß und den Bahnhof genau kennt und dafür sorgen kann, dass der Banker so weit nach unten in den Bahnhof reinkam.«

»Rösler«, sagte Palm, »nur Rösler war eigentlich nicht da. Der war in Heidelberg in der Klinik und hat vorher irgendwie einen Schlaganfall simuliert, sodass er für alles, was passiert ist, ein Alibi hat.«

»Dann hat er eben machen lassen oder kam zurück aus seiner Klinik«, sagte Inge. »Ich gehe schlafen. Was ist mit dir? Du fährst nach Stuttgart.«

Palm wusste, dass die Zeit für einen Versuch, zusammen mit Inge einen Stock höher zu gehen, noch nicht reif war. Trotzdem wollte er sie spüren lassen, dass er es gern täte.

»Das geht mir etwas zu hopplahopp. Erstens ist zwischen uns nichts geklärt und zweitens sind wir für solche Sponti-Aktionen etwas zu alt, mein Lieber«, sagte Inge.

Palm hörte dies wie eine Erlösung. Sie schickte ihn nicht weg, sie wies ihn nicht grundsätzlich ab. Nur vorerst, so hopplahopp, eben nicht.

Obwohl er den Besuch bei Inge nicht geplant hatte, war er sichtlich glücklich über den Verlauf des Abends.

»Du, ich trink noch einen Schluck und nehme für ein paar Stunden die Couch. Wenn du morgen früh runterkommst, bin ich längst weg«, versprach Palm und wünschte ihr eine gute Nacht. Den Gute-Nacht-Kuss auf die Stirn, den er sich insgeheim wünschte, wie der für einen kleinen Bub von seiner Mama, bekam er nicht. Noch nicht.

30

Elli umfasste die paar Umschläge und Zeitungen mit einer Hand und nahm sie aus dem Briefkasten. An der Straße stand wieder ein anderer Streifenwagen. Man machte sich nach wie vor Sorgen um sie. Den Beamten brachte sie seit Samstagvormittag stets Sprudel, Kaffee und Brezeln vorbei. Der Job muss ätzend langweilig sein, dachte sie sich. Aber es sollte ja zu ihrem Schutz sein.

Sie musste sich angewöhnen, die Post selbst zu öffnen. Bisher hatte sie sich lediglich angesehen, was direkt an sie adressiert war. Und das war das Wenigste. Den größten Teil hatte sie immer Theo hingelegt. Heute gab es Arztrechnungen, Werbung, erste Beileidskarten und ein braunes DIN-A4-Kuvert. Adresse korrekt, Absender keiner. Das schien am interessantesten zu sein. Elli holte tief Luft und setzte sich auf einen der beiden Barhocker an ihrer Küchentheke. Eine ganze Serie von digitalen Bildern auf weiße DIN-A4-Bätter ausgedruckt, überall Norbert und sie zu sehen, kaum verfängliche Situationen, aber eben immer zusammen, entweder auf dem Bahnsteig, in einen Zug steigend oder beim Verlassen eines Abteils, allerdings war dem Foto nicht zu entnehmen, dass es sich um einen Schlafwagen handelte. Was sollte das alles?

Sie drehte eines der Blätter um und starrte auf einen kurzen Text:

Leider konnten wir mit Dr. Kaminski nicht mehr ins Geschäft kommen. Sicher haben auch Sie Interesse an den Bildern. Den Pauschalpreis für alle Fotos dieser Art teilen wir Ihnen gern noch mit. Wir melden uns bald wieder bei Ihnen.

Elli zögerte keine Sekunde und wählte die Nummer auf Bolz' Visitenkarte. Der erwiderte, dass er eine kurze Unterredung mit dem Staatsanwalt hätte, wie weiter vorzugehen sei, und danach vorbeikommen könne. In der Tat war Bolz gleich am Montagmorgen zu Dieterle zitiert worden, der unbedingt die Neuigkeiten erfahren wollte. Bolz hatte allerdings keine Lust, Dieterle umfassend ins Bild zu setzen, da dieser ihn sonst nur blockieren würde. Aus diesem Grund sprach der Kommissar von einem neuen Vorfall, dem er sich widmen müsse. Er berichtete von der erfolgreichen Fahndung nach einem Bahnmitarbeiter, der zum Kreis der Verdächtigen gehöre und der vielleicht geständig sei. Dieterle machte kurz seinem Ärger Platz und fluchte über den Wisch von Tagblatt. Die hatten die Dreistigkeit besessen, Verbindung zwischen dem Mord im Bahnhof und dem Vorfall im Wald herzustellen. Das sei doch total gesponnen, eventuell habe da ein Blödmann rumgeballert, ohne irgendeinen, erst recht nicht Hagemann, im Visier zu haben …

Bolz konnte dem Staatsanwalt in dieser Sache leider gar nicht weiterhelfen und half sich lediglich mit der Floskel, dass halt nicht immer alles stimme, was in der Zeitung stehe. Dort arbeiteten kreative Leute mit viel Fantasie, Dieterle wisse ja …

Dies gefiel Dieterle, sah natürlich alles so aus, als lasse sich der Fall auf eine Geschichte mit wahrscheinlich privaten Motiven, ausgeführt von einem kleinen Licht, reduzieren. Alles Elemente, die den Ball so flach wie möglich hielten. Bolz war halt doch ein guter Handwerker, wenn es um polizeiliche Basistugenden ging.

»Warum wollen Sie zu Frau Kaminski?«

»Sie hat mich angerufen und bittet um ein Gespräch.«

»Gut, dann schwirren Sie mal ab. Falls es ernst wird, gleich Rapport.«

Es fehlte nur, dass Dieterle zum Abschluss des Gesprächs ›Bravo, Bolz, weiter so‹, gesagt hätte.

Bolz hatte, nachdem Elli ihm den Umschlag gereicht hatte, Schlimmeres befürchtet. Allerdings war ihm klar, welche Schlüsse jeder normale Mensch ziehen würde.

»Zu sehen ist eigentlich gar nichts«, sagte Bolz. »Nur, die Menschen haben eine sehr eingleisige Fantasie. Das belastet natürlich nicht nur Hagemann, sondern auch Sie. Man könnte vermuten, hier musste einer weg, der störte.«

»Das ist doch Unsinn!«

Bolz bestätigte ihre Ansicht, gab allerdings zu bedenken: »Für Sie kommt es darauf an, wie die Menschen das betrachten, ob Sie sich weiterhin unter die Leute trauen. Ich bin gespannt, was da noch kommt.«

Bolz berichtete außerdem, was das Tagblatt heute geschrieben hatte. Der Vorfall mit Hagemann im Wald werde in Zusammenhang mit dem Mord an ihrem Mann gebracht, Einzelheiten werde man demnächst nennen können. Zugleich waren Spekulationen zu lesen. Der bislang öffentlich fast unbekannte Hagemann habe eine Schlüsselstellung in dem 21-Projekt der Bahn, das bei seiner Verwicklung in den Mordfall eventuell auf der Kippe stehe. Damit seien alle politischen Stellen, die damit zu tun hätten, nun in Hab-Acht-Position.

»Ist das nicht arg weit hergeholt?«, fragte Elli.

»Ach, Frau Kaminski«, ließ Bolz seinen Empfindungen freien Lauf. »In dieser Szene pinkeln die Verantwortlichen in jede Hose, die man ihnen hinhält.«

Diese Einschätzung gefiel Elli. Ähnlich hatten sich Theo und Norbert des Öfteren geäußert. In vielen Dingen dachten die beiden gar nicht so unterschiedlich, was ihr wiederum zu denken gab.

»Wir müssten Herrn Hagemann informieren«, fiel Bolz ein.

»Das machen am besten Sie, Herr Bolz. Norbert und ich haben gestern miteinander telefoniert und abgemacht, dass wir vorerst jeden Kontakt abbrechen werden.«

»Ja, Sie haben die Beziehung beendet.«

»Na, so würde ich es nicht nennen. Erstmal keinen Kontakt mehr, wie gesagt. Wann das wieder sein könnte, sehen wir derzeit nicht.«

»Ach so«, nahm Bolz dies zur Kenntnis.

»Glauben Sie denn, dass die Erpresser auch den Mord an Theo begangen haben?«, fragte Elli.

»Nicht unbedingt. Die wollten ja Geld von ihm. Weil das nicht mehr funktioniert, kommt man auf Sie zurück. Aber lassen Sie mich das mal mitnehmen. Vielleicht finden wir irgendeine Spur. Und erwähnen Sie das bitte gegenüber niemandem und melden Sie sich bitte bei mir, sobald etwas nachkommt.«

Für Bolz war der Fall inzwischen klar, es fehlte nur der eine oder andere Beweis und den würde er finden. Rösler hatte ihm nach den finsteren Drohungen von Palm eine Menge erzählt, wenn auch, wie es seine Art war, mehr angedeutet als Klartext gesprochen. Und gleich heute Morgen war er aufgebrochen, um den auf der Polizeistation in Cannstatt einsitzenden Delascasas in die Mangel zu nehmen, damit das Bild klarere Konturen bekam. Plausibel schien die Verwechslung, möglich wäre jedoch ein anderes Missgeschick, ausgelöst durch Kaminskis Waffe. Die von Hagemann Geschädigten und Geschassten – insgesamt vier Personen – hatten auf Rösler Druck ausgeübt. Er war derjenige, der es möglich gemacht hatte, die Aufträge von Hagemann und Erhard in die Tat umzusetzen. Man wollte Geld. Bekam man es nicht, würden die Indiskretionen, Datenschutzverletzungen intern und nach außen irgendwie bekannt werden. Rösler war es gelungen, einen der vier, Fuchs, zu dem er früher ein gutes Verhältnis hatte, aus der Viererbande herauszulösen. Ihm versprach er, auf andere Art besser wegzukommen. Um zu zeigen, dass auch er sich von Hagemann geleimt fühlte und nicht auf dessen Seite stand, kam ihm die Idee mit dem Denkzettel. Hagemann sollte verwarnt werden und im wahrsten Sinne des Wortes zu Zahlungen weichgeklopft werden. Das gefiel allen Beteiligten. Nur wie?

Rösler wusste sofort Rat, meinte, er habe einen Mitarbeiter, der von der Statur her als Bierzeltaufseher oder Schiffsschaukelbremser eingesetzt werden könne. Der solle dies besorgen oder jemanden auftun, der das für etwas Kleingeld täte, wenn möglich, professionelle

Kräfte. Delascasas stellte sich hingegen quer. Natürlich habe er einen ordentlichen Hass auf Hagemann, der sie ständig zu Drecksarbeit nötigte. Aber Gewalt? Er käme für diesen Job auf keinen Fall infrage. Gegen eine gewisse Belohnung jemanden anheuern, warum nicht? Rösler habe dies nicht weiterverfolgt, sei ja nur so eine Idee gewesen. Er habe nur mitbekommen, dass Delascasas bei den angeheuerten Kräften 50 Prozent Vorauskasse habe leisten müssen, und schließlich dafür gesorgt, dass an dem Donnerstag die entsprechenden Türen geöffnet gewesen seien, um den Zugang zu ermöglichen. Bekannt sei Rösler und Delascasas gewesen, dass Hagemann nach seinen Ankünften mit dem Nachtzug aus Berlin immer in einen bestimmten Kellerbereich ging, um dort an einem schwer und nicht jedem vom Personal zugänglichen Bereich, wo eigentlich nur altes Werkzeug lagerte, wahrscheinlich Material wie CDs, Bänder als Sicherheitskopie für sich zu hinterlegen. Als die im Einsatz befindlichen Kräfte am Donnerstagmorgen an besagter Stelle einen Mann angetroffen und ihn für Hagemann gehalten hätten, habe der plötzlich eine Waffe gezogen und daraufhin hätten die – wie Rösler sie ständig nannte – Vollidioten sofort zugeschlagen, in der Annahme, sie handelten in Notwehr. Sie hätten ihn eben gleich voll erwischt. So muss es wahrscheinlich gewesen sein, sagte sich Bolz. Wie konnte Kaminski, wenn schon mit Waffe, ohne geladenes Magazin dorthin gehen?

Die Vollidioten, so wieder Rösler, hätten zudem von Delascasas telefonisch die zweite Hälfte des Geldes verlangt, obwohl sie nur Mist gebaut hätten. Er habe sich mit denen, entgegen dem Rat von Rösler, getroffen und ihnen erklärt, was sie angerichtet hätten. Die bestritten alles heftig. Es habe sich um Albaner gehandelt, die nach Meinung Röslers nicht mal lesen und schreiben könnten. Und einen von ihnen finden, davon war auch Bolz überzeugt, werde man nie wieder. Die wären wohl längst auf und davon, wenn nicht in den Kosovo, dann gleich nach Albanien. Dort zu suchen, könne man sich getrost ersparen. Außerdem, überlegte Bolz, wäre das ein nicht einfacher Fall. Zwar hätten die angeheuerten Schläger einem Menschen Gewalt antun wollen, seien dazu allerdings nicht gekommen. Tatsächlich Gewalt zugefügt hatten sie einem, der sie mit einer, was sie nicht wissen konnten, ungeladenen Waffe bedroht hatte. Vermeintliche Notwehr mit einem in der Hektik etwas zu hartem Schlag auf den Kopf … gar nicht leicht zu entwirren …

Delascasas hatte das alles bestätigt, nur mit der Versicherung, es sei nicht darum gegangen, Hagemann zu verprügeln. Man wollte ihn nur mächtig erschrecken. Für den Vorfall im Wald habe er keine Erklärung. Vielleicht habe Rösler, dem alles zuzutrauen sei, ein Extrakommando in Gang gesetzt. Er hatte wahrscheinlich die Absicht, von den Denkzettel-Auftraggebern die zweite Hälfte des Geldes zu erhalten. Mit diesen Erklärungen und Vermutungen lagen die Dinge für Bolz klar.

Unklar blieb für ihn weiterhin der Verabredungspartner von Kaminski. Der, der momentan sein Spiel mit der Witwe weitertrieb. Vielleicht konnte sein Kooperationspartner Palm weiterhelfen.

31

Palm hatte den Montagmorgen redlich früh begonnen, um 6.30 Uhr die Couch in Fellbach verlassen. Dazu hatte Inge ihn allerdings wecken müssen, damit er sich aus dem Staub machte, bevor die Buben ihn oder das Auto vor der Tür gesichtet hätten. In der Olgastraße hatte er sich rasiert, geduscht, frisch eingekleidet, und war um halb zehn als Erster im Lokalressort zur Stelle. Das sollte sich lohnen, zumal der in Südtirol urlaubende Ressortchef Schlehenmayer anrief.

»Ah, JJ, schon bei der Arbeit. Eine echte Überraschung! Heut' hab ich natürlich noch kein Tagblatt bekommen, aber Sie haben über die unselige Geschichte was drin?«

»Ja klar«, begann Palm mit seiner Erfolgsmeldung, »ich glaube, wir haben mehr als die anderen im Blatt. Und vor allem, was bei uns steht, stimmt. Wir haben zudem Stoff für die nächsten Tage, das kochen wir weiter 'ne Weile aus.«

»Prima«, lobte Schlehe, »dann bin ich bald wieder da und kann mich darum kümmern.«

Dies jagte Palm einen gewissen Schauer über den Rücken und er wollte das Thema wechseln.

»Ist bei Ihnen alles in Ordnung, Wetter, Wein?«

»Alles bestens.«

»Ja«, schlug Palm vor, »warum bleiben Sie nicht noch ein paar Tage.«

»Wäre schön, nur ruft die Arbeit«, desillusionierte Schlehe Palm postwendend.

Anschließend las Palm erst mal, was aus seiner Story geworden war. Bühler hatte aus seinem Anruf den Aufmacher zusammengekritzelt. Falsch und daneben war nichts, wie es ihm schien, nur etwas platt aneinandergereiht. Zwingend war die Verbindung nicht, die zwischen Kaminski-Mord und Anschlag im Wald insinuiert wurde, und weiterhin stand da: ›Die Verantwortlichen bei der Stuttgarter Kripo gehen diesen Spuren nach und haben für Montagabend eine Erklärung angekündigt.‹

Woher hatte Bühler das?

Da Bolz sich meldete, sprach ihn Palm gleich darauf an. Bolz bestätigte, dass die Staatsanwaltschaft abends etwas sagen wollte, ob allerdings speziell zu dieser Frage, sei Spekulation. Und außerdem habe Bühler ihn, Bolz, zwischen 22 und 23 Uhr angerufen und danach gefragt. Den versprochenen Anruf bei Palm hatte Bolz nicht mehr getätigt.

»Ich dachte, ich lass Sie in Ruhe, es musste sich erst mal alles setzen. Aber wir haben derzeit eine offene Frage und zwar etwas verschärft: Wer ist der Erpresser von Kaminski?«

Palm bekundete, dazu eine Theorie zu haben. Man müsse sich treffen.

Um zwölf, vielleicht etwas vorher, damit man einen Platz im Freien vor der Alten Kanzlei ergattere. Das warme Herbstwetter sei einfach traumhaft. Nicht nur, dass sich darüber beide einig waren: Zu Palms Erstaunen hatte Bolz die günstige Laune, mit welcher der Wettergott den Südwesten in diesem Herbst verwöhnte, an diesem Montag besser genutzt als Palm. Bolz war sich der baldigen Klärung des Falles so sicher, dass er am helllichten Tag pflichtvergessen durch die Innenstadt geschlendert war und sich in der Vormittagssonne bei der Markthalle erst einmal einen doppelten Espresso gegönnt hatte. Eigentlich war ihm eher nach einer ganz normalen Tasse Kaffee zumute. Die war in den Cafés und Bistros der Stuttgarter Innenstadt seit einiger Zeit schwer zu erhalten und er musste sich bei kurzen regenerativen Zwischenstopps wie heute meistens zwischen einem Latte macchiato, einem Cappuccino oder einem Espresso entscheiden. Da er einen Espresso für ein zu flüchtiges Etwas hielt, als dass man ihn richtig schmecken und genießen konnte, orderte er stets einen doppelten. Nachdem er vor einiger Zeit auf einer Tasse Kaffee bestanden hatte, bekam er die Tasse – nur gänzlich mit mehreren Espressi aufgefüllt. Die taten schließlich ihre Wirkung wie ein auf zu hoher Frequenz getakteter Herzschrittmacher. Seitdem hatte sich Bolz für den doppelten Espresso als verträglichen Kompromiss entschieden.

»Jetzt hatten Sie aber Glück«, begann Bolz das Gespräch in prächtiger Herbstsonne und musste zunächst einmal seinen Blick weit über den Platz und die Tische wandern lassen. So viele Menschen hatten am Montagvormittag Zeit, Kaffee, Espresso, Latte macchiato, ein Viertel Weißwein oder ein Pils zu trinken. Einfach so, plaudernd, Zeitung lesend. Irgendwie hatte sich in Stuttgart einiges verändert. Vor einigen Jahren hätte sich hier um diese Tageszeit niemand hingesetzt. Öffentlich den Eindruck zu provozieren, man habe nichts zu tun und schlage notgedrungen die Zeit tot … eigentlich eine Todsünde.

»Warum hatte ich Glück?«

»Hätten wir den Fall gestern zu Ende gebracht, hätte Sie das mindestens zwei weitere Flaschen Roten vom Weingut der Stadt Stuttgart gekostet.«

»Ich weiß gar nicht, ob ich noch welchen habe.«

»Wenn nicht, sollten Sie sich schleunigst welchen besorgen. Es dauert sicher nicht mehr lange, das sage ich Ihnen.«

Palm rückte etwas näher an Bolz heran, um seine Theorie oder das, was Inge ihm gestern nahegelegt hatte, im Flüsterton zu erzählen. Er schilderte die Allwissenheit Röslers über das, was im Zusammenhang mit Hagemann und dem Denkzettel-Komplott gegen ihn unternommen wurde und konnte die ihm bekannten Fakten des Dreiecks Dr. Kaminski, Frau Kaminski, Hagemann noch anders für seine Zwecke nutzen. Bolz erschien dies logisch und er informierte Palm über die Fortsetzung der Erpressung mit der Witwe Kaminski.

»Damit hat der Mann allerdings einen entscheidenden Fehler gemacht. Damit müssten wir ihn kriegen«, gab Palm seine Einschätzung ab.

»Ja«, bestätigte Bolz, »wenn er dran bleibt, haben wir ihn.«

Obwohl klar war, dass da weitere Arbeit wartete, waren der professionelle Ermittler und sein Kollege aus Neigung und Zufall der Meinung, sie könnten sich was zum Mittagessen im Freien gönnen, es könnte für dieses Jahr durchaus das letzte Mal sein. Beide bestellten sich einen schwäbischen Rostbraten mit geschmelzten

Zwiebeln, und zwar in der großen Ausführung mit einer Maultasche, Sauerkraut und Spätzle. Nur beim Wein hielten sie sich eisern zurück.

»Obwohl«, sagte Bolz, »des isch a Sünd, so was ohne Roten runterzuwürgen.«

»Stimmt«, sagte Palm, »aber wir holen das bald nach und zwar nicht mit einem Viertele, sondern mit einem Fläschle für jeden.«

Angesichts des Prachtwetters und der Aussicht, den größten Teil der Wahrheit schneller als gedacht erkundet zu haben, meldete sich Palms professionelle, journalistische Skepsis. Im Geiste zweifelte er ständig an der Rolle Röslers. Seine Besuche bei ihm in der Wohnung und die kaltschnäuzige Art, wie er für alles eine Erklärung gehabt hatte, außer für den Termin Kaminskis am Bahnhof, ließen ihm keine Ruhe. Vor allem, wo jetzt klar war, dass Rösler einen Schlaganfall simuliert und sich planmäßig in die Kur verabschiedet hatte. Der Mann wollte um jeden Preis ein Alibi für die Tatzeit haben. Vielleicht nur für die geplante Denkzettel-Aktion mit Hagemann. Wurde dies nun automatisch zum Alibi für den Kaminski-Mord?

»Wir haben eine Seite noch nicht angesehen«, sinnierte Palm. »Sie haben gestern mit dem Professor in Heidelberg gesprochen. Irgendwie haben die nicht bemerkt, dass der Rösler verschwunden war. Wenn Rösler ohne jede Beeinträchtigung in Heidelberg in der Klinik war, konnte er auch in der Nacht vor dem Mord nach Stuttgart, um Kaminski zu erschlagen. Wie sagte er zu mir? ›Schon mal was von einem Taxi gehört?‹ Sie müssen unbedingt bei dem Arzt anrufen. Vielleicht kann man feststellen, ob Rösler zwischen Mittwochnacht und Donnerstagmorgen die Klinik verlassen hat.«

Bolz war nicht begeistert, andererseits hätte der Vorschlag von ihm kommen können. Man musste diese Flanke zumindest absichern.

»Das Essen wird ja nicht so schnell kommen. Ich gehe mal zum Auto und hänge mich ans Telefon.«

Als Bolz zurückkam, stand das Essen auf dem Tisch.

»Kam gerade erst, ist noch nicht kalt«, beschwichtigte Palm Bolz vorbeugend.

Bolz hatte Professor Niemann nicht am Apparat gehabt, dafür eine etwas auskunftsfreudigere Krankenschwester auf dessen Station. Bolz hatte am Zungenschlag seiner Gesprächspartnerin erkannt, dass es sich um eine Person aus seiner älblerischen Heimat handeln musste, und gefragt, wie sie sich in der Verbannung in der Kurpfalz fühle. Über Rösler wusste sie zu berichten, dass der nicht als ernsthaft erkrankter Patient gegolten habe. Rösler habe in einem der Seitenflügel der Klinik sein Zimmer gehabt, mit der Möglichkeit, zu bestimmten Zeitfenstern essen zu gehen. Von laufender medizinischer Überwachung, regelmäßigem Wecken und dem gewohntem Gang der Dinge in einer Klinik sei er nur zu Beginn seines Aufenthalts erfasst worden. Er habe in der Tat als Simulant gegolten, der sich mal eine Auszeit gönnen wollte.

Bolz hatte genießerisch zu kauen begonnen und nur in Stichworten erzählt. Außerdem bemängelte er, dass er weniger geschmelzte Zwiebeln aufs Fleisch bekommen habe als Palm. Je länger er sich die Person Rösler vorstellte, desto weniger Gefallen konnte er an dem Mittagessen mit goldener Oktoberkulisse finden.

»Wissen Sie was, Palm, wir sind Dilettanten. Haben Sie die Wohnung von dem Rösler im Kopf und die Bilder und alles? Das ist für einen Informatiker mit etwas Personalverantwortung bei der Bahn doch erstaunlich. Wissen Sie, was der Dieterle gesagt hat, ich hab's fast vergessen ...«

»Wer«, fiel Palm ein, »Ihr Staatsanwalt?«

»Genau, der sagte, es liefen hier nach der Finanzkrise jede Menge Loser rum. Vielleicht ist Rösler einer? Dieterle sprach von der ›Rache des kleinen Mannes‹.«

»Ach, Himmel«, sagte Palm. »Das ergibt alles einen Sinn, wenn Kaminskis Bank sein Geld verzockt hat. Das lässt sich doch nachprüfen.«

»Können Sie für uns zahlen«, sagte Bolz, während er die Serviette weglegte und aufstand. »Ich lauf mal rüber.« ›Rüber‹ war weg von der Alten Kanzlei, über die Straße, quer über den Schlossplatz, der zur Mittagszeit als größte Stuttgarter Sonnenterrasse diente, die Königstraße hinunter, durch die Fußgängerunterführung zum Bahnhof, an diesem vorbei und über den Kurt-Georg-Kiesinger-Platz direkt in die Landesbank.

Sein Handy indes hatte Bolz auf dem Tisch liegen lassen. Palm rechnete nicht mit einer schnellen Rückkehr und versuchte, den gesamten Fall, den er nun als Assistent von Bolz mitlösen konnte, vor sich abzuspulen. Warum er bereits in Heidelberg auf Rösler hereingefallen war? So redete kein Schlaganfall-Patient, diese ständige hellwache Lauerstellung und diese großzügige Bereitschaft, sofort zu helfen, das heißt, ihn auf die falsche Fährte setzen zu wollen. Warum hatte es bei ihm nicht klick gemacht? Palm war dabei, innerlich mit sich ins Gericht zu gehen. Seit Bolz' Aufbruch zur Bank waren fast 45 Minuten vergangen, Palm hatte inzwischen bezahlt. Soviel Spesen mussten drin sein, für die fünf Euro Trinkgeld würde er sicher selbst aufkommen müssen. Da meldete sich Bolz' Handy.

Durfte, sollte er rangehen? Palm nahm das Handy, drückte die grüne Taste und sagte nur »Ja?«

Am Apparat war Elli Kaminski. Palm hörte zu, sein Gesichtsausdruck, der im Hinblick auf seine Selbstzerfleischung in der anhaltenden Oktobersonne ungewöhnlich grimmig geworden war, verfinsterte sich noch mehr.

»Wie, kommt bei Ihnen die Post zweimal am Tag? Gut, ich informier Herrn Bolz. Wir kommen gleich.«

Da kam der Angerufene. Elli hatte von einem privaten Postausträger nochmals einen Umschlag erhalten, mit fast den gleichen Fotos wie am Morgen. Nur, ein Text war nicht dabei. Bolz bat Palm, ihn allein zu Frau Kaminski fahren zu lassen, man müsse sich eh um Rösler kümmern. Er, Palm, könne zur Abwechslung ja mal was schreiben.

»Und was war auf der Bank, war was mit Röslers Finanzen?«, hielt Palm Bolz auf.

»Runde 50 Kilo durch den Ausguss«, nickte Bolz im Weggehen. »Logisch, die will er zurückhaben.«

Als Bolz in die Parlerstraße einbog, standen die Beamten, die vor dem Kaminski-Haus postiert waren, neben ihrem Streifenwagen. Nachdem derjenige, der ein Telefon in der Hand hatte, Bolz einbiegen sah, steckte er das Gerät weg.

»Frau Kaminski ist vor einer Minute weggefahren«, informierte der Beamte Bolz. »Wir konnten überhaupt nicht reagieren und sie aufhalten. Die Garagentür ging auf und ein schwarzer Porsche fuhr raus, sie am Steuer. Die ist mit einem Affenzahn losgedonnert.«

Bolz vermutete, dass Elli die Nerven verloren hatte und irgendeine schwachsinnige Aktion durchführen wollte. Vielleicht ist sie nur zu einer Freundin gefahren, versuchte Bolz, sich selbst zu beruhigen. Wieso allerdings unmittelbar nach dem Anruf bei ihm beziehungsweise Palm. Was war passiert?

»Haben Sie das Kennzeichen«, fragte Bolz. Der Beamte hatte es nicht. »Gut, dann Halter durchgeben, ist vermutlich auf Dr. Theodor Kaminski zugelassen, Nummer, Wagentyp, trallala, Fahndung an die Kollegen rausgeben. Wir müssen sie finden. Ich kann mir nicht vorstellen, was sie vorhat. Ich versuch es auf ihrem Handy.«

Bolz wählte die Nummer, keine Antwort. Er rief Palm an und schilderte ihm die Situation. Dieser war kurz in seine Wohnung gegangen, um E-Mails zu sichten, und bot sich als Ermittler an.

»Ich sag Ihnen, was los ist. Die hat seit Tagen ihr Haus kaum verlassen, Lagerkoller und dann diese Zusendungen. Wahrscheinlich trifft sie sich mit Hagemann, weil sie vermutet, der weiß was. So wird es auch sein. Wenn Hagemann erfährt, dass Elli mit Bildmaterial erpresst wird, kann der sofort seine Schlüsse ziehen, um wen es sich handelt … Sie machen Ihre Fahndung et cetera, ich kümmere mich um Hagemann!«

Palm rief unverzüglich Hagemann an und fragte ihn

ohne lange Vorreden: »Es wird ernst. Sie sagen mir, was Sie mit Frau Kaminski besprochen haben.«

Hagemann versuchte, Zeit zu gewinnen.

»Frau Kaminski ist in großer Gefahr, befürchten wir. Was haben Sie ihr gesagt, etwa, wer der Erpresser ist? Wenn ihr etwas passiert, bringt Bolz Sie nicht nur wegen der ganzen Datensauerei, sondern wegen Beihilfe zu, ich weiß nicht was, vor den Kadi. Dann können Sie sich von Frau und Kindern für länger verabschieden. Vielleicht komme ich vorher mit Delascasas bei Ihnen vorbei, dann sehen Sie sich demnächst nicht mehr besonders ähnlich!«

Palm merkte, dass er sich in der Sprache vergriff, und setzte hinzu: »Mal im Ernst: wollen Sie, dass Sie Elli Kaminski bald in der Gerichtsmedizin identifizieren müssen? Weiß Ihre Frau inzwischen eigentlich Bescheid?«

Hagemann spürte zwar, dass Palm auf den Busch klopfte, ohne ganz harte Druckmittel auspacken zu können, hörte allerdings an Palms Stimme, dass der zu allem entschlossen war.

»Ja, sie hat angerufen, obwohl wir vereinbart hatten, vorerst keinen Kontakt zu haben. Ich habe ihr gesagt, dass die Bilder nur von Rösler sein können.«

»Kennt sie Rösler, weiß sie, wo er wohnt?«

»Sie weiß, dass er Martin Rösler heißt. Ich glaub nicht, dass sie ihn treffen will …«

Palm beendete das Gespräch, um Bolz zu informieren.

Palm und Bolz kannten die Adresse vom Vortag. Bolz forderte im Präsidium Verstärkung an. Auf verschiedenen Routen fuhren beide Richtung Feuerbach. Bolz war vom Killesberg aus näher dran, gab auf der Straße am Kräherwald etwas mehr Gas als erlaubt, und war vorm Einbiegen auf den Feuerbacher Weg bereits zweimal geblitzt worden, was ihn nicht unbedingt beunruhigen musste. Palms verschärftes Tempo führte in der mit Starenkästen inzwischen überwucherten Stuttgarter Stadtlandschaft ebenfalls zu verschiedenen Blitzlichtfotos, im Unterschied zu Bolz allerdings ohne Aussicht auf Straffreiheit. Beide parkten ihren Wagen mit guten 100 Meter Abstand zu Röslers Wohnhaus. Bolz war vor Palm da und hatte sich hinter einer der selten gewordenen Litfaßsäulen gestellt. Zu sehen war der neben Röslers Wohnhaus abgestellte schwarze Porsche. Man lag also goldrichtig.

»Sie bleiben hier, Palm, das ist Sache der Polizei. Meine Leute sind gleich da.«

Was beide jedoch beobachten durften, war die Ankunft eines weiteren Verdächtigen: ein alter Daimler mit einer Karlsruher Nummer parkte neben dem Haus. Fuchs entstieg dem Wagen und ging ins Haus.

»Das ist der zweite«, murmelte Bolz vor sich hin. »Jetzt muss ich rein!«

»Allein? Ihre Kollegen?«, versuchte Palm, ihn aufhalten.

»Die zwei sind harmlos«, wiegelte Bolz ab.

»Dann kann ich auch mit.«

Bolz stoppte ihn. »Kennet Sie wenigschdens schießa? Hend Sie scho mal gschossa, bei dr Bundeswehr?«

»Äh, nein, ich, äh, ich war nicht beim Bund«, stotterte Palm.

Bolz ging zu seinem Auto zurück und griff in das Handschuhfach.

»Wenn Sie das Ding je bedienen müssen, bin ich ab morgen im Ruhestand, das heißt heute Abend noch, im Zwangsruhestand. Dann kann jeder von uns zwei Flaschen aus dem Weingut runterkippen, Sie verstehen. Das ist das einfachste, was es auf dem Waffenmarkt gibt, ein Trommelrevolver. Keine Sicherung, nichts. Kennen Sie aus Westernfilmen. Wenn nichts mehr geht, halten Sie das Ding mit beiden Händen so und schießen damit in die Luft oder in die Decke und sonst nirgendwohin. Und halten Sie es richtig fest«, Bolz demonstrierte, wie man den Griff des Revolvers mit beiden Händen zu umklammern hatte, »sonst fliegt es Ihnen im Ernstfall aus der Hand. Macht keinen guten Eindruck.«

Damit gingen sie los.

Durch die wie stets offene Haustür gelangten sie bis vor Rösler Wohnungstür. Von drinnen waren laute Stimmen zu hören. Bolz betätigte die Klingel und bedeutete Palm, nicht direkt vor der Tür zu stehen, sondern daneben. Drinnen reagierte niemand und zu hören waren weiterhin Stimmen.

»Hilft nichts«, grinste Bolz und schob Palm ganz zur Seite.

»Wir müssen die Tür eintreten«, flüsterte ihm Palm zu.

Bolz lachte ihn an, zog seine Brieftasche hervor und nahm seine Bankkarte heraus. Diese setzte er oberhalb des Schlosses zwischen Tür und Türfutter an und zog sie wie durch einen Scanner nach unten durch. Die Tür war offen. Bolz schob sie langsam auf, trat schnell in die Wohnung, Palm hinterher. Die Wohnzimmertür war angelehnt und Bolz drückte leicht dagegen. Im Wohnzimmer saßen Rösler und Fuchs nebeneinander auf dem Sofa und waren totenblass. Elli Kaminski stand ihnen gegenüber vor dem Clubtisch und hatte eine Uzi im Anschlag.

Bolz sagte in aller Ruhe: »Frau Kaminski, Sie tun sich hier keinen Gefallen. Die Herren auf dem Sofa gehören vor den Richter.«

»Pff«, machte Elli, »die haben meinen Mann umgebracht und wollen mich erpressen.«

»Sind Sie sicher? Und selbst wenn, wir sind hier nicht im Wilden Westen.«

Beide Delinquenten, Rösler und Fuchs, bestritten lautstark, einen Mord begangen zu haben. Sie seien unschuldig. Elli drohte mit der sofortigen Erschießung. Fuchs hielt es daher für angebracht, die Erpressung einzuräumen.

Bolz fühlte sich nach genauer Beobachtung in der Lage, die Situation einschätzen zu können, trat mit zwei entschlossenen Schritten in den Raum, in der rechten Hand seine Dienstwaffe, und nahm mit der linken Elli die Uzi aus den Händen. Rösler und Fuchs sackten in sich zusammen, Fuchs weinte regelrecht los. Elli ging in die Küche und ließ sich ein Glas Wasser aus dem Hahn.

Bolz steckte seine Waffe weg, kettete beide mit einem Paar Handschellen, das er aus dem Hosenbund hervorholte, aneinander, ermahnte sie, sich ja nicht zu rühren und verließ das Zimmer. In der Diele stützte sich Bolz mit einem Arm gegen die Wand und sagte zu Palm: »Man ist ja nicht mehr knapp 50 wie Sie, junger Mann.« Palm wusste genau, was er meinte und verlieh seiner Bewunderung Ausdruck.

»Wie Sie da einfach hin sind und ihr die Kalaschnikow weggenommen haben«, lobte Palm.

»Oh je!«, war Bolz' Kommentar. »Sie waren wirklich nicht beim Bund. Mann, das ist eine Uzi. Kann man mit einer Kalaschnikow gar nicht verwechseln. Sonst hätte das einen langen Holzschaft und nicht diesen Schiebemechanismus. Das ist eine Uzi.«

»Sagen Sie mal, Frau Kaminski, wie kommen Sie bloß zu so was? Sie waren bestimmt nicht bei der Bundeswehr.«

»Theo war Reserveoffizier. Irgendwann hat er das Ding mitgebracht. Das ist, wie er sagte, ausgemustert worden.«

»Genau – und Munition hatte er keine dafür.«

»Ich weiß nicht«, sagte Elli.

»Jedenfalls steckt kein Magazin drin. Womit hätten Sie bloß schießen wollen? Genau hinsehen schont die Nerven, Palm. Und Sie geben mir sofort diesen Revolver zurück. Vergessen Sie nicht, dass Sie den nie in der Hand hatten und hier nur durch Zufall reinkamen, weil Sie mir unautorisiert gefolgt sind.«

Den inzwischen eingetroffenen Beamten bedeutete Bolz, dass die zwei Herren auf der Couch in Handschellen abzuführen seien. Um die Dame wolle er sich selbst kümmern.

»Ich fahr Sie jetzt heim, Frau Kaminski.«

»Sie nehmen mich nicht fest?«, fragte Elli.

»Geben Sie mir bitte etwas Bedenkzeit.«

Palm sah ein, dass für ihn hier nichts mehr zu tun war. Er dachte daran, was er nun alles zu schreiben hatte oder besser, was alles nicht.

32

Frau Kaminski sei gestraft genug, urteilte Bolz, Palm solle bei seinen Berichten in dieser Hinsicht nicht gleich alles ins Blatt bringen. So hatte sich Palm die Berichterstattung vorgestellt, am besten nur Rücksichten nehmen, keinem wehtun. Dies war allerdings nicht seine Intention. Außerdem möge er vorsichtig sein, hatte Bolz geraten, denn als investigativer Journalist lebe man eben gefährlich. Rösler habe nämlich zugegeben, den schießenden Mountainbiker angeheuert zu haben, nicht etwa für Hagemann, sondern für Palm. Nach dessen erstem Besuch bei ihm habe er gewittert, dass der die Geschichte nicht ruhen lassen werde, habe Rösler ausgesagt. Die Polizei habe er in seinem Konzept vorgesehen, nur Palm nicht.

Beziehungen hin oder her, bei stadtbekannten Promis, gewürzt mit Mord und Totschlag, die typische Sex-and-Crime-Story. War es das wirklich? Selbst wenn es das war, steckte die Sprengkraft der Geschichte woanders. Bahnfahren in der Informationsgesellschaft. Zig Kilometer Tunnel wollte die Bahn zur Realisierung des geplanten Tiefbahnhofs in den kommenden Jahren durch Stuttgart bauen. Die vorbereitende Maulwurfsarbeit indes wurde bereits im Vorfeld geleistet, wie er nun erfahren hatte. Wenn man einen schonen musste, war dies Hagemann. Hagemann hatte alles Mögliche, was die Herren Rösler und Delascasas in den Systemen der Bahn wieder beseitigt hatten, auf seinen versteckten Datenträgern irgendwo in den Bahnhofskatakomben gelagert. Wahrscheinlich in der Nähe, wo Rösler dem armen Kaminski das Eisen aufs Haupt geschlagen hatte. Hagemanns Hilfe für das Auffinden zu erhalten, war unwahrscheinlich. Er würde sich damit selbst ausliefern. Vielleicht lag dennoch hier die Lösung. Bei entsprechender Kooperation könnte man ihn milde bestrafen oder sogar laufen lassen? Gab es da nicht irgendetwas im Gesetz?

Palm jedoch fühlte sich unwohl. Was wollte er eigentlich: Die Story so spektakulär wie möglich erzählen und dabei den Fall hinter dem Fall aufdecken? Noch einmal erinnerte er sich an die Washington Post-Kollegen von damals und ›Deep Throat‹. Klar, er musste die Geschichte hinter der Geschichte beleuchten. Andererseits war klar: Die Aktivitäten der Bahnleute würden, ob darin eine Logik lag oder nicht, als Kollateralschaden das 21-Projekt diskreditieren, dass die Politik es fallen lassen müsste wie die denkbar heißeste aller Kartoffeln. Wollte er, Palm, zum Killer des umstrittenen großen Plans werden? Das durfte ihn als Journalist nicht kümmern, wenn es darum ging, der Wahrheit eine Gasse zu pflastern. Notfalls musste er das Material selbst finden, schließlich kannte er sich seit den Terminen mit Hagemann in diesen Gängen ein klein wenig aus.

Das Bewusstsein um die mögliche Bedeutung seiner Story blockierte Palm, in ihm machte sich die Angst vor dem weißen Blatt breit.

Die offensichtlichen Skurrilitäten mussten an den Tag – allein wegen des Unterhaltungswerts: Kaminski wird von einem Bahnmitarbeiter erpresst, der den Banker dafür verantwortlich macht, dass ein guter Teil seiner Geldanlagen im Zuge des allgemeinen Finanzdesasters wertlos geworden sind; als Kaminski nach Wochen überraschend darauf eingeht, muss Rösler die Vorbereitungen telefonisch anordnen und frühmorgens mit dem Taxi aus Heidelberg herbeieilen. Daraufhin erschlägt er den Banker entgegen seiner Absicht, weil der ihn mit einer Pistole bedroht; Hagemann kommt früher als geplant in den Keller; als seine gedungenen Denkzettel-Verpasser auf dem Weg zu ihm sind, ist bereits die Polizei da und sie kehren um; Frau Kaminski dreht durch, nachdem sie von zwei Amateuren, von denen jeder seinen bisherigen Kumpanen aus dem Boot kippen will, parallel erpresst wird und geht mit einer ungeladenen Schnellfeuerpistole auf die Übeltäter los; ein zwei Meter großer Bahnmitarbeiter verkriecht sich in einem knapp 1,70 Meter hohen Weinberghäusle … alles okay. Alles andere wäre große Politik, ein echter Skandal. Er musste es allerdings beweisen können und dazu brauchte er Hagemann. Dessen Rolle war schnell definiert. Hagemann musste Erhard dazu bringen, ihn zu schützen, weil dem sonst alles um die Ohren flog. Was konnte man Hagemann in Aussicht stellen, was mehr wert wäre als Erhards schützende Hand. Vielleicht seine Familie? Nichts Peinliches über ihn und Elli im Schlafwagen in der Öffentlichkeit, somit würde ihm seine Frau eventuell das verzeihen, was sie unweigerlich irgendwann erfahren würde.

Palm beschloss, das zu tun, was er in all seinen Jahren beim Tagblatt noch nie getan hatte, seinen Verlagschef um Rat zu fragen.

Im siebten Stock des Pressehauses war Palm bis dahin ein einziges Mal gewesen, bei seiner Einstellung. Die gesamte Bürolandschaft war hier oben gepflegter, der Blick über die Filderebene hinaus auf die Alb wesentlich besser als auf der Redaktionsebene, und der Teppichboden weicher, vielleicht nur nicht so abgelatscht.

Dr. Oberle, der Vorstandsvorsitzende, war aufgeräumt und gut informiert. Sein Schreibtisch war penibel geordnet und leer, wie sich Palm einen Arbeitsplatz gar nicht vorstellen konnte. Die Unterschriftenmappe war das einzig sichtbare Stück Tagwerk. Der Montblanc-Federhalter, sekundiert von einem Kugelschreiber derselben Marke, machte sichtbar, dass hier Dinge von Belang bearbeitet wurden. Im Unterschied zu den grauen Tastentelefonen in der Redaktion stand auf Oberles Schreibtisch ein schwarz glänzendes Telefon mit alter Wählscheibe, mit zwei daneben montierten Reihen breiter Tasten für Kurzwahl und daneben eine Gegensprechanlage, mit der Oberle seine Sekretärin im nicht minder mondänen Vorzimmer herbeirufen oder eine Tasse Kaffee ordern konnte.

»Tasse Kaffee?«, fragte er Palm. Der nickte und Oberle drückte die Taste: »Bringen Sie uns bitte zwei Tässchen, für mich bitte einen starken, danke!«

Oberle bot Palm einen Platz auf einem sehr schön designten schwarzen Ledersessel an. Mit einem prüfenden Blick durch die Fensterfront setzte Oberle sich Palm gegenüber und schlug die Beine übereinander. Palm fiel die exakt verlaufende Bügelfalte auf. Oberle hatte mit seinen frisch frisierten Haaren, dem perfekt gebundenen Krawattenknoten und dem kräftigen Oberlippenbart die Ausstrahlung eines vollendeten Gentlemans. Palms Blick streifte die unter den Jackettärmeln hervorlugenden Manschettenknöpfe und eine weißgoldene Armbanduhr, die durch ihre schnörkellose Ästhetik bestach. Jeden anderen hätte Palm wahrscheinlich nach der Uhr gefragt, weil er dafür einen Sinn hatte. Lange und Söhne, Glashütte kam ihm in den Sinn, allerdings konnte er Oberle danach wirklich nicht fragen.

Palm wollte sein am Telefon vorab skizziertes Anliegen näher erläutern, aber Oberle kam ihm zuvor.

»Dass Sie mich zu dieser Frage sprechen wollen, finde ich ausgezeichnet. Es geht hier nicht nur um die journalistische Unabhängigkeit und um die Wahrheit – ehrlich gesagt, wer kennt die schon? – es geht um die Reputation und wirtschaftliche Stellung unseres Hauses. Wissen Sie, diese vielen Hunderte von Arbeitsplätzen werden in zig, ja über 100 Jahren aufgebaut. Kaputt gemacht werden können sie in wenigen Wochen. Wenn man das, was wir schreiben, nicht mehr glaubt, gehen wir den Weg allen Fleisches, Herr Palm. Und wenn der Name Tagblatt mal verbrannt ist, lässt sich aus der Asche nichts Neues mehr formen. Und wir sind nicht der Stern, der mit seinen Millionenreserven damals noch einmal davonkam. Sie erinnern sich an die Hitler-Tagebücher? Das ist rund 25 Jahre her, dennoch kennt jedes Schulkind, das damals noch gar nicht auf der Welt war, die Geschichte. Wenn uns so etwas passiert, heißt das fini.« Palm musste unwillkürlich an den gerade aus dem Urlaub heimgekehrten Schlehenmayer und natürlich dessen Vorsicht gegenüber allzu intensiven investigativen Umtrieben in der Redaktion denken.

»Herr Dr. Oberle, deshalb interessiert mich …«, setzte Palm an.

»Lassen Sie mich das kurz zu Ende führen, Herr Palm«, riss Oberle das Wort erneut an sich. »Wir sind für viele unserer Leser so etwas wie im Fernsehen die Tagesschau. Was dort kommt, halten die Menschen für wahr. Mit anderen Worten: Auf Halbwahrheiten oder Spekulationen dürfen wir uns nicht einlassen. Investigativer Journalismus hat natürlich seinen Platz, auch bei uns. Sorgfalt ist oberstes Gebot. Sehen Sie, ich komme fast jede Woche mit Mitgliedern des Landeskabinetts, mit anderen Unternehmensvorständen, mit dem MP selbst zusammen. Das geht nicht mehr, wenn die Leute den Eindruck haben, wir scheren uns nicht mehr um die gemeinsame Verantwortung, die wir für das Ganze tragen.«

Palm beschlich das Gefühl, mit der Meldung bei Oberle doch keine so gute Idee gehabt zu haben. Oberles staatstragende Überlegungen klangen wie einem Manuskript des Bundespräsidenten entnommen.

»Ich glaube, ich habe Sie verstanden, Herr Dr. Oberle«, bemühte sich Palm, den Termin zu beenden, »was wir veröffentlichen, muss sorgfältig recherchiert und zu belegen sein. Daran halte ich mich natürlich.« Palm machte Anstalten, sich aus dem Sessel zu erheben, hatte aber aus der Kaffeetasse, die Frau Krings ihm erst kurz zuvor hingestellt hatte, erst einen Schluck genommen.

»Ja klar, Sie müssen zurück an den Schreibtisch, Herr Palm. Aber nehmen Sie sich etwas Zeit für Ihren Kaffee. Ich wollte Sie etwas fragen. Sie sind als Einziger in den letzten Jahren immer mit besten Informationen über das große 21-Projekt versorgt gewesen. Wir, das heißt die

Tagblatt-Redaktion meine ich, haben uns dazu immer vorbildlich neutral verhalten. Wenn ich Sie frage, ob das Ding durch ist oder floppt, was meinen Sie?«

Palm wusste, dass er sich mit einer entsprechenden Antwort um jede Möglichkeit bringen könnte, darüber und vor allem im Zusammenhang mit der Kaminski-Story überhaupt etwas schreiben zu können.

»Na ja, Sie sagten ja gerade, man solle nicht spekulieren ...«

»Im Blatt, habe ich gesagt, geht das nicht. Wir unter uns können machen, was wir wollen«, ermunterte Oberle ihn zu einer Aussage. »Wissen Sie, meine Frau und meine Nachbarn finden das Projekt, ich sag Ihnen das unter uns und Sie haben das nie gehört, zum Kotzen. Und außerdem dieser ganze politische Eiertanz darum herum. Können Sie sich vorstellen, dass Sie mal über diese Glupschaugen da unten spazieren? Kniefälle vor größenwahnsinnigen Architekten! Dabei dachte ich immer, Albert Speer sei tot, also der Senior, wenn Sie wissen, was ich meine. Natürlich habe ich Ihnen das nie gesagt, aber wenn wir, sagen wir mal, um im Bild zu bleiben, diese Weiche ein bisschen mit umstemmen könnten, warum nicht? Wenn Sie dann wieder hier sind, machen wir hier oben unseren eigenen großen Bahnhof.«

Palm hatte auf der religiösen und konfessionellen Seite zwar keine besonders klare Vorstellung, war nicht katholisch und machte sich daher vom Fegefeuer kein konkretes Bild. In diesem Moment erahnte er dennoch, worum es sich handeln könnte. Mit einem kräftigen Schluck stürzte er den starken Kaffee hinunter, wahrscheinlich hatte Frau Krings ihm versehentlich die für

Oberle gedachte Tasse gegeben, stand auf und sagte zu dem Verlagschef: »Was ich schreiben werde, kann bedeuten, dass am Ende etwas ins Wanken gerät. Wäre allerdings nicht meine Absicht, nur falsche Rücksichten sind sicher nicht das, wozu Sie mir raten.«

Oberle presste die Lippen zusammen, nickte einmal kräftig und verabschiedete Palm: »Machen Sie's gut und kommen Sie bei Gelegenheit wieder vorbei.«

Bevor er die Tür von Oberles Büro zuzog, warf Palm einen kurzen Blick durch die breite Fensterfront in die Ferne und sah, dass es mit dem goldenen Oktober zu Ende ging. Von der Alb aus zog eine breite Regenfront nach Norden.

33

»Wie wird man Gerichtsreporter?«, fragte Palm Sebastian Weinmann, einen freien Mitarbeiter des Tagblatts.

»Ganz einfach«, sagte Weinmann, »man studiert mindestens zwölf Semester Jura, hat einen Aushilfsjob bei der Zeitung und macht kein Examen.« Palm wiegte den Kopf verständnisvoll vor und zurück. Wann die juristische Aufarbeitung der Straftat beginnen sollte, war bisher nicht klar, aber in den spektakulären Fall einarbeiten wollte sich Weinmann schon mal.

Weinmann fand Palms Idee einer Arbeitsteilung genial. Palm sollte über den Mordfall selbst nicht viel mehr schreiben, als Polizei und Staatsanwaltschaft an Fakten herausgaben, und sich auf die Aspekte verlegen, die mit dem 21-Projekt zu tun hatten. Aufgerollt werden sollten der Mord und die Erpressungen durch die Gerichtsreportagen Weinmanns. In der Tat war die juristische Würdigung des Verhaltens aller Beteiligten schwierig. Strafrechtlich lagen einige der Tatbestände in interpretierbaren Graubereichen und einem Gewirr von Anstiftung, indirekter Beteiligung und Ausführung.

Nachdem Palm mit Weinmann die groben Linien der Zusammenarbeit besprochen hatte, packte er seine Utensilien zusammen, um eine einwöchige Auszeit anzutreten. Wobei der Begriff Auszeit etwas irreführend war. Mit Schlehenmayer hatte er ausgemacht, dass er sich von dem Recherchemarathon der letzten Woche erholen durfte. Verabredet wurde jedoch zugleich, dass Palm eine Reportagereihe konzipieren würde, die tief in die Arbeitsweise und -kultur der Bahn, die Zukunft des 21-Projekts sowie dessen Verzahnung mit der Politik eingehen sollte.

Palm hatte dabei mehr im Sinn, als ein neues Kapitel seiner journalistischen Karriere zu beginnen. Er wollte für seine beginnende Zeit als nun wirklich nicht mehr junger Mann die Basis richten. Das lange in Aussicht gestellte abendliche Gespräch mit Inge hatte er geführt, die richtige Versöhnung war das allerdings nicht gewesen. Seinem Ansinnen, es noch einmal zu versuchen, kam sie nicht gleich entgegen. Wieder einziehen in Fellbach ging nicht so einfach. Er sollte erst einmal alles ordnen, mit seiner Stuttgarter Bettmaus, der Rumpler, wie Inge sie korrekt beim Nachnamen nannte, und bei der Gelegenheit des Handy-Rücktauschs diese Episode ein für alle Mal beenden. Die Handys hatte er natürlich inzwischen getauscht, ein für alle Mal beenden … ob er das für alle Seiten klar hingekriegt hatte?

Aber für die eine Woche Auszeit gewährte Inge ihm in Fellbach Asyl. Sozusagen als Probe auf die Frage, ob man sich wieder aneinander gewöhnen könnte. Eine ganze Woche, um Inge rumzukriegen oder besser zu überzeugen, das müsste er schaffen.

Nach dem ersten gemeinsamen Abendessen und der Erklärung für die überraschte Jugend des Hauses, dass JJ hier mal eine Woche Urlaub mache, setzte sich Palm nicht an sein Notebook, sondern an einen weißen unlinierten Notizblock und malte Kästchen. In jedes schrieb er nach und nach ein Stichwort. Als Inge vorbeikam, versuchte sie etwas zu entziffern: »Machst du zu deiner Bahnhofsserie auch Zeichnungen? Hat sie einen Titel, wie soll sie denn heißen? Nenn sie doch einfach Bahnhofsmission.«

Palm schaute Inge kurz in die Augen, nickte und schrieb es oben auf den Zettel: ›Bahnhofsmission‹. Dann stand er auf, umarmte Inge und küsste sie. Sie wehrte sich nicht und Palm spürte, dass dies, wie sachte auch immer gesetzt, ein deutlicher Startschuss war.

ENDE

Weitere Krimis finden Sie auf den folgenden Seiten und im Internet: www.gmeiner-verlag.de

BERND FRANZINGER

Zehnkampf

368 Seiten, Paperback.
ISBN 978-3-8392-1086-4.

UNTER BESCHUSS Tannenbergs Neffe nimmt an einem Zehnkampf teil. Während des 100m-Laufs wird ein Sprinter von der Kugel eines Heckenschützen niedergestreckt. Am nächsten Tag entdeckt man in einer Weitsprunggrube einen Sportler, der ebenfalls mit einem Präzisionsschuss getötet wurde. Der heimtückische Killer hat sich offenbar zum Ziel gesetzt, innerhalb eines engen Zeitfensters zehn Menschen mit jeweils nur einem einzigen Schuss zu töten. Plötzlich gerät Kommissar Tannenberg selbst ins Fadenkreuz …

RICHARD LIFKA

Sonnenkönig

279 Seiten, Paperback.
ISBN 978-3-8392-1096-3.

IM MEDIENDSCHUNGEL Der Wiesbadener Privatdetektiv Ninus Hagen erhält den Auftrag, die Botschafter-Tochter Carla Cosian zu überwachen. Gleichzeitig bittet ihn die Journalistin Lena Rotmilch, Informationen über die Geschäftsführerin einer Medienagentur zu beschaffen.

Beide Aufträge werden durch mysteriöse Todesfälle jäh beendet, doch Ninus und Lena recherchieren auf eigene Faust weiter. Alle Spuren weisen in die Welt der Medienagenturen. Insbesondere der Chef eines großen Firmenimperiums, Andrej Rolozko, in der Branche als der »Sonnenkönig« bekannt, rückt immer deutlicher in den Fokus der Ermittlungen …

GMEINER

Wir machen's spannend

CHRISTIAN GUDE

Kontrollverlust

274 Seiten, Paperback.
ISBN 978-3-8392-1083-3.

DIENSTMÜDE Zwanzig Jahre Mordkommission hinterlassen Spuren. Auch bei Hauptkommissar Karl Rünz, der sich neuerdings als Krimiautor versucht und deshalb überhaupt keinen Sinn für die Pläne seines karriereorientierten Vorgesetzten hat. Wie dumm, dass just zu diesem Zeitpunkt in einem Nachbarort Darmstadts ein toter Schmied in seiner Werkstatt gefunden wird und sich Rechtsmediziner Bartmann partout nicht dazu überreden lässt, eine natürliche Todesursache zu diagnostizieren. Was zunächst nach einem Routinefall aussieht, entwickelt sich bald zu einem ausgewachsenen Problem für Rünz, an dessen rascher Lösung nicht nur die US Air Force größtes Interesse hat …

JAN BEINSSEN

Goldfrauen

272 Seiten, Paperback.
ISBN 978-3-89977-1097-0.

STRENG GEHEIM Die Nürnberger Antiquitätenhändlerin Gabriele Doberstein bekommt Besuch von einer Journalistin, die sie für den Stadtanzeiger interviewen will. Doch allem Anschein nach interessiert sich die Frau viel mehr für einen alten Biedermeiersekretär. Ebenso wie ein Geschäftsmann, der ein paar Tage später auftaucht. Als in derselben Nacht in den Laden eingebrochen wird, schwant Gabriele nichts Gutes. Zusammen mit ihrer Freundin Sina nimmt sie den Sekretär genauer unter die Lupe – und wird fündig. Unter einer Schublade entdecken die Frauen einen Umschlag mit geheimen Dokumenten, die in das Berlin der Vorwende-Zeit weisen …

GMEINER

Wir machen's spannend

RAIMUND A. MADER

Schindlerjüdin

319 Seiten, Paperback.
ISBN 978-3-8392-1105-2.

ZWISCHEN DAMALS UND HEUTE Frühjahr 1948, kurz vor der Währungsreform. In Regensburg werden drei Männer auf brutale Art und Weise ermordet. Schnell ist klar, dass es sich bei den Opfern um ehemalige SS-Mitglieder handelt. Im Zuge der Ermittlungen taucht überdies ein bekannter Name auf: Oskar Schindler, wohnhaft in Regensburg.

Mehr als 50 Jahre später wird ein Zeuge der damaligen Taten, Paul Gemsa, ein schlesischer Heimatvertriebener und mittlerweile hochrangiger Bürger der Stadt, selbst ermordet. Kommissar Adolf Bichlmaier ist sich sicher, dass es einen Zusammenhang zwischen den Verbrechen geben muss …

FRIEDERIKE SCHMÖE

Wieweitdugehst

227 Seiten, Paperback.
ISBN 978-3-8392-1098-7.

WIESN-MORDE Auf dem Münchner Oktoberfest wird ein 14-jähriger Junge in der Geisterbahn ermordet. Ghostwriterin und »Wiesn-Muffel« Kea Laverde begleitet ihren Freund Nero Keller, Hauptkommissar im LKA, bei den Ermittlungen. Dabei trifft sie auf Neta, die beruflich Kranken und Trauernden Geschichten erzählt, um deren Schmerz zu lindern. Als auf Neta ein Mordanschlag verübt wird, versucht Kea den Hintergründen auf die Spur zu kommen. Sie stößt auf einen Sumpf aus Gier, Lügen und unerfüllter Liebe …

GMEINER

Wir machen's spannend

Das neue KrimiJournal ist da!

2 x jährlich das Neueste aus der Gmeiner-Krimi-Bibliothek

KRIMIJournal

Gestohlene Kindheit

Bloody Cover

Krimi-Spiele

Pharaonenkinder

In jeder Ausgabe:

- Vorstellung der Neuerscheinungen
- Hintergrundinfos zu den Themen der Krimis
- Interviews mit den Autoren und Porträts
- Allgemeine Krimi-Infos
- Großes Gewinnspiel mit ›spannenden‹ Buchpreisen

ISBN 978-3-89977-950-9
kostenlos erhältlich in jeder Buchhandlung

KrimiNewsletter

Neues aus der Welt des Krimis

Haben Sie schon unseren KrimiNewsletter abonniert?
Alle zwei Monate erhalten Sie per E-Mail aktuelle Informationen aus der Welt des Krimis: Buchtipps, Berichte über Krimiautoren und ihre Arbeit, Veranstaltungshinweise, neue Krimiseiten im Internet, interessante Neuigkeiten zum Krimi im Allgemeinen.
Die Anmeldung zum KrimiNewsletter ist ganz einfach. Direkt auf der Homepage des Gmeiner-Verlags (www.gmeiner-verlag.de) finden Sie das entsprechende Anmeldeformular.

Ihre Meinung ist gefragt!

Mitmachen und gewinnen

Wir möchten Ihnen mit unseren Romanen immer beste Unterhaltung bieten. Sie können uns dabei unterstützen, indem Sie uns Ihre Meinung zu den Gmeiner-Romanen sagen! Senden Sie eine E-Mail an gewinnspiel@gmeiner-verlag.de und teilen Sie uns mit, welches Buch Sie gelesen haben und wie es Ihnen gefallen hat. Alle Einsendungen nehmen automatisch am großen Jahresgewinnspiel mit ›spannenden‹ Buchpreisen teil.

GMEINER

Wir machen's spannend

Alle Gmeiner-Autoren und ihre Romane auf einen Blick

ANTHOLOGIEN: Tatort Starnberger See • Mords-Sachsen 4 • Sterbenslust • Tödliche Wasser • Gefährliche Nachbarn • Mords-Sachsen 3 • Tatort Ammersee • Campusmord • Mords-Sachsen 2 • Tod am Bodensee • Mords-Sachsen 1 • Grenzfälle • Spekulatius **ARTMEIER, HILDEGUND**: Feuerross • Drachenfrau **BAUER, HERMANN**: Verschwörungsmelange • Karambolage • Fernwehträume **BAUM, BEATE**: Weltverloren • Ruchlos • Häuserkampf **BAUMANN, MANNFRED**: Jedermanntod **BECK, SINJE**: Totenklang • Duftspur • Einzelkämpfer **BECKER, OLIVER**: Das Geheimnis der Krähentochter **BECKMANN, HERBERT**: Mark Twain unter den Linden • Die indiskreten Briefe des Giacomo Casanova **BEINSSEN, JAN**: Goldfrauen • Feuerfrauen **BLATTER, ULRIKE**: Vogelfrau **BODE-HOFFMANN, GRIT / HOFFMANN, MATTHIAS**: Infantizid **BOMM, MANFRED**: Kurzschluss • Glasklar • Notbremse • Schattennetz • Beweislast • Schusslinie • Mordloch • Trugschluss • Irrflug • Himmelsfelsen **BONN, SUSANNE**: Die Schule der Spielleute • Der Jahrmarkt zu Jakobi **BODENMANN, MONA**: Mondmilchgubel **BOSETZKY, HORST (-KY)**: Promijagd • Unterm Kirschbaum **BOENKE, MICHAEL**: Gott'sacker **BÖCKER, BÄRBEL**: Henkersmahl **BUEHRIG, DIETER**: Schattengold **BUTTLER, MONIKA**: Dunkelzeit • Abendfrieden • Herzraub **BÜRKL, ANNI**: Ausgetanzt • Schwarztee **CLAUSEN, ANKE**: Dinnerparty • Ostseegrab **DANZ, ELLA**: Schatz, schmeckt's dir nicht • Rosenwahn • Kochwut • Nebelschleier • Steilufer • Osterfeuer **DETERING, MONIKA**: Puppenmann • Herzfrauen **DIECHLER, GABRIELE**: Glaub mir, es muss Liebe sein • Engpass **DÜNSCHEDE, SANDRA**: Todeswatt • Friesenrache • Solomord • Nordmord • Deichgrab **EMME, PIERRE**: Diamantenschmaus • Pizza Letale • Pasta Mortale • Schneenockerleklat • Florentinerpakt • Ballsaison • Tortenkomplott • Killerspiele • Würstelmassaker • Heurigenpassion • Schnitzelfarce • Pastetenlust **ENDERLE, MANFRED**: Nachtwanderer **ERFMEYER, KLAUS**: Endstadium • Tribunal • Geldmarie • Todeserklärung • Karrieresprung **ERWIN, BIRGIT / BUCHHORN, ULRICH**: Die Gauklerin von Buchhorn • Die Herren von Buchhorn **FOHL, DAGMAR**: Die Insel der Witwen • Das Mädchen und sein Henker **FRANZINGER, BERND**: Zehnkampf • Leidenstour • Kindspech • Jammerhalde • Bombenstimmung • Wolfsfalle • Dinotod • Ohnmacht • Goldrausch • Pilzsaison **GARDEIN, UWE**: Das Mysterium des Himmels • Die Stunde des Königs • Die letzte Hexe – Maria Anna Schwegelin **GARDENER, EVA B.**: Lebenshunger **GEISLER, KURT**: Bädersterben **GIBERT, MATTHIAS P.**: Schmuddelkinder • Bullenhitze • Eiszeit • Zirkusluft • Kammerflimmern • Nervenflattern **GRAF, EDI**: Bombenspiel • Leopardenjagd • Elefantengold • Löwenriss • Nashornfieber **GUDE, CHRISTIAN**: Kontrollverlust • Homunculus • Binärcode • Mosquito **HAENNI, STEFAN**: Brahmsrösi • Narrentod **HAUG, GUNTER**: Gössenjagd • Hüttenzauber • Tauberschwarz • Höllenfahrt • Sturmwarnung • Riffhaie • Tiefenrausch **HEIM, UTA-MARIA**: Totenkuss • Wespennest • Das Rattenprinzip • Totschweigen • Dreckskind **HERELD, PETER**: Das Geheimnis des Goldmachers **HUNOLD-REIME, SIGRID**: Schattenmorellen • Frühstückspension **IMBSWEILER, MARCUS**: Butenschön • Altstadtfest • Schlussakt • Bergfriedhof **KARNANI, FRITJOF**: Notlandung • Turnaround • Takeover **KAST-RIEDLINGER, ANNETTE**: Liebling, ich kann auch anders **KEISER, GABRIELE**: Gartenschläfer • Apollofalter